U0572306

秦漢文鈔

[明] 閔邁德 閔洪德 編

拾瑶叢書

上册

文物出版社

圖書在版編目（CIP）數據

秦漢文鈔 / (明) 閔邁德, (明) 閔洪德編. -- 北京: 文物出版社, 2020.7

（拾瑶叢書 / 鄧占平主編）

ISBN 978-7-5010-6432-8

Ⅰ. ①秦… Ⅱ. ①閔… ②閔… Ⅲ. ①古典散文 – 散文集 – 中國 – 秦漢時代 Ⅳ. ①I263.2

中國版本圖書館CIP數據核字(2019)第274516號

秦漢文鈔　〔明〕閔邁德　閔洪德　編

主　　編：鄧占平
策　　劃：尚論聰　楊麗麗
責任編輯：李縉雲　李子裔
責任印製：張道奇

出版發行：文物出版社有限公司
社　　址：北京市東直門内北小街2號樓
郵　　編：100007
網　　址：http://www.wenwu.com
郵　　箱：web@wenwu.com
經　　銷：新華書店
印　　刷：藝堂印刷（天津）有限公司
開　　本：710mm × 1000mm　1/16
印　　張：44.75
版　　次：2020年7月第1版
印　　次：2020年7月第1次印刷
書　　號：ISBN 978-7-5010-6432-8
定　　價：285.00圓（全二册）

前言

《秦漢文鈔》六卷，明閔邁德、閔洪德編。明萬曆四十八年（一六二〇）吴興閔氏朱墨套印本。半頁九行，行十九字。白口，四周單邊。

閔邁德，字日斯，閔洪德，字子容，均明代吴興（今浙江湖州）閔氏後人。吴興閔氏，自宋朝寶慶年間由汶上（山東濟寧）南遷，世居浙江湖州吴興晟舍。明天順年間至明末，吴興閔氏人文鼎盛，出仕爲官者二三十人。萬曆年間，族人閔齊伋首開雕版套印先河，與閔邁德等三十餘人歷時二十餘年刊刻印刷書籍計一百一十七部，一百四十五種。其雙色、三色、四色、五色套印經、史、子、集，翹楚同儕，世稱『閔刻』。此《秦漢文鈔》即在其中。

《秦漢文鈔》爲閔邁德、閔洪德編，全書凡六卷。書前有萬曆四十八年臧懋循序，曰『彼夫矢口而譚著述者，盡子長仲堅之流耶。百家諸子放浪不羈成一家言，總不如先秦兩漢之典核也。博物洽聞之情，夐絶千古之品，無書不讀，無文不諳。總之誦秦漢之書爲文家郛廓也』，贊嘆秦漢文論之妙，編輯秦漢文之必要；謂『我湖閔氏稱望族，古文詞大半爲其家刻。而日斯諸君復取秦漢文，一訂政之。批點宗融博氏，參評集諸大家，閉户精批閲，歲而告成事』，述此集形成經過及其特點；又曰『如謂坊刻充棟，苦無崔本，漫塗朱墨於以爲書林之美觀也』，對朱墨套印給予高度評價。又列秦漢文鈔批評姓字，詳記批點、參評、裁定人員，參與者多達六十餘人。

全書輯秦文二卷，含《屈原卜居》等文三十篇；西漢文三卷，含《武帝賢良詔》等文五十六篇；東漢文一卷，含《馬衍説鮑永説》等文十六篇，共一百零二篇。全文句讀，行間批點，應爲楊融博所爲；書眉上刻評，爲吕東萊等宋以降五十七位名人評注。每篇后均存數行總論，即所謂裁定，對所輯評語去粗存精，应由閔日斯邁德、閔子容洪德、閔文仲映璧所爲。

本書作爲明萬曆間吴興閔氏朱墨套印本，集批點、評注、裁定爲一體，盡顯『閔刻』特徵，并將秦漢間諸文輯成册，爲學界查檢和利用提供了極大方便。中國國家圖書館、上海圖書館、南京圖書館均有藏。

中國國家圖書館　薩仁高娃

二〇一九年十二月

秦漢文鈔序

國朝以八股取士而舉業家嫻古文詞者什不滿二三夫文不古則無骨不古則無神不古則

不典而不麗故必取宗秦漢曰子長氏仲堅氏之所著述删其蕪集其要最有益舉業者莫如此書而膾炙此書

者亦不滿什之二三名公之所品騭與夫文人之所校閱評不一人人不一口妍媸互存是非無據遂一披覽快博浩

歎余謂評文一事正自
難言以一時丹鉛於以
惡千百年之精蘊文
章聲價盡足之憑耶
古人有知能心折歟

游說之譚錄與史官之
紀載其或陳說利害或
策畫事機或隸筆直
書或諷刺時事一一披
而讀之安在其可以置

雖黄也我湖閔氏稱望
族古文詞大半為其家
刻而日斯諸君復取秦
漢文一一訂改之批點宗
敷愽氏參評集諸大

家閉戶精披閱歲而告
成事屬余弁諸首則
文仲君也余惟是諸名
公之議論及校訂之苦
心其何能諱故評不一

人而語必參微人不一口而言必中解所謂天下大文章出之文人之口者近是文章中之品題出之名人之手者近是

啓則天下無文章矣彼
夫矢口而譚著述者盡
子長仲堅之流耶百家
諸子放浪不羈成一家言
總不如先秦兩漢之典覈

也博物洽聞之仕負絶千古之品無書不讀無文不諳揔之誦秦漢之書爲文家鄒鄭也語不必盡宗孔孟言不必盡宗六經

即伏覩上書縱横遊說皆
萬古之龜鑑舉業之要
領自非究心此道曰此天下
大文章也聽雞聲待蟾
影送去燕於窗前迎寒

蟬於戶下烏足與譚文人之手筆耶此編也舉業家嘗別具鑒賞矣如謂坊刻充棟若無佳本漫塗朱墨於以為書林之美

觀也則余尚何序焉
旹
萬曆上章涒灘之歲元
旦日故鄣臧懋循譔

秦漢文鈔批評姓字

一批點

楊融博

一叅評

呂東萊　胡致堂

樓迂齋　李性學

洪容齋　陳古迂

蔡虛齋　安子順

胡文定　真西山

林次崖　胡秋宇
胡龍涯　姜鳳阿
王守溪　邵二泉
劉子玄　馮小海
唐伯虎　楊升菴
唐荆川　董潯陽
茅鹿門　歸震川
陸北川　王鳳洲
王麟洲　鄒東郭

唐仲友　張泰嶽
余同麓　李九我
顧開雍　馮君卿
黃貞甫　陳仲醇
湯霍林　班　氏
何　氏　歐陽氏
劉　氏　田　氏
仲　氏　柯　氏
陳　氏　呂　氏

温　氏　　　　崔　氏

穆　氏　　　　吴　氏

歐　氏　　　　淩以棟

閔午塘

一裁定

閔日斯邁德　　閔子容洪德

閔文仲映黌

秦漢文鈔目錄

秦

蘇秦說趙肅侯說

蘇秦說韓宣惠王說

蘇秦說魏襄王說

蘇秦說齊宣王說

蘇秦說齊閔王說

蘇代遺燕昭王書

蘇代約燕昭王書

張儀說楚懷王說

張儀說韓襄王說

東漢

騷人章法變換錯落不拘

秦漢文鈔卷一

秦

屈原卜居

屈原既放三年不得復見竭志盡忠蔽障於讒心煩意亂不知所從乃往見太卜鄭詹尹曰余有所疑願因先生決之詹尹乃端策拂龜曰君將何以教之屈原曰吾寧悃悃款款朴以忠乎將送往勞來斯無窮乎寧誅鋤草茅以力耕乎將遊大人以成名乎寧正言不諱以危身乎將從俗富貴以媮

觀俗溷濁而不清一段則原之卜居特以發蘊憤于讒之心事寔未嘗有所疑也

生乎寧超然高舉以保貞乎將哫訾栗斯喔咿儒兒以事婦人乎寧廉潔正直以自清乎將突梯滑稽如脂如韋以絜楹乎寧昂昂若千里之駒乎將汎汎若水中之鳧與波上下偷以全吾軀乎寧與騏驥亢軛乎將隨駑馬之迹乎寧與黄鵠比翼乎將與鷄鶩爭食乎此孰吉孰凶何去何從世溷濁而不清蟬翼爲重千鈞爲輕黄鐘毀棄瓦釜雷鳴讒人高張賢士無名吁嗟嘿嘿兮誰知吾之廉貞詹尹乃釋策而謝曰夫尺有所短寸有所長物有

所不足。智有所不明。數有所不逮。神有所不通。用君之心。行君之意。龜策誠不能知此事。

王鳳洲曰卜居漁父便是赤壁諸公作俑作法于凉令人永慨

馮君卿曰既放二字乃一篇骨子

字字嵎壘奇古可玩

屈原漁父

屈原既放遊於江潭行吟澤畔顏色憔悴形容枯槁漁父見而問之曰子非三閭大夫歟何故至於斯屈原曰世人皆濁我獨清衆人皆醉我獨醒是以見放漁父曰聖人不凝滯於萬物而能與世推移世人皆濁何不淈其泥而揚其波衆人皆醉何不餔其糟而歠其釃何故深思高舉自令放爲屈原曰吾聞之新沐者必彈冠新浴者必振衣安能以身之察察受物之汶汶者乎寧赴湘流葬於江

魚腹中。安能以皓皓之白。蒙世俗之塵埃乎。漁父莞爾而笑。鼓枻而去。乃歌曰。滄浪之水清兮。可以濯我纓。滄浪之水濁兮。可以濯我足。遂去不復與言。

頤閑唯曰古人作文每以偏勝全如此篇之首分明是清濁醉醒雙提而下收法處又拘拘雙足則拙矣故只以清濁單結

不書二字乃一篇發論張本

郢中以下三段全在過按轉換處用筆神

二喻與鯤鵬同意而奇古

宋玉對楚王問

楚襄王問於宋玉曰。先生其有遺行與。何士民衆庶不譽之甚也。宋玉對曰。唯。然有之。願大王寬其罪。使得畢其辭。客有歌於郢中者。其始曰下里巴人。國中屬而和者數千人。其爲陽阿薤露。國中屬而和者數百人。其爲陽春白雪。國中屬而和者不過數十人。引商刻羽。雜以流徵。國中屬而和者不過數人而已。是其曲彌高。其和彌寡。故鳥有鳳而魚有鯤。鳳凰上擊九千里。絶雲霓。負蒼天。足亂浮

過之句奇矯

接下捷健下跋扈也

雲翺翔乎杳冥之上夫蕃籬之鷃豈能與之料天地之高哉鯤魚朝發崑崙之墟暴鬐於碣石暮宿於孟諸夫尺澤之鯢豈能與之量江海之大哉故非獨鳥有鳳而魚有鯤也士亦有之夫聖人瑰意琦行超然獨處世俗之民又安知臣之所爲哉

鄒東郭曰意思峻絶詞法髙簡古文中尤奇偉者

唐荊川曰陳商君罪過處烟波千里歡商君避位處弄丸掌中

茅鹿門曰描寫功德處言鄭重

趙良說商鞅說

夫五羖大夫。荊之鄙人也。聞秦繆公之賢。而願望見。行而無資。自鬻於秦客。被褐食牛。期年。繆公知之。舉之牛口之下。而加之百姓之上。秦國莫敢望焉。相秦六七年。而東伐鄭。三置晉國之君。一救荊國之禍。發教封內。而巴人致貢。施德諸侯。而八戎來服。由余聞之。款關請見。五羖大夫之相秦也。勞不坐乘。暑不張蓋。行於國中。不從車乘。不操干戈。功名藏於府庫。德行施於五世。五羖大夫死。秦國

章法不排不從

男女流涕。童子不歌謠。舂者不相杵。此五羖大夫

之德也。今君之見秦王也。因嬖人景監以爲主。非。二

所以爲名也。相秦不以百姓爲事。而大築冀闕。非。三

所以爲功也。刑黥太子之師傅。殘傷民以駿刑。是

積怨畜禍也。教之化民也深於命。民之効上也捷

於令。今君又左建外易。非所以爲教也。君又南面

而稱寡人。日繩秦之貴公子。詩曰。相鼠有體。人而

無禮。人而無禮。何不遄死。以詩觀之。非所以爲壽

也。公子虔杜門不出。已八年矣。君又殺祝懽。而黥

尚欲胡不相形有情

氣厚而不弱

公孫賈詩曰得人者興失人者崩此數事者非所以得人也君之出也後車十乘從車載甲多力而駢脅者爲驂乘持矛而操闟戟者旁車而趨此一物不具君固不出書曰恃德者昌恃力者亡君之危若朝露尚將欲延年益壽乎則何不歸十五都灌園於鄙勸秦王顯巖穴之士養老存孤敬父兄序有功尊有德可以少安君尚將貪商於之富寵秦國之教畜百姓之怨秦王一旦捐賓客而不立朝秦國之所以收君者豈其微哉亡可翹足而待

鄒東郭曰敘事有體轉換有法且明白簡易閑鍊謹嚴

陸北川曰此文乃宋賦之流

三轉法

進一步法用此過去自古

莊辛幸臣論

臣聞鄙語曰見兎而顧犬未為晚也亡羊而補牢未為遲也臣聞昔湯武以百里昌桀紂以天下亡今楚國雖小絕長續短猶以數千里豈特百里哉王獨不見夫蜻蛉乎六足四翼飛翔乎天地之間俛啄蚉虻而食之仰承甘露而飲之自以為無患與人無爭也不知夫五尺童子方將調飴膠絲加己乎四仞之上而下為螻蟻食也夫蜻蛉其小者也黃雀因是以俯噣白粒仰棲茂樹鼓翅奮翼自

董洛陽曰意若貫珠而機軸各異歧落分明而文法屢變

以爲無患與人無爭也不知夫公子王孫左挾彈右攝丸將加巳乎十仞之上以其類爲招晝游乎茂樹夕調乎酸鹹倏忽之間墜於公子之手夫黃雀其小者也黃鵠因是以游乎江海淹乎大沼俯噣鰋鯉仰嚙蔆衡奮其六翮而凌清風飄搖乎高翔自以爲無患與人無爭也不知夫射者方將修其碆盧治其矰繳將加巳乎百仞之上被礛磻引微繳折清風而抎矣故晝游乎江河夕調乎鼎鼐夫黃鵠其小者也蔡靈侯之事因是以南游乎高

馮君卿曰漸說到襄王身上文極委曲

陂北陵乎巫山飲茹溪之流食湘波之魚左抱幼妾右擁嬖女與之馳騁乎高蔡之中而不以國家爲事不知夫子發方受命乎靈王繫已以朱絲而見之也蔡靈侯之事其小者也君王之事因是以左州侯右夏侯輦從鄢陵君與壽陵君飯封祿之粟而載方府之金與之馳騁乎雲夢之中而不以天下國家爲事而不知夫穰侯方受命乎秦王塡黽塞之內而投已乎黽塞之外

田氏曰其說從小至大從物至人從外及內緩而不驟婉而不觸故能聳聽

四敘古人總發其警戒意

魯共公酒味色論

昔者帝女令儀狄作酒而美進之禹禹飲而甘之
遂疏儀狄絕旨酒曰後世必有以酒亡其國者齊
桓公夜半不嗛易牙乃煎熬燔炙和調五味而進
之桓公食之而飽至旦不覺曰後世必有以味亡
其國者晉文公得南之威三日不聽朝遂推南之
威而遠之曰後世必有以色亡其國者楚王登強
臺而望崩山左江而右湖以臨彷徨其樂忘死遂
盟強臺而弗登曰後世必有以高臺陂池亡其國

反應極巧

者。今主君之尊儀狄之酒也主君之味易牙之調也左白台而右閭須南威之美也前夾林而後蘭臺強臺之樂也有一於此足以亡其國今主君兼此四者可無戒與

茅鹿門曰驟讀之如一瀉千里細玩之却又句琢字雕一毫增減不得

蘇秦說燕文侯說

燕東有朝鮮遼東。北有林胡樓煩。西有雲中九原。南有嘑沱易水。地方二千餘里。帶甲數十萬。車六百乘。騎六千匹。粟支數年。南有碣石鴈門之饒。北有棗粟之利。民雖不佃作而足於棗粟矣。此所謂天府者也。夫安樂無事。不見覆軍殺將。無過燕者。大王知其所以然乎。夫燕之所以不犯寇被甲兵者。以趙之爲蔽其南也。秦趙五戰。秦再勝而趙三勝。秦趙相斃。而王以全燕制其後。此燕之所以不犯寇也且夫秦之攻燕也踰雲中九原過代上谷彌地數千里雖得燕城秦計固不能守也秦之不能害燕亦明矣今趙之攻燕也發號出令不至十日而數十萬之軍軍於東垣矣渡嘑沱涉易水不至四五日而距國都矣故曰秦之攻燕也戰於千里之外趙之攻燕也戰於百里之內夫不憂百里之患而重千里之外計無過於此者是故願大王與趙從親天下爲一則燕國必無患矣

句警

楊升庵曰此只是唇亡齒寒之喻但詞氣激昂傾動人主之聽

楊升菴曰言合從與否之利害議論明白透徹

章法連用民安字自不冗

蘇秦説趙肅侯

天下卿相人臣。及布衣之士。皆高賢君之行義。皆願奉教陳忠於前之日久矣。雖然。奉陽君妬君而不任事。是以賓客遊士。莫敢自盡於前者。今奉陽君捐館舍。君乃今復與士民相親也。臣故敢進其愚慮。竊爲君計者。莫若安民無事。且無庸有事於民也。安民之本。在於擇交。擇交而得。則民安。擇交而不得。則民終身不安。請言外患。齊秦爲兩敵。而民不得安。倚秦攻齊。而民不得安。倚齊攻秦。而民

奇峰特起

不得安。故夫謀人之主伐人之國。常苦出辭斷絕人之交也。願君愼勿出於口。請別白黑所以異陰陽而已矣。君誠能聽臣。燕必致旃裘狗馬之地。齊必致魚鹽之海。楚必致橘柚之園。韓魏中山。皆可使致湯沐之奉。而貴戚父兄。皆可以受封侯。夫割地包利。五伯之所以覆軍禽將而求也。封侯貴戚。湯武之所以放弒而爭也。今君高拱而兩有之。此臣之所以爲君願也。今大王與秦。則秦必弱韓魏。與齊則齊必弱楚魏。魏弱。則割河外。韓弱。則効宜

陽宜陽効則上郡絕河外割則道不通楚弱則無
援此三策者不可不熟計也夫秦下軹道則南陽
危劫韓包周則趙氏自操兵據衛取淇卷則齊必
入朝秦秦欲已得乎山東則必舉兵而嚮趙矣秦
甲渡河踰漳據番吾則兵必戰於邯鄲之下矣此
臣之所以爲君患也當今之時山東之建國莫彊
於趙趙地方二千餘里帶甲數十萬車千乘騎萬
匹粟支數年西有常山南有河漳東有清河北有
燕國燕固弱國不足畏也秦之所害於天下者莫

外料内度俱從揣摩小來

如趙然而秦不敢舉兵伐趙者何也畏韓魏之議其後也然則韓魏趙之南蔽也秦之攻韓魏也無有名山大川之限稍蠶食之傳國都而止韓魏不能支秦必入臣於秦秦無韓魏之規則禍必中於趙矣此臣之所以爲君患也臣聞堯無三夫之分舜無咫尺之地以有天下禹無百人之聚以王諸侯湯武之士不過三千車不過三百乘卒不過三萬立爲天子誠得其道也是故明主外料其敵之彊弱內度其士卒賢不肖不待兩軍相當而勝敗

氣豪

讀此衡人自廢

存亡之機固已形於胷中矣豈揜於衆人之言而以冥冥決事哉臣竊以天下之地圖案之諸侯之地五倍於秦料度諸侯之卒十倍於秦六國爲一并力西鄉而攻秦秦必破矣今西面而事之見臣於秦夫破人之與見破於人也臣人之與見臣於人也豈可同日而論哉夫衡人者皆欲割諸侯之地以與秦秦成則高臺榭美宮室聽竽瑟之音前有樓闕軒轅後有長姣美人國被秦患而不與其憂是故夫衡人日夜務以秦權恐愓諸侯以求割

馮君卿曰說當時事勢甚中

地故願大王熟計之也臣聞明主絕疑去讒屏流言之迹塞朋黨之門故尊主廣地彊兵之計臣得陳忠於前矣故竊爲大王計莫如一韓魏齊楚燕趙以從親以畔秦令天下之將相會於洹水之上通質刳白馬而盟要約曰秦攻楚齊魏各出銳師以佐之韓絕其糧道趙涉河漳燕守常山之北秦攻韓魏則楚絕其後齊出銳師而佐之趙涉河漳燕守雲中秦攻齊則楚絕其後韓守城皐魏塞其道趙涉河漳博關燕出銳師以佐之秦攻燕則趙

守常山楚軍武關齊涉渤海韓魏皆出銳師以佐之秦攻趙則韓軍宜陽楚軍武關魏軍河外齊涉清河燕出銳師以佐之諸侯有不如約者以五國之兵共伐之六國從親以賓秦則秦甲必不敢出於函谷以害山東矣如此則霸王之業成矣

黄貞甫曰文有開闔有歸着是用世之文不但押闔詞說之工

縱橫顛倒

以錦帶四句將前面意總

蘇秦說韓宣惠王說

韓北有鞏洛成臯之固。西有宜陽商阪之塞。東有宛穰洧水。南有陘山。地方九百餘里。帶甲數十萬天下之彊弓勁弩。皆從韓出。谿子少府。時力距來者。皆射六百步之外。韓卒超足而射。百發不暇止。遠者括蔽洞胸。近者鏑弇心。韓卒之劍戟。皆出於冥山。棠谿。墨陽。合賻。鄧師。宛馮。龍淵。太阿。皆陸斷牛馬。水截鵠鴈。當敵則斬堅甲鐵幕。革抉㕹芮。無不畢具。以韓卒之勇。被堅甲蹠勁弩。帶利劍。一人

結西漢來俱用此法

當百不足言也夫以韓之勁與大王之賢乃西面事秦交臂而服羞社稷而爲天下笑無大於此者矣是故願大王熟計之大王事秦秦必求宜陽成皐今茲效之明年又復求割地與則無地以給之不與則棄前功而受後禍且大王之地有盡而秦之求無已以有盡之地而逆無已之求此所謂市怨結禍者也不戰而地已削矣臣聞鄙諺曰寧爲鷄口無爲牛後今西面交臂而臣事秦何異於牛後乎夫以大王之賢挾彊韓之兵而有牛後之名

臣竊爲大王羞之。

余同麓曰：論衡居徹盡蘇明允六國論全出于此

樵氏曰簡易明切不避臣下之忌蓋以趙稍背之如引刀破竹耳

挾強秦數語是激詞亦是寔事

蘇秦說魏襄王說

大王之地南有鴻溝陳汝南許鄢昆陽召陵舞陽新都新郪東有淮潁煑棗無胥西有長城之界北有河外卷衍酸棗地方千里地名雖小然而田舍廬廡之數曾無所芻牧人民之衆車馬之多日夜行不絕輷輷殷殷若有三軍之衆臣竊量大王之國不下楚然衡人怵王交彊虎狼之秦以侵天下卒有秦患不顧其禍夫挾彊秦之勢以內劫其主罪無過此者魏天下之彊國也王天下之賢王也

今乃有意西面而事秦稱東藩築帝宮受冠帶祠春秋臣竊爲大王恥之臣聞越王句踐戰敝卒三千人禽夫差於干遂武王卒三千人革車三百乘制紂於牧野豈其士卒衆哉誠能奮其威也今竊聞大王之卒武士二十萬蒼頭二十萬奮擊二十萬廝徒十萬車六百乘騎五千匹此其過越王句踐武王遠矣今乃聽於羣臣之說而欲臣事秦夫事秦必割地以効實故兵未用而國已虧矣凡羣臣之言事秦者皆姦人非忠臣也夫爲人臣割其

向字俱有力

主之地以求外交偷取一時之功而不顧其後破公家而成私門外挾彊秦之勢以內劫其主以求割地願大王熟察之周書曰緜緜不絕蔓蔓柰何毫釐不伐將用斧柯前慮不定後有大患將柰之何大王誠能聽臣六國從親專心并力壹意則必無彊秦之患故敝邑趙王使臣效愚計奉明約在大王之詔詔之

楊升菴曰中間論衡人及群臣皆不忠而以私内外之言尤爲明白

孫氏曰此段論事曲細

太史公多采此作傳

蘇秦説齊宣王

齊南有泰山東有琅邪西有清河北有渤海此所謂四塞之國也齊地方二千餘里帶甲數十萬粟如丘山三軍之良五家之兵進如鋒矢戰如雷霆解如風雨即有軍役未嘗倍泰山絕清河涉渤海也臨菑之中七萬戸臣竊度之不下戸三男子三七二十一萬不待發於遠縣而臨菑之卒固已二十一萬矣臨菑甚富而實其民無不吹竽鼓瑟彈琴擊筑鬬鷄走狗六博蹋鞠者臨菑之途車轂擊

人肩摩。連袵成帷。舉袂成幕。揮汗成雨。家殷人足。志高氣揚。夫以大王之賢與齊之彊。天下莫能當。今乃西面而事秦。臣竊爲大王羞之。且夫韓魏之所以重畏秦者。爲與秦接境壤界也。兵出而相當。不出十日。而戰勝存亡之機決矣。韓魏戰而勝秦。則兵半折。四境不守。戰而不勝。則國以危亡隨其後。是故韓魏之所以重與秦戰。而輕爲之臣也。今秦之攻齊則不然。倍韓魏之地。過衛陽晉之道。徑乎亢父之險。車不得方軌。騎不得比行。百人守險。

千人不敢過也。秦雖欲深入則狼顧恐韓魏之議其後也。是故恫疑虛喝驕矜而不敢進則秦之不能害齊亦明矣夫不深料秦之無柰齊何而欲西面而事之是羣臣之計過也今無臣事秦之名而有彊國之實臣是故願大王少留意計之

奇峰

㮚氏曰陳韓魏弱小而近秦齊强而遠秦處利害明如指掌

此篇長不厭贅及後辯論不窮而古折當冠戰國

蘇秦説齊閔王

臣聞用兵而喜先天下者憂約結而喜主怨者孤夫後起者藉也而遠怨者時也是以聖人從事必藉於權而務興於時夫權藉者萬物之率也而時勢者百事之長也故無權藉倍時勢而能事成者寡矣今雖干將莫邪非得人力則不能割劌矣堅箭利金不得弦機之利則不能遠殺矣矢非不銛而劍非不利也何則權藉不在焉何以知其然也昔者趙氏襲衛車舍人不休傳衛國城割平衛八

門上而二門墮矣此亡國之形也衛君跣行告遡於魏魏王身被甲底劍挑趙索戰邯鄲之中鶩河山之間亂衛得是藉也亦收餘甲而北面殘剛平墮中牟之郭衛非強於趙也譬之衛矢而魏弦機也藉力魏而有河東之地趙氏懼楚人救趙而伐魏戰於州西出梁門軍舍林中馬飲於大河趙得是藉也亦襲魏之河北燒棘蒲隊黄城故剛平之殘也中牟之墮也黄城之隊也棘蒲之燒也此皆非趙魏之欲也然二國勸行之者何也衛明於時

權之藉也。今世之爲國者不然矣。兵弱而好敵強。國罷而好衆怨。事敗而好鞠之。兵弱而憎下人。地狹而好敵大。事敗而好長詐。行此六者而求霸。則遠矣。臣聞善爲國者。順民之意。而料兵之能。然後從於天下。故約不爲人主怨。伐不爲人挫強。如此則兵不費。權不輕。地可廣。欲可成也。昔者齊之與韓魏伐秦楚也。戰非甚疾也。分地又非多韓魏也。然而天下獨歸咎於齊者。何也。以其爲韓魏主怨也。且天下偏用兵矣。齊燕戰。而趙氏兼中山。秦楚戰韓魏不休而宋越專用其兵此十國者皆以相敵爲意而獨舉心於齊者何也約而好主怨伐而好挫强也且夫疆大之禍常以王人爲意也夫弱小之殃常以謀人爲利也是以大國危小國滅也大國之計莫若後起而重伐不義夫後起之藉與多而兵勁則是以衆强敵罷寡也兵必立也事不塞天下之心則利必附矣大國行此則名號不攘而至覇王不爲而立矣小國之情莫如謹靜而寡信諸侯謹靜則四隣不反寡信諸侯則天下不賣

七四

縱橫新警、

外不賣內不反則稿積朽腐而不用幣帛矯蠹而不服矣小國道此則不祠而福矣不貸而見足矣故曰祖仁者王立義者霸用兵窮者亡何以知其然也昔吳王夫差以強大為天下先襲郢而棲越身從諸侯之君而卒身死國亡為天下戮者何也此夫差平居而謀王強大而喜先天下之禍也昔者萊莒好謀陳蔡好詐莒恃越而滅蔡恃晉而亡此皆內長詐外信諸侯之殃也由此觀之則強弱大小之禍可見於前事矣語曰騏驥之衰也駑馬

先之孟賁之倦也女子勝之夫駑馬女子筋力骨勁非賢於騏驥孟賁也何則後起之藉也今天下之相與也不並滅有能案兵而後起寄怨而誅不直微用兵而寄於義則覇天下可蹻足而須也明於諸侯之故察於地形之理者不約親不相質而固不趨而疾衆事而不反交割而不相憎俱強而加以親何則形同憂而兵趨利也何以知其然也昔者燕齊戰於桓之曲燕不勝十萬之衆盡胡人襲燕樓煩數縣取其牛馬夫胡之與齊非素親也

馮君卿曰敘事痛切婉詞

而用兵又非約質而謀燕也然而甚於相趨者何也形同憂而兵趨利也由此觀之約於同形則利長後起則諸侯可趨役也故明主察相誠欲以霸王爲志則戰攻非所先戰者國之殘也而都縣之費也殘費已先而能從諸侯者寡矣彼戰者之爲殘也士聞戰則輸私財而富軍市輸飲食而待死士令折轅而炊之殺牛而觴士則是路窘之道也中人禱祝君翳釀通都小縣置社有市之邑莫不止事而奉王則此虛中之計也夫戰之明日尸死

不曰諸侯從而曰從諸侯奇

扶傷雖若有功也軍出費中哭泣則傷主心矣死者破家而葬夷傷者空財而共藥完者內酺而華樂故其費與死傷者鈞故民之所費也十年之田而不償也軍之所出矛戟折鐶鉉絕傷弩破車罷馬亡矢之太半甲兵之具官之所私出也士大夫之所匿廝養士之所竊十年之田而不償也天下有此再費者而能從諸侯者寡矣攻城之費百姓理襜蔽舉衝櫓家雜總身窟穴中罷於刀金而士困於土功將不釋甲朞數而能拔城者爲亟耳上

倦於教士斷於兵故三下城而能勝敵者寡矣故曰彼戰攻者非所先也何以知其然也昔智伯瑶攻范中行氏殺其君滅其國又西圍晉陽吞併二國而憂一主此用兵之盛也然而智伯卒身死國亡爲天下笑者何謂也兵先戰攻而滅二子之患也昔者中山悉起而迎燕趙南戰於長子敗趙氏北戰於中山克燕軍殺其將夫中山千乘之國也而攻萬乘之國二再戰比勝此用兵之上節也然而國遂亡君臣於齊者何也不嗇於戰攻之患也

由此觀之。則戰攻之敗。可見於前事矣。今世之所謂善用兵者。終戰比勝。而守不可拔。天下稱爲善。一國得而保之。則非國之利也。臣聞戰大勝者。其士多死而兵益弱。守而不可拔者。其百姓罷。而城郭露。夫士死於外。民殘於內。而城郭露於境。則非王之樂也。今夫鵠的非咎罪於人也。便弓引弩而射之。中者則善。不中則愧。少長貴賤。則同心於貫之者。何也。惡其示人以難也。今窮戰比勝。而守必不拔。則是非徒示人以難也。又且害人者也。然則

縱談自恣與
狗摩追從態

天下仇之必矣夫罷士露國而多與天下為仇則明君不居也素用強兵而弱之則察相不事彼明君察相者則五兵不動而諸侯從辭讓而重賂至矣故明君之攻戰也甲兵不出於軍而敵國勝衝櫓不施而邊城降士民不知而王業至矣彼明君之從事也用財少曠日遠而利長者故曰兵後起則諸侯可趨役也臣之所聞攻戰之道非師者雖有百萬之軍北之堂上雖有闔閭吳起之將禽之戶內千丈之城拔之尊俎之間百尺之衝折之衽

席之上故鐘鼓竽瑟之音不絕於前地可廣而欲
可成和樂倡優侏儒之笑不乏諸侯可同日而致
也故名配天地不爲尊利制海內不爲厚故夫善
爲王業者在勞天下而自逸亂天下而自安諸侯
無成謀則其國無宿憂也何以知其然也佚治在
我勞亂在天下則王之道也鋭兵來則拒之患至
則趨之使諸侯無成謀則其國無宿憂矣何以知
其然也昔者魏王擁土千里帶甲三十六萬恃其
強而拔邯鄲西圍定陽又從十二諸侯朝天子以

西謀秦。秦王恐之。寢不安席。食不甘味。令於境內。盡堞中。爲戰具。競爲守備。爲死士置將以待魏氏。衞鞅謀於秦王曰。夫魏氏其功大而令行於天下有十二諸侯。而朝天子。其與必衆。故以一秦而敵大魏。恐不如。王何不使臣見魏王。則臣請必北魏矣。秦王許諾。衞鞅見魏王曰。大王之功大矣。令行於天下矣今大王之所從十二諸侯。非宋衞也。則鄒魯陳蔡。此固大王之所以鞭箠使也。不足以王天下。大王不若北取燕。東伐齊。則趙必從矣。西取

總收有波瀾有精彩

秦。南伐楚。則韓必從矣。大王有伐齊楚心。而從天下之志。則王業成矣。大王不如先行王服。然後圖齊楚。魏王説於商鞅之言也。故身廣公宮。制丹衣柱。建九斿。從七星之旟。此天子之位也。而魏王處之。於是齊楚怒。諸侯奔齊。齊人伐魏。殺其太子。覆其十萬之軍。魏王大恐。跣行按兵於國。而東次於齊。然後天下乃舍之。當是時。秦王垂拱而受西河之外。而不以德魏王。故衛鞅之始與秦王計也。謀約不下席。言於尊俎之間。謀成於堂上。而魏將已禽於齊矣。衝櫓未施。而西河之外已入於秦矣。此臣之所謂北之堂上。禽將戸內。拔幟於尊俎之間。折衝席上者也。

黄貞甫曰只後起等總一意而喻證捌浙如釣弩突來激湍入賁讀之神暢而氣高

蘇代遺燕昭王書

夫列在萬乘而寄質於齊名卑而權輕奉萬乘助齊伐宋民勞而實費夫破宋殘楚淮北肥大齊讐彊而國害此三者皆國之大敗也然且王行之者將以取信於齊也齊加不信於王而忌燕愈甚是王之計過矣夫以宋加之淮北彊萬乘之國也而齊并之是益一齊也北夷方七百里加之以魯衛彊萬乘之國也而齊并之是益二齊也夫一齊之彊燕猶很顧而不能支今以三齊臨燕其禍必大

益一齊益二齊語巧

矣雖然智者舉事因禍爲福轉敗爲功齊紫敗素也而賈十倍越王句踐棲於會稽復殘彊吳而霸天下此皆因禍爲福轉敗爲功者也今王若欲因禍爲福轉敗爲功則莫若挑霸齊而尊之使使盟於周室焚秦符曰其大上計破秦其次必長賓之秦挾賓以待破秦王必患之秦五世伐諸侯今爲齊下秦王之志苟得窮齊不憚以國爲功然則王何不使辯士以此言說秦王曰燕趙破宋肥齊尊之爲之下者燕趙非利之也燕趙不利而勢爲之

者以不信秦王也然則王何不使可信者接收燕趙令涇陽君高陵君先於燕趙秦有變因以爲質則燕趙信秦秦爲西帝燕爲北帝趙爲中帝立三帝以令於天下韓魏不聽則秦伐之齊不聽則燕趙伐之天下孰敢不聽天下服聽因驅韓魏以伐齊曰必反宋地歸楚淮北反宋地歸楚淮北燕趙之所利也並立三帝燕趙之所願也夫實得所利尊德所願燕趙棄齊如脫躧矣今不收燕趙齊霸必成諸侯贊齊而王不從是國伐也諸侯贊齊而

收法佳

王從之是名卑也今收燕趙國安而名尊不收燕趙國危而名卑夫去尊安而取危卑智者不爲也秦王聞若說必若刺心然則王何不使辯士以此若言說秦秦必取齊必伐矣夫取秦厚交也伐齊正利也尊厚交務正利聖主之事也

陸北川曰爲燕謀而弄齊秦于鼓掌蘇氏兄弟蓋天下第一舌也

陸北川曰言秦之情獨此熊淋辞

雋君卿曰行暴二字一篇關鍵

蘇代約燕昭王書

楚得枳而國亡。齊得宋而國亡。齊楚不得以有枳宋而事秦者。何也。則有功者。秦之深讐也。秦取天下。非行義也。暴也。秦之行暴。正告天下。告楚曰。蜀地之甲。乘船浮於汶。乘夏水而下江。五日而至郢。漢中之甲。乘船出於巴。乘夏水而下漢。四日而至五渚。寡人積甲宛東下隨。智者不及謀。勇士不及怒。寡人如射隼矣。王乃欲待天下之攻函谷。不亦遠乎。楚王爲是故十七年事秦。秦正告韓曰。我起

爲君卿曰雖木而爲偶耳

乎少曲。一日而斷大行。我起乎宜陽而觸平陽。二日而莫不盡繇。我離兩周而觸鄭。五日而國舉。韓氏以爲然。故事秦。秦正告魏曰。我舉安邑。塞女戟。韓氏太原卷。我下軹道南陽封冀。包兩周。乘夏水。浮輕舟。彊弩在前。錟戈在後。決滎口。魏無大梁。決白馬之口。魏無外黄濟陽。決宿胥之口。魏無虛頓丘。陸攻則擊河內。水攻則滅大梁。魏氏以爲然。故事秦。秦欲攻安邑。恐齊救之。則以宋委於齊曰。宋王無道。爲木人以寫寡人。射其面。寡人地絶兵遠。

不能攻也王苟能破宋有之寡人如自得之巳得安邑塞女戟因以破宋爲齊罪秦欲攻韓恐天下救之則以齊委於天下曰齊王四與寡人約四欺寡人必率天下以攻寡人者三有齊無秦有秦無齊必伐之必亡之巳得宜陽少曲致藺石因以破齊爲天下罪秦欲攻魏重楚則以南陽委於楚曰寡人固與韓且絶矣殘均陵塞鄳阨苟利於楚寡人如自有之魏棄與國而合於秦因以塞鄳阨爲楚罪兵困於林中重燕趙以膠東委於燕以濟西

委於趙趙得講於魏至公子延因犀首屬行而攻
趙兵傷於譙石遇敗於陽馬而重魏則以葉蔡委
於魏已得講於趙則劫魏不爲割困則使太后弟
穰侯爲和嬴則兼欺舅與母適燕者曰以膠東適
趙者曰以濟西適魏者曰以葉蔡適楚者曰以塞
鄳阸適齊者曰以宋此必令言如循環用兵如刺
蜚母不能制舅不能約龍賈之戰岸門之戰封陵
之戰高商之戰趙莊之戰秦之所殺三晉之民數
百萬今其生者皆死秦之孤也西河之外上雒之

地。三川晉國之禍。三晉之半。秦禍如此其大也。而燕趙之秦者。皆以爭事秦說其主。此臣之所大患也。

穆氏曰秦本虎狼之國而代之摹寫則如兕魅文詞斡旋大似呂相絕秦書

儀說楚及季子口氣大抵出于一家

張儀說楚懷王說

秦地半天下。兵敵四國。被險帶河。四塞以爲固。虎賁之士百餘萬。車千乘。騎萬匹。積粟如丘山。法令既明。士卒安難樂死。主明以嚴。將智以武。雖無出甲。席卷常山之險。必折天下之脊。天下有後服者先亡。且夫爲從者。無以異於驅羣羊而攻猛虎。虎之與羊。不格明矣。今王不與猛虎而與羣羊。臣竊以爲大王之計過也。凡天下彊國。非秦而楚。非楚而秦。兩國交爭。其勢不兩立。大王不與秦。秦下甲

穆氏曰詳而有條

據宜陽。韓之上地不通。下河東。取成皋。韓必入臣。梁則從風而動。秦攻楚之西。韓梁攻其北。社稷安得毋危。且夫從者聚羣弱而攻至彊。不料敵而輕戰。國貧而數舉兵。危亡之術也。臣聞之。兵不如者。勿與挑戰。粟不如者。勿與持久。夫從人飾辯虛辭。高主之節。言其利。不言其害。卒有秦禍。無及為已。是故願大王之熟計之。秦西有巴蜀。大船積粟。起於汶山。浮江以下。至楚三千餘里。舫船載卒。一舫載五十人。與三月之食。下水而浮。一日行三百餘

潙君卿曰辯論明析

里。里數雖多。然而不費牛馬之力。不至十月。而拒扞關。扞關驚。則從境以東。盡城守矣。黔中巫郡。非王之有。秦舉甲出武關。南面而伐。則北地絕。秦兵之攻楚也。危難在三月之內。而楚待諸侯之救。在半歲之外。此其勢不相及也。夫待弱國之救。忘彊秦之禍。此臣所以爲大王患也。大王嘗與吳人戰。五戰而三勝。陣卒盡矣。偏守新城。存民苦矣。臣聞功大者易危。而民敝者怨上。夫守易危之功。而逆彊秦之心。臣竊爲大王危之。且夫秦之所以不出兵函谷十五年以攻齊趙者。陰謀有合天下之心。
楚嘗與秦構難。戰於漢中。楚人不勝。列侯執珪死
者七十餘人。遂亡漢中。楚王大怒。興兵襲秦。戰於
藍田。此所謂兩虎相搏者也。夫秦楚相敝。而韓魏
以全制其後。計無危於此者矣。願大王熟計之。秦
下甲攻衞陽晉。必大關天下之匈。大王悉起兵以
攻宋。不至數月。而宋可舉。舉宋而東指。則泗上十
二諸侯。盡王之有也。凡天下而以信約從親相堅
者。蘇秦封武安君相燕。即陰與燕王謀伐破齊而

湛君解曰論蘇秦一段雖是彼此相短然亦名言

分其地乃詳有罪出走入齊齊王因受而相之居二年而覺齊王大怒車裂蘇秦於市夫以一詐僞之蘇秦而欲經營天下混一諸侯其不可成亦明矣今秦與楚接境壤界固形親之國也大王誠能聽臣臣請使秦太子入質於楚楚太子入質於秦請以秦女爲大王箕箒之妾效萬室之都以爲湯沐之邑長爲昆弟之國終身無相攻伐臣以爲計無便於此者

穆氏曰蘇秦始說六國合從攻秦何其雄也終乃欲敝齊爲燕外謀甚矣死而車裂徒爲張儀借口

秦漢文鈔卷一下

張儀說韓襄王

韓地險惡山居。五穀所生。非菽而麥。民之食。大抵飯菽藿羹。一歲不收。民不饜糟糠。地不過九百里。無二歲之食。料大王之卒。悉之不過三十萬。而厮徒負養在其中矣。除守徼亭鄣塞。見卒不過三十萬而已矣。秦帶甲百餘萬。車千乘。騎萬匹。虎賁之士。跿跔科頭。貫頤奮戟者。至不可勝計。秦馬之良。戎兵之衆。探前趹後。蹄間三尋。騰者不可勝數。山

辯駁法傑宕無比

東之士被甲蒙冑以會戰秦人捐甲徒裼以趨敵左挈人頭右挾生虜夫秦卒與山東之卒猶孟賁之與怯夫以重力相壓猶烏獲之與嬰兒夫戰孟賁烏獲之士以攻不服之弱國無異垂千鈞之重於鳥卵之上必無幸矣夫羣臣諸侯不料地之寡而聽從人之甘言好辭比周以相飾也皆奮曰聽吾計可以彊霸天下夫不顧社稷之長利而聽須臾之説詿誤人主無過此者大王不事秦秦下甲據宜陽斷韓之上地東取成皐滎陽則鴻臺之宮

桑林之苑。非王之有也。夫塞成皐。絕上地。則王之國分矣。先事秦則安。不事秦則危。夫造禍而求其福報。計淺而怨深。逆秦而順楚。雖欲毋亡。不可得也。故爲大王計。莫如爲秦。秦之所欲。莫如弱楚。而能弱楚者。莫如韓。非以韓能彊於楚也。其地勢然也。今王西面而事秦以攻楚。秦王必喜。夫攻楚以利其地。轉禍而說秦。計無便於此者。

穆氏曰橫人之詞直所謂恐喝者韓之兵信弱食信寡矣獨不曰從合則能以弱爲强以寡爲衆乎惜世主不察于此也

朱鹿門曰魏通秦而無阻故儀先爲恐喝

張儀說魏哀王說

魏地方不至千里。卒不過三十萬。地四平。諸侯四通輻輳。無名山大川之限。從鄭至梁。二百餘里。車馳人走。不待力而至。梁南與楚境。西與韓境。北與趙境。東與齊境。卒戍四方。守亭鄣者。不下十萬。梁之地勢。固戰場也。梁南與楚而不與齊。則齊攻其東。東與齊而不與趙。則趙攻其北。不合於韓。則韓攻其西。不親於楚。則楚攻其南。此所謂四分五裂之道也。且夫諸侯之爲從者。將以安社稷尊主彊

此等語自能聳動當時諸侯

兵顯名也。今從者一天下。約爲昆弟。刑白馬以盟洹水之上。以相堅也。而親昆弟同父母。尚有爭錢財。而欲恃詐僞反覆蘇秦之餘謀。其不可成亦明矣。大王不事秦。秦下兵攻河外。據卷衍酸棗。劫衞取陽晉。則趙不南。趙不南而梁不北。梁不北則從道絶。從道絶則大王之國欲毋危不可得也。秦折韓而攻梁。韓怯於秦。秦韓爲一。梁之亡可立而須也。此臣之所爲大王患也。爲大王計。莫如事秦。事秦。則楚韓必不敢動。無楚韓之患。則大王高枕而

跌宕

卧。國必無憂矣。且夫秦之所欲弱者。莫如楚。而能弱楚者。莫如梁。楚雖有富大之名。而實空虛。其卒雖多。然而輕走易北不能堅戰。悉梁之兵。南面而伐楚。勝之必矣。割楚而益梁。虧楚而適秦。嫁禍安國。此善事也。大王不聽臣。秦下甲士而東伐。雖欲事秦。不可得矣。且夫從人多奮辭。而少可信。說一諸侯而成封侯。是故天下之游談士。莫不日夜搤腕。瞋目切齒以言從之便。以說人主。人主賢其辯。而牽其說。豈得無眩哉。臣聞之。積羽沉舟。羣輕折軸。衆口鑠金。積毀銷骨。故願大王審定計議。且賜骸骨辟魏。

吳氏曰魏非不知從之利而秦之不可信也劫于秦之强而患與國之不一後復背秦合從情可見矣惜其自同連雞中兄弟爭財之料而相與以趨于亡從之不可合合之不可久勢固然耳

馮君卿曰一起口氣便危矣乎

馮君卿曰成功立名一篇眼目

樂毅報燕惠王書

臣不佞。不能奉承王命。以順左右之心。恐傷先王之明。有害足下之義。故遁逃走趙。今足下使人數之以罪。臣恐侍御者。不察先王之所以畜幸臣之理。又不白臣之所以事先王之心。故敢以書對。臣聞賢聖之君。不以祿私親。其功多者賞之。其能當者處之。故察能而授官者。成功之君也。論行而結交者。立名之士也。臣竊觀先王之舉也。見有高世主之心。故假節於魏。以身得察於燕。先王過舉。厠

突起奇峰

之賓客之中。立之羣臣之上。不謀父兄。以爲亞卿。臣竊不自知。自以爲奉令承教。可幸無罪。故受命而不辭。先王命之曰。我有積怨深怒於齊。不量輕弱。而欲以齊爲事。臣曰。夫齊。霸國之餘業。而最勝之遺事也。練於兵甲。習於戰攻。王若欲伐之。必與天下圖之。與天下圖之。莫若結於趙。且又淮北宋地。楚魏之所欲也。趙若許而約四國攻之。齊可大破也。先王以爲然。具符節。南使臣於趙。顧反命。發兵擊齊。以天之道。先王之靈。河北之地。隨先王而

句法古麗

舉之濟上濟上之軍受命擊齊齊大敗齊人輕卒銳兵長驅至國齊王遁而走莒僅以身免珠玉財寶車甲珍器盡收入于燕齊器設於寧臺大呂陳於元英故鼎反乎磨室薊丘之植植於汶篁自五伯以來功未有及先王者也先王以為慊於志故裂地而封之使得比小國諸侯臣竊不自知自以為奉命承教可幸無罪是以受命不辭臣聞賢聖之君功立而不廢故著於春秋蚤知之士名成而不毀故稱於後世若先王之報怨雪耻夷萬乘之彊

楊升庵曰引子胥一段慨慨感惻所謂長歌之悲過乎慟哭

國收八百歲之蓄積及至棄羣臣之日餘教未衰執政任事之臣修法令愼庶孽施及乎氓隸皆可以教後世臣聞之善作者不必善成善始者不必善終昔伍子胥説聽於闔閭而吳王遠迹至郢夫差弗是也賜之鴟夷而浮之江吳王不寤先論之可以立功故沈子胥而不悔子胥不蚤見主之不同量是以至於入江而不化夫免身立功以明先王之迹臣之上計也離毀辱之誹謗墮先王之名臣之所大恐也臨不測之罪以幸爲利義之所不

一一四

陳眉公曰名言

敢出也臣聞古之君子交絶不出惡聲忠臣去國不潔其名臣雖不佞數奉教於君子矣恐侍御者之親左右之説不察疏遠之行故敢獻書以聞唯君王之留意焉

湯霍林曰意思婉出詞氣藹和無一槍飾無一憤激真絶典之文

峭麗委婉可玩可誦

燕王謝樂間書

寡人不佞。不能奉順君意。故君捐國而去。則寡人之不肖明矣。敢端其願。而君不肯聽。故使使者陳愚意。君試論之。語曰。仁不輕絕。智不輕怨。君之於先王也。世之所明知也。寡人望有非。則君掩蓋之。不虞君之明罪之也。望有過。則君教誨之。不虞君之明棄之也。且寡人之罪。國人莫不知。天下莫不聞。君微出明怨以棄寡人。寡人必有罪矣。雖然恐君之未盡厚也。諺曰。厚者不毀人以自益。仁者不

馮君卿曰寡人雖不肖以

危人以要名故掩人之邪者厚人之行也救人之過者仁者之道也世有掩寡人之邪救寡人之過非君孰望之今君受厚任於先王以成尊輕棄寡人以快心則掩邪救過難得於君矣且世有薄而故厚施行有失而故惠用今使寡人任不肖之罪而君有失厚之累請爲君擇之也無所取之國之有封疆家之有垣墻所以合好掩惡也室不能相稐出語隣家未爲通計也怨惡未見而明棄之未爲盡厚也寡人雖不肖乎未如殷紂之亂也君雖

下是一邊向解一邊責問

不得意乎。未如商容箕子之累也。然則不內蓋寡人。而明怨於外。恐其適足以傷於高而薄於行也。非然也。苟可以明君之義。成君之高。雖任惡名。不難受也。一轉委曲有味本欲以爲明寡人之薄。而君不得厚。揚寡人之辱。而君不得榮。此一舉而兩失也。義者不虧人以自益。况傷人以自損乎。君無以寡人不肖。累往事之美。昔者柳下惠吏於魯。三黜而不去。或謂之曰。可以去。柳下惠曰。苟與人之異。惡往而不黜乎。冷語有致猶且黜乎。寧於故國爾。柳下惠不以三黜自累。

左傳法

委曲婉轉

故前業不忘。不以去爲心。故遠近無議。今寡人之罪。國人未知。而議寡人者徧天下。語曰。論不修心。議不累物。仁不輕絕。智不簡功。簡棄大功者輟也。輕絕厚利者怨也。輟而棄之。怨而累之。宜在遠者不望之於君也。今以寡人無罪。君豈怨之乎。願君捐怨。追惟先王。復以教寡人。意君曰。余且慝心以成而過。不顧先王以明而惡。使寡人進不得修功。退不得改過。君之所揣也。唯君圖之。此寡人之愚意也。敬以書謁之。

唐荆川曰意婉而切文法而葩

鄒東郭曰文勢縱橫詞法嚴緊

魯仲連遺燕將書

吾聞之。智者不倍時而棄利。勇士不怯死而滅名。忠臣不先身而後君。今公行一朝之忿。不顧燕王之無臣。非忠也。殺身亡聊城。而威不信於齊。非勇也。功廢名滅。後世無稱。非智也。故智者不再計。勇士不怯死。今死生榮辱。尊卑貴賤。此其一時也。願公之詳計而無與俗同也。且楚攻南陽。魏攻平陸。齊無南面之心。以爲亡南陽之害。不若得濟北之利。故定計而堅守之。今秦人下兵。魏不敢東面橫

句法高古

秦之縱合。則楚國之形危。且棄南陽。斷右壤。存濟北。計必爲之。今楚魏交退。燕救不至。齊無天下之規。與聊城共據。朞年之敝。卽臣見公之不能得也。齊必决之於聊城。公無再計。彼燕國大亂。君臣過計。上下迷惑。栗腹以十萬之衆。五折於外。萬乘之國。被圍於趙。壤削主困。爲天下戮。公聞之乎。今燕王方寒心獨立。大臣不足恃。國敝禍多。民心無所歸。今公又以聊城之民。距全齊之兵。朞年不解。是墨翟之守也。食人炊骨。士無反北之心。是孫臏吳

援古人雜以議論就不板

轉下絶奇

起之兵也能已見於天下矣故爲公計不如罷兵休士全車甲歸報燕王燕王必喜士民見公如見父母交游攘臂而議於世功業可明矣上輔孤主以制羣臣下養百姓以資說士矯國革俗於天下功名可立也意者亦捐燕棄世東游於齊乎請裂地定封富比陶衛世世稱寡與齊久存此亦一計也二者顯名厚實也願公熟計而審處一也且吾聞效小節者不能行太威惡小聰者不能立榮名昔管仲射桓公中鈎簒也遺公子糾而不能死怯

句法古綠

也束縛桎梏辱身也此三行者鄉里不通也世主不臣也使管仲終窮抑幽囚而不出（文語見有波瀾）慙恥而不見窮年没壽不免爲辱人賤行矣然管子并三行之過擄齊國之政一匡天下九合諸侯爲五霸首名高天下光照鄰國曹沫爲魯君將三戰三北而喪地千里使曹子之足不離陳計不顧後世必死而不生則不免爲敗軍禽將曹子以敗軍禽將非勇也功廢名滅後世無稱非智也故去三北之恥退而與魯君計也曹子以爲遭齊桓公有天下朝諸

湯流澄石活動處有峻絶之妙

金石之聲不卑不弱

侯。曹子以一劍之任。刼桓公於壇位之上。顔色不變。而辭氣不悖。三戰之所喪。一朝而反之。天下震動驚駭。威信吳楚。傳名後世。若此二公者。非不能行小節。死小恥也。以爲殺身絶世。功名不立。非智也。故去忿恚之心。而成終身之名。除感忿之恥。而立累世之功。故業與三王爭流。名與天壤相敝也。

四句有力

公其圖之。

陳眉公曰文詞參錯語法層轉誠為本業利刃至為人排難解紛則仲連一生本術

魏氏曰文字變化

魏無忌諫魏王書

秦與戎翟同俗有虎狼之心貪戾好利而無信不識禮義德行苟有利焉不顧親戚兄弟若禽獸耳此天下之所識也非有所施厚積德也故太后母也而以憂死穰侯舅也功莫大焉而竟逐之兩弟無罪而再奪之國此於親戚若此而況於仇讎之國乎今王與秦共伐韓而益近秦患臣甚惑之而王不識則不明羣臣莫以聞則不忠今韓氏以一女子奉一弱主內有大亂外交彊秦魏之兵王以

語法好

發語處有提掇

爲不亡乎韓亡秦有鄭地與大梁鄴王以爲安乎王欲得故地今負彊秦之親王以爲利乎秦非無事之國也韓亡之後必將更事更事必就易與利就易與利必不伐楚與趙矣是何也夫越山踰河絶韓上黨而攻彊趙是復閼與之事秦必不爲也若道河內倍鄴朝歌絶漳滏水與趙兵決於邯鄲之郊是知伯之禍也秦又不敢伐楚道涉山谷行三千里而攻冥阸之塞所行甚遠所攻甚難秦又不爲也若道河外倍大梁右蔡左召陵與楚兵決

於陳郊。秦又不敢。故曰秦必不伐楚與趙矣。又不攻衞與齊矣。夫韓亡之後。兵出之日。非魏無攻已。秦固有懷茅邢丘。城垝津以臨河內。河內共汲必危。有鄭地。得垣雍。決熒澤水灌大梁。大梁必亡。王之使者出過而惡安陵氏於秦。秦之欲誅之久矣。秦葉縣昆陽與舞陽鄰。聽使者之惡之。隨安陵氏而亡之。繞舞陽之北。以東臨許。南國必危。國無害已。夫憎韓不愛安陵氏可也。夫不患秦之不愛南國非也。異日者。秦在河西晉國。去梁千里。有河山

轉捩反傾如游龍不可捉摸

以闌之有周韓以間之徒林鄉軍以至于今秦七攻魏五入囿中邊城盡拔文臺墮垂都焚林木伐麋鹿盡而國繼以圍又長驅梁北東至陶衛之郊北至平監所亡於秦者山南山北河外河內大縣數十名都數百秦乃在河西晉去梁千里而禍若是矣又況於使秦無韓有鄭地無河山而闌之無周韓而間之去大梁百里禍必由此矣異日者從之不成也楚魏疑而韓不可得也今韓受兵三年秦撓之以講識亡不聽投質於趙請爲天下鴈行

奇

頓刃楚趙必集兵皆識秦之欲無窮也非盡亡天下之國而臣海內必不休矣是故臣願以從事王王速受楚趙之約趙挾韓之質以存韓而求故地韓必效之此士民不勞而故地得其功多於與秦共伐韓而又與彊秦鄰之禍也夫存韓安魏而利天下此亦王之天時已通韓上黨於共甯使道安成出入賦之是魏重質韓以其上黨也今有其賦足以富國韓必德魏愛魏重魏畏魏韓必不敢反魏是韓則魏之縣也魏得韓以爲縣衛大梁河外

必安矣。今不存韓。二周安陵必危。楚趙大破。衛齊甚畏天下西鄉而馳秦。入朝而爲臣不久矣。

贊貢甫曰與秦共伐韓而益近秦患存韓安魏而利天下二議大暢

穆氏曰起得明爽

馮君卿曰詞氣雍容不迫

秦漢文鈔卷二

秦

楚黄歇説秦昭王

天下莫強於秦楚。今聞大王欲伐楚。此猶兩虎相與鬭。而駑犬受其敝。不如善楚。臣請言其説。臣聞物至而反。冬夏是也。致至而危。累碁是也。今大國之地半天下。有二垂。此從生民以來。萬乘之地未嘗有也。先帝文王武王王之身。三世而不接地於齊。以絶從親之要。今王使成橋守事於韓。成橋已

二段波瀾闊而整

北入燕是王不用甲不伸威而出百里之地王可謂能矣王又舉甲兵而攻魏杜大梁之門舉河内拔燕酸棗虛桃人楚燕之兵雲翔而不敢校王之功亦多矣王休甲息衆二年然後復之又取蒲衍首垣以臨仁平丘小黄濟陽嬰城而魏氏服矣王又割濮磨之北屬之燕斷齊秦之要絶楚魏之春天下五合六聚而不敢救也王之威亦憚矣王若能持功守威省攻伐之心而肥仁義之地使無復後患三王不足四五霸不足六也王若負人徒之

穆氏曰緊急剃眉

穆氏曰冷語宛轉

衆。恃甲兵之強。乘毀魏之威。而欲以力臣天下之主。臣恐有後患。詩云。靡不有初。鮮克有終。易曰。狐濡其尾。此言始之易。終之難也。何以知其然也。智氏見伐趙之利。而不知榆次之禍也。吳見伐齊之便。而不知干隧之敗也。此二國者。非無大功也。沒利於前而易患於後也。吳之信越也。從而伐齊。遂攻齊人於艾陵。還爲越王禽於三江之浦。智氏信韓魏。從而伐趙。攻晉陽之城。勝有日矣。韓魏反之。殺智伯瑤於鑿臺之上。今王妬楚之不毀也。而忘毀楚之強韓魏也臣爲大王慮而不取詩云大武遠宅不涉從此觀之楚國援也鄰國敵也詩云他人有心予忖度之躍躍毚兎遇犬獲之今王中道而信韓魏之善王也此正吳信越也臣聞敵不可易時不可失臣恐韓魏之卑辭慮患而實欺大國也王既無重世之德於韓魏而有累世之怨焉夫韓魏父子兄弟接踵而死於秦者十世矣本國殘社稷壞宗廟隳刳腹折頤首身分離暴骨草澤頭顱僵仆相望於境父子老弱係虜相隨於路鬼神

馮君卿曰意益奇語益不竭

狐祥無所食百姓不聊生族類離散流亡為臣妾滿海內矣韓魏之不亡秦社稷之憂也今王之攻楚不亦失乎且王攻楚之日則惡出兵王將藉路於仇讐之韓魏乎兵出之日而王憂其不反也是王以兵資於仇讐之韓魏王若不藉路於仇讐之韓魏必攻隨陽右壤此皆廣川大水山林溪谷不食之地王雖有之不為得地是王有毀楚之名無得地之實也且王攻楚之日四國必悉起應王秦楚之兵搆而不離魏氏將出兵而攻留方與銍胡

馮君卿曰當時齊最大又提出作一折最有輕重

陵碭蕭相故宋必盡齊人南面泗北必舉此皆平原四達膏腴之地也而王使之獨攻王破楚於以肥韓魏於中國而勁齊韓魏之強足以校於秦矣而齊南以泗爲境東負海北倚河而無後患天下之國莫強於齊齊魏得地葆利而詳事下吏一年之後爲帝若未能於以禁王之爲帝有餘夫以王壤土之博人徒之衆兵革之強而注地於楚詘令韓魏歸帝重於齊是王失計也臣爲王慮莫若善楚秦楚合而爲一以臨韓韓必授首王襟以山東

馮君卿曰以韓魏齊又作三疊而收拾步步漸緊

之險帶以河曲之利韓必爲關中之候若是王以十萬戍鄭梁氏寒心許鄢陵嬰城上蔡召陵不往來也如此而魏亦關內候矣王一善楚而關內二萬乘之主注地於秦齊之右壤可拱手而取也是王之地一經兩海要絕天下也是燕趙無齊楚齊楚無燕趙也然後危動燕趙持齊楚此四國者不待痛而服矣

字法

張太岳曰具言深中事機不覺傾聽

馮君卿曰好學與後梁宰相應

借字法巧甚

楚人說頃襄王說

小臣之好射鶀鴈羅鸗小矢之發也何足爲大王道也且稱楚之大因大王之賢所弋非直此也昔者三王以弋道德五霸以弋戰國故秦魏燕趙者鶀鴈也齊魯韓魏者青首也鄒費郯邳者羅鸗也外其餘則不足射者見鳥六雙以王何取王何不以聖人爲弓以勇士爲繳時張而射之此六雙者可得而囊載也其樂非特朝夕之樂也其獲非特鳧鴈之實也王朝張弓而射魏之大梁之南加其

右臂而徑屬之於韓則中國之路絕而上蔡之郡壞矣還射圉之東解魏左肘而外擊定陶則魏之東外棄而大宋方與二郡者舉矣且魏斷二臂顛越矣膺擊郯國大梁可得而有也王緖繳蘭臺飲馬西河定魏大梁此一發之樂也若王之於弋誠好而不厭則出寶弓碆新繳射噣鳥於東海還盖長城以爲防朝射東莒夕發浿丘夜加即墨顧據午道則長城之東收而太山之北舉矣西結境於趙而北達於燕三國布翄則從不待約而可成也

余同麓曰文勢前後錯綜

北遊目於燕之遼東而南登望於越之會稽此再發之樂也若夫泗上十二諸侯左縈而右拂之可一旦而盡也今秦破韓以爲長憂得列城而不敢守也伐魏而無功擊趙顧病則秦魏之勇力屈矣楚之故地漢中析酈可得而復有也王出寶弓碆新繳涉鄳塞而待秦之倦也山東河內可得而一也勞民休衆南面稱王矣故曰秦爲大鳥負海內而處東面而立左臂據趙之西南右臂傅楚鄢郢膺擊韓魏垂頭中國處既形便勢有地利奮翼鼓

字字有力

翄方三千里則秦未可得獨招而夜射也。

茅鹿門曰射鳥非奇奇在喻處是巧思奇創

楊升庵曰此書只是求見尚未深言秦國事

范雎獻秦昭王書

臣聞明主莅政有功者不得不賞有能者不得不官勞大者其祿厚功多者其爵尊能治衆者其官大故不能者不敢當其職焉能者亦不得蔽隱使以臣之言爲可則行而益利其道若將弗行則久留臣無爲也語曰人主賞所愛而罰所惡明主則不然賞必加於有功刑必斷於有罪今臣之胸不足以當椹質要不足以待斧鉞豈敢以疑事嘗試於王乎雖以臣爲賤而輕辱臣獨不重任臣者後

穆氏曰雖自謂其心良苦

無反覆於前者耶臣聞周有砥厄宋有結祿梁有懸黎楚有和璞此四寶者工之所失也而爲天下名器然則聖王之所棄者獨不足厚國家乎臣聞善厚家者取之於國善厚國者取之於諸侯天下有明主則諸侯不得擅厚矣是何也爲其凋榮也良醫知病人之死生聖主明於成敗之事利則行之害則舍之疑則少嘗之雖堯舜禹湯復生弗能改已語之至者臣不敢載之於書其淺者又不足聽也意者臣愚而不概於王心邪亡其言臣者賤

而不可用乎。自非然者。則臣之志願少賜游觀之閒。望見顏色。一語無効。請伏斧質。

唐荆川曰此是一篇隱語少用三四閒為讒論發端文辭而核

王字作主

張貞甫曰有入

范雎復説秦昭王

臣居山東時。聞齊之有田文。不聞其有王也。聞秦之有太后穰矦華陽。高陵涇陽。不聞其有王也。夫擅國之謂王。能利害之謂王。制殺生之威之謂王。今太后擅行不顧。穰矦出使不報。華陽涇陽等擊斷無諱。高陵進退不請。四貴備而國不危者。未之有也。爲此四貴者下。乃所謂無王也。然則權安得不傾。令安得從王出乎。臣聞善治國者。乃內固其威。而外重其權。穰矦使者。操王之重。決制於諸矦。

黃貞甫曰雅快

收句有力

剖符於天下政適伐國莫敢不聽戰勝攻取則利歸於陶國弊御於諸侯戰敗則結怨於百姓而禍歸於社稷詩曰木實繁者披其枝披其枝者傷其心大其都者危其國尊其臣者卑其主崔杼淖齒管齊射王股擢王筋縣之於廟梁宿昔而死李兌管趙囚主父於沙丘百日而餓死今臣聞秦太后穰侯用事高陵華陽涇陽佐之卒無秦王此亦淖齒李兌之類也且夫三代所以亡國者君專授政縱酒馳騁弋獵不聽政事其所授者妬賢嫉能御

竦動秦君處

下蔽上以成其私不爲主計而主不覺悟故失其國今自有秩以上至諸大吏下及王左右無非相國之人者見王獨立於朝臣竊爲王恐萬世之後有秦國者非王子孫也

黄貞甫曰危言刺心

起與莊子相類

轉換甚捷

范雎再謂秦昭王

亦聞恒思有神叢歟恒思有悍少年請與叢博曰吾勝叢叢藉我神三日不勝叢叢困我乃左手為叢投右手自為投勝叢叢藉其神三日叢往求之遂弗歸五日而叢枯七日而叢亡今國者王之叢勢者王之神藉人以此得無危乎臣未嘗聞指大於臂臂大於股若有此則病必甚矣百人輿瓢而趨不如一人持而走疾百人誠輿瓢瓢必裂今秦國華陽用之穰侯用之太后用之王亦用之不稱

瓢爲器則已稱瓢爲器國必裂矣臣聞之木實繁者枝必披枝之披者傷其心都大者危其國臣強者危其主其令邑中自斗食以上至尉內史及王左右有非相國之人者乎國無事則已國有事臣必見王獨立於庭也臣竊爲王恐恐萬世之後有國者非王子孫也臣聞古之善爲政者其威內扶其輔外布而治政不亂不逆使者直道而行不敢爲非今太后使者分裂諸侯而符布天下操大國之勢強徵兵伐諸侯戰勝攻取利盡歸於陶國之

幣帛。竭入太后之家。境內之利分。移華陽。古之所謂危主滅國之道。必從此起。三貴竭國以自安。然則令何得從王出。權何得毋分。是王果處三分之一也。

陸北川曰此篇錯綜奇幻

穆氏曰謀臣不忠是一篇旨意

韓非初見秦王

臣聞之。弗知而言爲不智。知而不言爲不忠。爲人臣不忠當死。言不審亦當死。雖然。臣願悉言所聞。大王裁其罪。臣聞天下陰燕陽魏。連荆固齊。收餘韓成從。將西面以與秦爲難。臣竊笑之。世有三亡。而天下得之。其此之謂乎。臣聞之曰。以亂攻治者亡。以邪攻正者亡。以逆攻順者亡。今天下之府庫不盈。囷倉空虛。悉其士民。張軍數千百萬。白刃在前。斧質在後。而皆怯而却走。不能死也。非其百姓不能死也。言賞則不與。言罰則不行。賞罰不行。故民不死也。今秦出號令而行賞罰。不攻耳無相攻事也。出其父母懷衽之中。生未嘗見寇也。聞戰頓足徒裼。犯白刃。蹈鑪炭。斷死於前者。比比是也。夫斷死與斷生也不同。而民爲之者。是貴奮也。一可以合十。十可以合百。百可以合千。千可以合萬。萬可以勝天下矣。今秦地形斷長續短。方數千里。名師數百萬。秦之號令賞罰。地形利害。天下莫如也。以此與天下。天下不足兼而有也。是知秦戰未嘗

馮君卿曰謀臣句一篇關鍵

不勝。攻未嘗不取。所當未嘗不破也。開地數千里。此甚大功也。然而甲兵頓。士民病。蓄積索。田疇荒。囷倉虛。四鄰諸侯不服。霸王之名不成。此無異故。謀臣皆不盡其忠也。臣敢言往昔。昔者齊南破荊。東破宋。西服秦。北破燕。中使韓魏之君。地廣而兵強。戰勝攻取。詔令天下。齊之清濟濁河。足以爲限。長城鉅防。足以爲塞。齊五戰之國也。一戰不勝而無齊。故由此觀之。夫戰者萬乘之存亡也。且臣聞之曰。削株掘根。無與禍鄰。禍迺不存。秦與荊人戰。

馮君卿曰此下門段文法長短錯綜

大破荊。襲郢。取洞庭五都江南。荊王亡走。東伏於陳。當是之時。隨荊以兵。則荊可舉。舉荊。則其民足貪也。地足利也。東以弱齊燕。中陵三晉。然則是一舉而覇王之名可成也。四隣諸侯可朝也。而謀臣不爲。引軍而退。與荊人和。令荊人收亡國。聚散民。立社主。置宗廟。令帥天下西面以與秦爲難。此固已無覇王之道一矣。天下有比志而軍華下。大王以詐破之。兵至梁都。圍梁數旬。則梁可拔。拔梁則魏可舉。舉魏則荊趙之志絕。荊趙之志絕則趙危

穆氏曰連珠文法

趙危而荆孤，東以弱齊燕，中陵三晉。然則是一舉而霸王之名可成也，四隣諸侯可朝也，而謀臣不爲，引軍而退，與魏氏和，令魏氏收亡國，聚散民，立社主，置宗廟，此固已無霸王之道二矣。前者穰侯之治秦也，用一國之兵，而欲以成兩國之功，是故兵終身暴露於外，士民疲病於內，霸王之名不成，此固已無霸王之道三矣。趙氏中央之國也，襍民之所居也，其民輕而難用也，號令不治，賞罰不信，地形不便，上非能盡其民力，彼固亡國之形也，而不憂民氓。悉其士民。軍於長平之下。以爭韓之上黨。大王以詐破之。拔武安。當是時。趙氏上下不相親也。貴賤不相信也。然則是邯鄲不守。拔邯鄲。完河間。引軍而去。西攻脩武。踰羊腸。降代上黨。代三十六縣。上黨十七縣。不用一領甲。不苦一民。皆秦之有也。代上黨不戰而已爲秦矣。東陽河外。不戰而已反爲齊矣。中嘑沱以北。不戰而已爲燕矣。然則是舉趙則韓必亡。韓亡則荊魏不能獨立。則是一舉而壞韓蠹魏拔荊。以東弱齊。燕決白馬之口

陸北川曰此下三段只就伐趙一段内發揮收拾甚是奕勁

以沃魏氏。一舉而三晉亡。從者敗。大王拱手以須。天下編隨而伏。霸王之名可成也。而謀臣不爲引軍而退。與趙氏爲和。以大王之明。秦兵之強。霸王之業。地曾不可得。迺取欺於亡國。是謀臣之拙也。且夫趙當亡不亡。秦當霸不霸。天下固量秦之謀臣一矣。乃復悉以攻邯鄲。不能拔也。棄甲兵怒戰慄而却。天下固量秦力二矣。軍迺引退。并於李下。大王又并軍而致與戰。非能厚勝之也。又交罷却。天下固量秦力三矣。内者量吾謀臣。外者極吾兵

力由是觀之臣以天下之從豈其難矣內者吾甲
兵頓士民病蓄積索田疇荒囷倉虛外者天下比
志甚固願大王有以慮之也且臣聞之戰戰慄慄
日慎一日苟慎其道天下可有也何以知其然也
昔者紂爲天子帥天下將百萬左飲於淇谷右飲
於洹水淇水竭而洹水不流以與周武爲難武王
將素甲三千領戰一日破紂之國禽其身據其地
而有其民天下莫不傷智伯帥三國之衆以攻趙
襄主於晉陽決水灌之三月城且拔矣襄主錯龜

正反結甚新奇

數策占兆以眎利害何國可降而使張孟談於是潛行而出反智伯之約得兩國之衆以攻智伯之國禽其身以成襄子之功今秦地斷長續短方數千里名師數百萬秦國號令賞罰地形利害天下莫如也以此與天下天下可兼而有也臣昧死望見大王言所以破天下之從舉趙亡韓臣荊魏親齊燕以成霸王之名朝四鄰諸侯之道大王試聽其說一舉而天下之從不破趙不舉韓不亡荊魏不臣齊燕不親霸王之名不成四鄰諸侯不朝大

王斬臣以狥於國。以主不忠於國者。

黄貞甫曰文如排山布勢令耳目森揆

呂東萊曰文章須說盡事情如說難篇可見

韓非說難

凡說之難非吾知之有以說之難也又非吾辯之難能明吾意之難也又非吾敢横佚能盡之難也凡說之難在知所說之心可以吾說當之所說出於爲名高者也而說之以厚利則見下節而遇卑賤必棄遠矣所說出於厚利者也而說之以名高則見無心而遠事情必不收矣所說實爲厚利而顯爲名高者也而說之以名高則陽收其身而實疏之若說之以厚利則陰用其言而顯棄其身此

之不可不知也。夫事以密成。語以泄敗。未必其身泄之也。而語及其所匿之事。如是者身危。貴人有過端。而說者明言善議以推其惡者。則身危。周澤未渥也。而語極知。說行而有功則德亡。說不行而有敗則見疑。如是者身危。夫貴人得計。而欲自以爲功。說者與知焉。則身危。彼顯有所出事。迺自以爲也。故說者與知焉。則身危。强之以其所必不爲。止之以其所不能已者身危。故曰與之論大人。則以爲間已。與之論細人則以爲鬻權。論其所愛。則

李九我曰文勢閒架展轉不窮

以爲借資論其所憎則以爲嘗已徑省其辭則不知而屈之泛濫博文則多而久之順事陳意則曰怯懦而不盡慮事廣肆則曰草野而倨侮此說之難不可不知也凡說之務在知飾所說之所敬而滅其所醜彼自知其計則無以其失窮之自勇其斷則無以其敵怒之自多其力則無以其難槩之規異事與同計譽異人與同行者則以飾之無傷也有與同失者則明飾其無失也大忠無所拂辭悟言無所擊排迺後申其辯知焉此所以親近不

疑。知盡之難也。得曠日彌久。而周澤旣渥。深計而不疑。交爭而不罪。廼明計利害以致其功。直指是非以飾其身。以此相待。此說之成也。伊尹爲庖。百里奚爲虜。皆所由干其上也故此二子者。皆聖人也。猶不能無役身。而涉世如此其汚也。則非能仕之所設也。宋有富人。天雨墻壞。其子曰不築。且有盜。其鄰人之父亦云。暮而果大亡其財。其家甚知其子。而疑鄰人之父。昔者鄭武公欲伐胡。廼以其子妻之。因問羣臣曰。吾欲用兵。誰可伐者。關其思曰。胡可伐。廼戮關其思曰。胡兄弟之國也。子言伐之。何也。胡君聞之。以鄭爲親已。而不備鄭。鄭人襲胡取之。此二說者。其知皆當矣。然而甚者爲戮。薄者見疑。非知之難也。處知則難矣。昔者彌子瑕見愛於衞君。衞國之法。竊駕君車者。罪至刖。旣而彌子之母病。人聞往夜告之。彌子矯駕君車而出。君聞之而賢之曰。孝哉。爲母之故而犯刖罪。與君游果園。彌子食桃而甘。不盡而奉君。君曰。愛我哉。忘其口而啗我。及彌子色衰而愛弛。得罪於君。君曰。

一俞作結

是嘗矯駕吾車。又嘗食我以其餘桃。故彌子之行。未變於初也前見賢而後獲罪者愛憎之至變也故有愛於主則知當而加親見憎於主則罪當而加疏故諫說之士不可不察愛憎之主而後說之矣夫龍之爲蟲也可擾狎而騎也然其喉下有逆鱗徑尺人有嬰之則必殺人人主亦有逆鱗說之者能無嬰人主之逆鱗則幾矣。

凌以棟曰深入世故曲盡人情意極淵深詞極富麗句極奇崛調極古雅自是先秦文字

不引前代他國事只說秦亦有意

李斯諫秦王逐客書

臣聞吏議逐客竊以爲過矣昔繆公求士西取由余於戎東得百里奚於宛迎蹇叔於宋求丕豹公孫支於晉此五子者不產於秦而繆公用之并國二十遂霸西戎孝公用商鞅之法移風易俗民以殷盛國以富彊百姓樂用諸侯親服獲楚魏之師舉地千里至今治彊惠王用張儀之計拔三川之地西并巴蜀北收上郡南取漢中包九夷制鄢郢東據成皐之險割膏腴之壤遂散六國之從使之

林次崖曰只就逐客一事生枝生葉及復頓挫有無限態度無限精神

西向事秦功施到今昭王得范雎廢穰侯逐華陽彊公室杜私門蠶食諸侯使秦成帝業此四君者皆以客之功由此觀之客何負於秦哉向使四君郤客而不內疏士而不用是使國無富利之實而

反語便有波瀾

秦無彊大之名也今陛下致崑山之玉有隋和之寶垂明月之珠服太阿之劍乘纖離之馬建翠鳳之旗樹靈鼉之鼓此數寶者秦不生一焉而陛下說之何也必秦國之所生然後可則是夜光之璧不飾朝廷犀象之器不爲玩好鄭衛之女不充後

樓迂齋曰三段一意反覆而語不相混

宮而駿良駃騠不實外廄江南金錫不爲用西蜀丹青不爲采所以飾後宮充下陳娛心意說耳目者必出於秦然後可則是宛珠之簪傅璣之珥阿縞之衣錦繡之飾不進於前而隨俗雅化佳冶窈窕趙女不立於側也夫擊甕叩缻彈箏搏髀而歌呼嗚嗚快耳目者眞秦之聲也鄭衛桑間韶虞武象者異國之樂也今棄擊甕叩缻而就鄭衛退彈箏而取韶虞若是者何也快意當前適觀而已矣今取人則不然不問可否不論曲直非秦者去爲

客者逐。然則是所重者。在乎色樂珠玉。而所輕者。在乎人民也。此非所以跨海內。制諸侯之術也。臣聞地廣者粟多。國大者人衆。兵彊則士勇。是以太山不讓土壤。故能成其大。河海不擇細流。故能就其深。王者不卻衆庶。故能明其德。是以地無四方。民無異國。四時充美。鬼神降福。此五帝三王之所以無敵也。今乃棄黔首以資敵國。卻賓客以業諸侯。使天下之士。退而不敢西向。裹足不入秦。此所謂藉寇兵而齎盜糧者也。夫物不產於秦。可寶者

雙綺

多士不產於秦而願忠者衆今逐客以資敵國損民以益讐內自虛而外樹怨於諸侯求國無危不可得矣

黄貞甫曰通篇借客形主用及見正嬌偃而開闔

議論不淳而向調高古

將桎梏意反覆一段不厭不弱而中間生出賤貴賢不肖來議論豪宕

李斯阿二世行督責書

夫賢主者必且能全道而行督責之術者也督責之則臣不敢不竭能以徇其主矣此臣主之分定上下之義明則天下賢不肖莫敢不盡力竭任以徇其君矣是故主獨制於天下而無所制也能窮樂之極矣賢明之主也可不察焉故申子曰有天下而不恣睢命之曰以天下爲桎梏者無他焉不能督責而顧以其身勞於天下之民若堯禹然故謂之桎梏也夫不能脩申韓之明術行督責之道

楊升菴曰罰之加焉必也

專以天下自適也而徒務苦形勞神以身殉百姓則是黔首之役非畜天下者也何足貴哉夫以人殉巳則巳貴而人賤以巳殉人則巳賤而人貴故殉人者賤而人所殉者貴自古及今未有不然者也凡古之所謂尊賢者為其貴也而所為惡不肖者為其賤也而堯禹以身殉天下者也因隨而尊之則亦失所為尊賢之心矣夫可謂大繆矣謂之為桎梏不亦宜乎不能督責之過也故韓子曰慈母有敗子而嚴家無格虜者何也則能罰之加焉

大字用三號
語文益矯健

必也故商君之法刑棄灰於道者夫棄灰薄罪也而被刑重罰也彼唯明主爲能深督輕罪夫罪輕且督深而況有重罪乎故民不敢犯也是故韓子曰布帛尋常庸人不釋鑠金百鎰盜跖不搏者非庸人之心重尋常之利深而盜跖之欲淺也又不以盜跖之行爲輕百鎰之重也搏必隨手刑則盜跖不搏百鎰而罰不必行也則庸人不釋尋常是故城高五尺而樓季不輕犯也泰山之高百仞而跛牂牧其上夫樓季也而難五尺之限豈跛牂也

句極醒眼

猾法矯繩

而易百仞之高哉峭壍之勢異也明主聖王之所以能久處尊位長執重勢而獨擅天下之利者非有異道也能獨斷而審督責必深罰故天下不敢犯也今不務所以不犯而事慈母之所以敗子也則亦不察於聖人之論矣夫不能行聖人之術則舍為天下役何事哉可不哀邪且夫節儉仁義之人立於朝則荒肆之樂輟矣諫說論理之臣開於側則流漫之志詘矣烈士死節之行顯於世則淫康之虞廢矣故明主能外此三者而獨操主術以

收句有力

制聽從之臣而脩其明法故身尊而勢重也凡賢主者必將能拂世摩俗而廢其所惡立其所欲故生則有尊重之勢死則有賢明之謚也是以明君獨斷故權不在臣也然後能滅仁義之塗掩馳說之口困烈士之行塞聰揜明內獨視聽故外不可傾以仁義烈士之行而內不可奪以諫說忿爭之辯故能犖然獨行恣睢之心而莫之敢逆若此然後可謂能明申韓之術而脩商君之法法脩術明而天下亂者未聞之也故曰王道約而易操也唯

明主爲能行之。若此。則謂督責之誠。則臣無邪。臣無邪。則天下安。天下安。則主嚴尊。主嚴尊。則督責必。督責必。則所求得。所求得。則國家富。國家富。則君樂豐。故督責之術設。則所欲無不得矣。羣臣百姓。救過不給。何變之敢圖。若此。則帝道備。而可謂能明君臣之術矣。雖申韓復生。不能加也。

楊升庵曰督責之術莫過于申韓篇中引申韓爲証皆以故字轉之文法変化錯綜可與逐客書並観

古則

秦漢文鈔卷二下

西漢

武帝賢良詔

朕聞昔在唐虞畫象而民不犯日月所燭罔不率俾周之成康刑措不用德及鳥獸教通四海海外肅慎北發渠搜氐羌來服星辰不孛日月不蝕山陵不崩川谷不塞麟鳳在郊藪河洛出圖書烏虖何施而臻此與今朕獲奉宗廟夙興以求夜寐以思若涉淵水未知所濟猗歟偉歟何行而可以彰

先帝之洪業休德。上參堯舜。下配三王。朕之不敏。不能遠德此子大夫之所覩聞也。賢良明於古今王事之體。受策察問。咸以書對。著之于篇。朕親覽焉。

茅鹿門曰此詔與三代訓誥相上下

幾千言洋洋灑灑無琱琢態無排比態

賈山至言

臣聞爲人臣者。盡忠竭愚。以直諫主。不避死亡之誅者。臣山是也。臣不敢以久遠諭。願借秦以爲諭。唯陛下少加意焉。夫布衣韋帶之士。脩身於內成名於外。而使後世不絕息。至秦則不然。貴爲天子。富有天下。賦斂重數。百姓任罷。赭衣半道。羣盜滿山。使天下之人戴目而視。傾耳而聽。一夫大謼。天下嚮應者。陳勝是也。秦非徒如此也。起咸陽而西至雍。離宫三百。鐘鼓帷帳。不移而具。又爲阿房之

有感慨

楊貞甫曰借刺秦過詞景

殿。殿高數十仞。東西五里。南北千步。從車羅騎。四馬騖馳。旌旗不撓。爲宮室之麗至於此。使其後世曾不得聚廬而託處焉。爲馳道於天下。東窮燕齊。南極吳楚。江湖之上。瀕海之觀畢至。道廣五十步。三丈而樹。厚築其外。隱以金椎。樹以青松。爲馳道之麗至於此。使其後世曾不得邪徑而託足焉。死葬乎驪山。吏徒數十萬人。曠日十年。下徹三泉。合采金石。冶銅錮其內。漆塗其外。被以珠玉。飾以翡翠。中成觀游。上成山林。爲葬薶之侈至於此。使其後世曾不得蓬顆蔽冢而託葬焉。秦以熊羆之力。虎狼之心。蠶食諸侯。并吞海內。而不篤禮義。故天殃已加矣。臣昧死以聞。願陛下少留意而詳擇其中。臣聞忠臣之事君也。言切直則不用而身危。不切直則不可以明道。故切直之言。明主所欲急聞。忠臣之所以蒙死而竭知也。地之磽者。雖有善種。不能生焉。江皋河瀕雖有惡種。無不猥大。昔者夏商之季世。雖關龍逢箕子比干之賢。身死亡而道不用。文王之時。豪俊之士。皆得竭其智。芻蕘采薪

譬喻詳論雜出筆力奇傑

之人。皆得盡其力。此周之所以興也。故地之美者。善養禾。君之仁者。善養士。雷霆之所擊無不摧折者。萬鈞之所壓。無不糜滅者。今人主之威。非特雷霆也。勢重非特萬鈞也。開道而求諫。和顏色而受之。用其言而顯其身。士猶恐懼而不敢自盡。又迺況於縱欲。恣行暴虐。惡聞其過乎。震之以威。壓之以重。則雖有堯舜之智。孟賁之勇。豈有不摧折者哉。如此則人主不得聞其過失矣。弗聞則社稷危矣。古者聖王之制。史在前書過失。工誦箴諫。瞽誦

跟起法

複文有味

詩諫公卿比諫士傳言諫過庶人謗於道商旅議於市然後君得聞其過失也聞其過失而改之見義而從之所以永有天下也天子之尊四海之內其義莫不為臣然而養三老於太學親執醬而餽執爵而酳祝餶在前祝鯁在後公卿奉杖大夫進履舉賢以自輔弼求脩正之士使直諫故以天子之尊尊養三老視孝也立輔弼之臣者恐驕也置直諫之士者恐不得聞其過也學問至於芻蕘者求善無饜也商人庶人誹謗已而改之從善無不

聽也昔者秦政力并萬國富有天下破六國以爲
郡縣築長城以爲關塞秦地之固大小之勢輕重
之權其與一家之富一夫之彊胡可勝計也然而
兵破於陳涉地奪於劉氏者何也秦王貪狠暴虐
殘賊天下窮困萬民以適其欲也昔者周蓋千八
百國以九州之民養千八百國之君用民之力不
過歲三日什一而籍君有餘財民有餘力而頌聲
作秦皇帝以千八百國之民自養力罷不能勝其
詠嘆文法
役財盡不能勝其求一君之身耳所以自養者馳

黃貞甫曰後二句折動

黃貞甫曰感慨風韻

騁弋獵之娛天下弗能供也勞罷者不得休息饑寒者不得衣食亡罪而死刑者無所告訴人與之爲怨家與之爲讐故天下壞也秦皇帝身在之時天下已壞矣而弗自知也秦皇帝東巡狩至會稽琅邪刻石著其功自以爲過堯舜統縣石鑄鐘虡篩土築阿房之宮自以爲萬世有天下也古者聖王作謚三四十世耳雖堯舜禹湯文武累世廣德以爲子孫基業無過二三十世者也秦皇帝曰死而以謚法是以父子名號有時相襲也以一至萬

黃氏日抄云然
問下并作只
生支節

則世世不相復也故死而號曰始皇帝其次曰二世皇帝者欲以一至萬也秦皇帝計其功德度其後嗣世世無窮然身死纔數月耳天下四面而攻之宗廟滅絶矣秦皇帝居滅絶之中而不自知者何也天下莫敢告也其所以莫敢告者何也亡養老之義亡輔弼之臣亡進諫之士縱恣行誅退誹謗之人殺直諫之士是以道諛媮合苟容比其德則賢於堯舜課其功則賢於湯武天下已潰而莫之告也詩曰匪言不能胡此畏忌聽言則對譖言

則退。此之謂也。又曰。濟濟多士。文王以寧。天下未嘗亡士也。然而文王獨言以寧者。何也。文王好仁。則仁興。得士而敬之。則士用。用之有禮義。故不致其愛敬。則不能盡其心。不能盡其心。則不能盡其力。不能盡其力。則不能成其功。故古之賢君於其臣也。尊其爵祿而親之。疾則臨視之無數。死則往弔哭之。臨其小斂大斂。已棺塗而後爲之服。錫衰麻絰而三臨其喪。未斂不飲酒食肉。未葬不舉樂。當宗廟之祭而死。爲之廢樂。故古之君人者。於其

黃貞甫曰光揚後抑

臣也可謂盡禮矣服法服端容貌正顏色然後見之故臣下莫敢不竭力盡死以報其上功德立於後世而令聞不忘也今陛下念思祖考術追厥功圖所以昭光洪業休德使天下舉賢良方正之士天下皆訢訢焉曰將興堯舜之道三王之功矣天下之士莫不精白以承休德今方正之士皆在朝廷矣又選其賢者使爲常侍諸吏與之馳毆射獵一日再三出臣恐朝廷之解弛百官之墮於事也諸侯聞之又必怠於政矣陛下即位親自勉以厚

黄貞甫曰叙實而不穢

天下。損食膳。不聽樂。減外徭衛卒。止歲貢。省廐馬以賦縣傳。去諸苑以賦農夫。出帛十萬餘匹以賑貧民。禮高年。九十者。一子不事。八十者。二筭不事。賜天下男子爵。大臣皆至公卿。發御府金賜大臣宗族。亡不被澤者。赦罪人。憐其亡髮。賜之巾。憐其衣赭書其背。父子兄弟相見也。而賜之衣。平獄緩刑。天下莫不說喜。是以元年膏雨降。五穀登。此天之所以相陛下也。刑輕於它時。而犯法者寡。衣食多於前年。而盜賊少。此天下之所以順陛下也。臣

黄貞甫曰唯陛下所幸此亦婉諷處

聞山東吏布詔令民雖老羸癃疾扶杖而往聽之願少須臾毋死思見德化之成也今功業方就名聞方昭四方鄉風今從豪俊之臣方正之士直與之日日獵射擊兔伐狐以傷大業絕天下之望臣竊悼之詩曰靡不有初鮮克有終臣不勝大願願少衰射獵以夏歲二月定明堂造太學脩先王之道風行俗成萬世之基定然後唯陛下所幸耳古者大臣不媟故君子不常見其齊嚴之色肅敬之容大臣不得與宴游方正脩潔之士不得從射獵

使皆務其方以高其節則羣臣莫敢不正身脩行盡心以稱大禮如此則陛下之道尊敬功業施於四海垂於萬世子孫矣誠不如此則行日壞而榮日滅矣夫士脩之於家而壞之於天子之廷臣竊愍之陛下與衆臣宴游與大臣方正朝廷論議夫游不失樂朝不失禮議不失計軌事之大者也

黃貞甫曰情激而文婉披古借今無限瀾翻無限頓挫讀之令人神動

章法變換句法蒙古字法非董

賈誼陳政事疏

臣竊惟事勢。可爲痛哭者一。可爲流涕者二。可爲長太息者六。若其他背理而傷道者。難徧以疏舉。進言者。皆曰。天下已安已治矣。臣獨以爲未也。曰安且治者。非愚則諛。皆非事實知治亂之體者也。夫抱火厝之積薪之下而寢其上。火未及燃。因謂之安。方今之勢。何以異此。本末舛逆。首尾衡決。國制搶攘。非甚有紀。胡可謂治。陛下何不壹令臣得孰數之於前。因陳治安之策。試詳擇焉。夫射獵之娛與安危之機孰急使爲治勞智慮苦身體乏鐘鼓之樂勿爲可也樂與今同而加之諸侯軌道兵革不動民保首領匈奴賓服四荒鄉風百姓素朴獄訟衰息大數既得則天下順治海內之氣淸和咸理生爲明帝沒爲明神名譽之美垂於無窮禮祖有功而宗有德使顧成之廟稱爲太宗上配太祖與漢亡極建久安之勢成長治之業以承祖廟以奉六親至孝也以幸天下以育羣生至仁也立綱陳紀輕重同得後可以爲萬世法程雖有愚幼

茅鹿門曰然而下摳入情

不肖之嗣猶得蒙業而安至明也。以陛下之明達。因使少知治體者。得佐下風。致此非難也。其具可素陳於前。願幸無忽。臣謹稽之天地。驗之往古。按之當今之務。日夜念此至熟也。雖使舜禹復生。爲陛下計。亡以易此。夫樹國固必相疑之勢。下數被其殃。上數爽其憂。甚非所以安上而全下也。今或親弟謀爲東帝。親兄之子。西鄉而擊。今吳又見告矣。天子春秋鼎盛。行義未過。德澤有加焉。猶尚如是。況莫大諸侯權力且十此者乎。然而天下少安。

事是喫緊處

何也。大國之王。幼弱未壯。漢之所置傅相。方握其
事。數年之後。諸侯之王。大抵皆冠。血氣方剛。漢之
傅相。稱病而賜罷。彼自丞尉以上。偏置私人。如此。
句法矯健
有異淮南濟北之爲邪。此時而欲爲治安。雖堯舜
不治。黄帝曰。日中必熭。操刀必割。今令此道順而
全安甚易。不肯早爲。已迺墮骨肉之屬。而抗剄之。
豈有異秦之季世乎。夫以天子之位。乘今之時。因
天之助。尚憚以危爲安。以亂爲治。假設陛下居齊
桓之處。將不合諸侯。而匡天下乎。臣又知陛下有

假設文法絕妙

寔事以假設發之所謂山之姿水之波自是奇觀

所必不能矣。假設天下如曩時淮陰侯尚王楚。黥布王淮南。彭越王梁。韓信王韓。張敖王趙。貫高爲相。盧綰王燕。陳豨在代。令此六七公者皆無恙當是時而陛下即天子位能自安乎。臣有以知陛下之不能也。天下殽亂。高皇帝與諸公併起。非有仄室之勢以豫席之也。諸公幸者迺爲中涓。其次廑得舍人。材之不逮至遠也。高皇帝以明聖威武即天子位。割膏腴之地。以王諸公。多者百餘城。少者乃三四十縣。德至渥也。然其後七年之間。反者九

茅鹿門曰又摳入一步說難

起。陛下之與諸公。非親角材而臣之也。又非身封
王之也。自高皇帝不能以是一歲爲安。故臣知陛
下之不能也。然尚有可諉者曰疏。臣請試言其親
者。假令悼惠王王齊。元王王楚。中子王趙。幽王王
淮陽。共王王梁。靈王王燕。厲王王淮南。六七貴人
皆無恙。當是時陛下即位。能爲治乎。臣又知陛下
之不能也。若此諸王名雖爲臣。實皆有布衣昆弟
之心。慮亡不帝制而天子自爲者。擅爵人。赦死罪。
甚者或戴黃屋。漢法令非行也。雖行不軌如厲王

樓迂齋曰屠牛坦之喻字法從莊子庖丁解牛變化

者令之不肯聽召之安可致乎幸而來至法安可得加動一親戚天下圜視而起陛下之臣雖有悍如馮敬者適啟其口匕首已陷其匈矣陛下雖賢誰與領此故疏者必危親者必亂已然之效也其異姓負彊而動者漢已幸勝之矣又不易其所以然同姓襲是跡而動既有徵矣其勢盡又復然殃禍之變未知所移明帝處之尚不能以安後世將如之何屠牛坦一朝解十二牛而芒刃不頓者所排擊剝割皆衆理解也至於髖髀之所非斤則斧

來畢竟無字蹈襲

冷語動人

夫仁義恩厚人主之芒刃也權勢法制人主之斤斧也今諸侯王皆衆髖髀也釋斤斧之用而欲嬰以芒刃臣以爲不缺則折胡不用之淮南濟北勢不可也臣竊跡前事大抵彊者先反淮陰王楚最彊則最先反韓信倚胡則又反貫高因趙資則又反陳豨兵精則又反彭越用梁則又反黥布用淮南則又反盧綰最弱最後反長沙乃在二萬五千戶耳功少而最完勢疏而最忠非獨性異人也亦形勢然也曩令樊酈絳灌據數十城而王今雖以

晉法

殘亡可也令信越之倫列爲徹矦而居雖至今存可也然則天下之大計可知巳欲諸王之皆忠附則莫若令如長沙王欲臣子之勿菹醢則莫若令如樊酈等欲天下之治安莫若衆建諸矦而少其力力少則易使以義國小則亡邪心令海內之勢如身之使臂臂之使指莫不制從諸矦之君不敢有異心輻湊並進而歸命天子雖在細民且知其安故天下咸知陛下之明割地定制令齊趙楚各爲若干國使悼惠王幽王元王之子孫畢以次各

朴氏曰天下咸知陛下之

受祖之分地地盡而止及燕梁它國皆然其分地衆而子孫少者建以爲國空而置之須其子孫生者舉使君之諸侯之地其削頗入漢者爲徙其侯國及封其子孫也所以數償之一寸之地一人之衆天子無所利焉誠以定治而已故天下咸知陛下之廉地制壹定宗室子孫莫慮不王下無倍畔之心上無誅伐之志故天下咸知陛下之仁法立而不犯令行而不逆貫高利幾之謀不生柴奇開章之計不萌細民鄉善大臣致順故天下咸知陛

明之廣之仁之義正衆建諸侯之故

下之義臥赤子天下之上而安植遺腹朝委裘而天下不亂當時大治後世誦聖壹動而五業附陛下誰憚而久不爲此天下之勢方病大瘇一脛之大幾如要一指之大幾如股平居不可屈信一二指搐身慮亡聊失今不治必爲錮疾後雖有扁鵲不能爲已病非徒瘇也又苦蹠盭元王之子帝之從弟也今之王者從弟之子也惠王親兄子也今之王者兄子之子也親者或亡分地以安天下疏者或制大權以偪天子臣故曰非徒病瘇也又苦

材次崖曰此數句極狀邊郡士民之苦意切至而詞

蹠盭。可痛哭者。此病是也。天下之勢方倒懸。凡天子者。天下之首。何也。上也。蠻夷者。天下之足。何也。下也。今匈奴嫚娒侵掠。至不敬也。為天下患至亡巳也。而漢歲致金絮采繒以奉之。夷狄徵令。是主上之操也。天下共貢。是臣下之禮也。足反居上。首顧居下。倒懸如此。莫之能解。猶為國有人乎。非亶倒懸而巳。又類辟。且病痱。夫辟者一面病。痱者一方痛。今西邊北邊之郡。雖有長爵。不輕得復。五尺以上。不輕得息。斥候望烽燧不得臥。將吏被介胄

悽惋

句法

而睡臣故曰一方病矣醫能治之而上不使可爲流涕者此也陛下何忍以帝皇之號爲戎人諸侯勢既卑辱而禍不息長此安窮進謀者率以爲是固不可解也亡具甚矣臣竊料匈奴之衆不過漢一大縣以天下之大困於一縣之衆甚爲執事者羞之陛下何不試以臣爲屬國之官以主匈奴行臣之計請必係單于之頸而制其命伏中行說而笞其背舉匈奴之衆唯上之令今不獵猛敵而獵田彘不搏反寇而搏畜菟玩細娛而不圖大患非

所以爲安也。德可遠施。威可遠加。而直數百里外。威令不信。可爲流涕者此也。今民賣僮者。爲之繡衣絲履偏諸緣。內之閑中。是古天子后服。所以廟而不宴者也。而庶人得以衣婢妾。白縠之表。薄紈之裏。緁以偏諸。美者黼繡。是古天子之服。今富人大賈嘉會召客者以被牆。古者以奉一帝一后而節適。今庶人屋壁得爲帝服。倡優下賤得爲后飾。然而天下不屈者。殆未有也。且帝之身自衣皁綈。而富民牆屋被文繡。天子之后以緣其領。庶人孽

古諷登覽

茅鹿門曰描寫秦俗處情狀宛然

妻緣其履此臣所謂舛也夫百人作之不能衣一人欲天下亡寒胡可得也一人耕之十人聚而食之欲天下亡饑不可得也饑寒切於民之肌膚欲其亡爲姦邪不可得也國已屈矣盜賊直須時耳然而獻計者曰毋動爲大耳夫俗至大不敬也至亡等也至冒上也進計者猶曰毋爲可爲長太息者此也商君遺禮義棄仁恩并心於進取行之二歲秦俗日敗故秦人家富子壯則出分家貧子壯則出贅借父耰鉏慮有德色母取箕箒立而誶語

茅鹿門曰備秦形漢詞甚激切

抱哺其子。與公併倨。婦姑不相說。則反脣而相稽。其慈子耆利。不同禽獸者。亡幾耳。然并心而赴時。猶日蹙六國。兼天下。功成求得矣。終不知反廉愧之節。仁義之厚。信并兼之法。遂進取之業。天下大敗。衆掩寡。智欺愚。勇威怯。壯凌衰。其亂至矣。是以大賢起之。威震海內。德從天下。曩之爲秦者。今轉而爲漢矣。然其遺風餘俗。猶尚未改。今世以侈靡相競。而上亡制度。棄禮誼。捐廉恥。日甚。可謂月異而歲不同矣。逐利非耳。慮非顧行也。今其甚者殺父兄矣盜者剟寢戶之簾搴兩廟之器白晝大都之中剽吏而奪之金矯僞者出幾十萬石粟賦六百餘萬錢乘傳而行郡國此其亡行義之尤至者也而大臣特以簿書不報期會之間以爲大故至於俗流失世壞敗因恬而不知怪慮不動於耳目以是爲適然耳夫遺風易俗使天下回心而鄉道類非俗吏之所能爲也俗吏之所務在於刀筆筐篋而不知大體陛下又不自憂竊爲陛下惜之夫立君臣等上下使父子有禮六親有紀此非天之

所爲人之所設也夫人之所設不爲不立不植則
僵不脩則壞莞子曰禮義廉恥是謂四維四維不
張國乃滅亡使莞子愚人也則可莞子而少知治
體則是豈可不爲寒心哉秦滅四維而不張故君
臣乖亂六親殃戮姦人並起萬民離叛凡十五歲
而社稷爲虛今四維猶未備也故姦人幾幸而衆
心疑惑豈如今定經制令君君臣臣上下有差父
子六親各得其宜姦人無所幾幸而羣臣衆信上
不疑惑此業壹定世世常安而後有所持循矣若

有抑揚

夫經制不定。是猶渡江河亡維楫。中流而遇風波船必覆矣。可爲長太息者。此也。夏爲天子。十有餘世。而殷受之。殷爲天子。二十餘世。而周受之。周爲天子。三十餘世。而秦受之。秦爲天子。二世而亡。人性不甚相遠也。何三代之君。有道之長。而秦無道之暴也。其故可知也。古之王者。太子迺生。固舉以禮。使士負之。有司齊肅端冕。見之南郊。見于天也。過闕則下。過廟則趨。孝子之道也。故自爲赤子。而教固已行矣。昔者成王幼在襁抱之中。召公爲太

茅鹿門曰教太子一節三代以來首議

保周公爲太傅太公爲太師保保其身體傅傅之德義師道之教訓此三公之職也於是爲置三少皆上大夫也曰少保少傅少師是與太子宴者也故迺孩提有識三公三少因明孝仁禮義以道習之逐去邪人不使見惡行於是皆選天下之端士孝弟博聞有道術者以衞翼之使與太子居處出入故太子迺生而見正事聞正言行正道左右前後皆正人也夫習與正人居之不能毋正猶生長於齊不能不齊言也習與不正人居之不能毋不

何氏曰向法雖從孟子來却亦变化滑好

正猶生長於楚之地不能不楚言也故擇其所耆必先受業迺得嘗之擇其所樂必先有習迺得爲之孔子曰少成若天性習貫如自然及太子少長知妃色則入于學學者所學之官也學禮曰帝入東學上親而貴仁則親疎有序而恩相及矣帝入南學上齒而貴信則長幼有差而民不誣矣帝入西學上賢而貴德則聖智在位而功不遺矣帝入北學上貴而尊爵則貴賤有等而下不踰矣帝入太學承師問道退習而考於太傅太傅罰其不則

柯氏曰議論循循有古風而詞采亦斕斕動人

而臣其不及則德智長而治道得矣此五學者既成於上則百姓黎民化輯於下矣及太子既冠成人免於保傅之嚴則有記過之史徹膳之宰進善之旌誹謗之木敢諫之鼓瞽史誦詩工誦箴諫大夫進謀士傳民語習與智長故切而不媿化與心成故中道若性三代之禮春朝朝日秋暮夕月所以明有敬也春秋入學坐國老執醬而親餽之所以明有孝也行以鸞和步中采齊趣中肆夏所以明有度也其於禽獸見其生不見其死聞其聲不

食其肉故遠庖廚所以長恩且明有仁也夫三代之所以長久者以其輔翼太子有此具也及秦而不然其俗固非貴辭讓也所上者告訐也固非貴禮義也所上者刑罰也使趙高傅胡亥而教之獄所習者非斬劓人則夷人之三族也故胡亥今日即位而明日射人忠諫者謂之誹謗深計者謂之妖言其視殺人若艾草菅然豈惟胡亥之性惡哉彼其所以道之者非其理故也鄙諺曰不習爲吏視已成事又曰前車覆後車誡夫三代之所以長

轉法甚活

久者其已事可知也然而不能從者是不法聖智也秦世之所以亟絶者其轍迹可見也然而不避是後車又將覆也夫存亡之變治亂之機其要在是矣天下之命懸於太子太子之善在於早諭教與選左右夫心未濫而先諭教則化易成也開於道術智誼之指則教之力也若其服習積貫則左右而已夫胡粤之人生而同聲耆欲不異及其長而成俗累數譯而不能相通行者有雖死而不相爲者則教習然也臣故曰選左右早諭教最急夫

教得而左右正則太子正矣太子正而天下定矣書曰一人有慶兆民賴之此時務也凡人之智能見已然不能見將然夫禮者禁於將然之前而法者禁於已然之後是故法之所用易見而禮之所爲至難知也若夫慶賞以勸善刑罰以懲惡先王執此之政堅如金石行此之令信如四時據此之公無私如天地耳豈顧不用哉然而曰禮云禮云者貴絶惡於未萌而起教於微眇使民日遷善遠辠而不自知也孔子曰聽訟吾猶人也必也使無

訟乎。爲人主計者。莫如先審取舍。取舍之極定於內而安危之萌應於外矣。安者非一日而安也。危者。非一日而危也。皆以積漸然。不可不察也。人主之所積。在其取舍。以禮義治之者。積禮義。以刑罰治之者。積刑罰。刑罰積而民怨背。禮義積而民和親。故世主欲民之善同。而所以使民善者或異。或道之以德教。或敺之以法令。道之以德教者。德教洽而民氣樂。敺之以法令者。法令極而民風哀。哀樂之感。禍福之應也。秦王之欲尊宗廟而安子孫。

透骨之談

置字妙

與湯武同然而湯武廣大其德行六七百歲而弗失秦王治天下十餘歲則大敗此亡它故矣湯武之定取舍審而秦王之定取舍不審矣夫天下大器也今人之置器置諸安處則安置諸危處則危天下之情與器亡以異在天子之所置之湯武置天下於仁義禮樂而德澤洽禽獸草木廣裕德被蠻貊四夷累子孫數十世此天下所共聞也秦王置天下於法令刑罰德澤亡一有而怨毒盈於世下憎惡之如仇讎禍幾及身子孫誅絕此天下之

倒跌法

所共見也是非其明效大驗耶人之言曰聽言之道必以其事觀之則言者莫敢妄言今或言禮誼之不如法令教化之不如刑罰人主胡不引殷周秦事以觀之也人主之尊譬如堂羣臣如陛衆庶如地故古陛九級上廉遠地則堂高陛亡級廉近地則堂卑高者難攀卑者易陵理勢然也故古者聖王制爲等列內有公卿大夫士外有公侯伯子男然後有官師小吏延及庶人等級分明而天子加焉故其尊不可及也里諺曰欲投鼠而忌器此

茅鹿門曰此二句結上生下是文章關鍵處

善諭也。鼠近於器。尚憚不投恐傷其器。況於貴臣之近主乎。廉恥節禮以治君子。故有賜死而亡戮辱。是以黥劓之辠不及大夫。以其離主上不遠也禮不敢齒君之路馬。蹵其芻者有罰。見君之几杖則起。遭君之乘車則下。入正門則趨。君之寵臣。雖或有過。刑戮之辠。不加其身者。尊君之故也。此所以爲主上豫遠不敬也。所以體貌大臣而厲其節也。今自王侯三公之貴。皆天子之所改容而禮之也。古天子之所謂伯父伯舅也。而令與衆庶同黥

何氏曰三乎字疊下句法洒然意亦切至

劓髡刖笞傌棄市之法然則堂不亡陛乎被戮辱者不泰迫乎廉恥不行大臣無迺握重權大官而有徒隸亡恥之心乎夫望夷之事二世見當以重法者投鼠而不忌器之習也臣聞之履雖鮮不加於枕冠雖敝不以苴履夫嘗已在貴寵之位天子改容而體貌之矣吏民嘗俯伏以敬畏之矣今而有過帝令廢之可也退之可也賜之死可也滅之可也若夫束縛之係緤之輸之司寇編之徒官司寇小吏詈罵而榜笞之殆非所以令衆庶見也夫

習字妙

折法甚妙

卑賤者習知尊貴者之一旦吾亦迺可以加此也非所以習天下也非尊尊貴貴之化也夫天子之所嘗敬衆庶之所嘗寵死而死耳賤人安得如此而頓辱之哉豫讓事中行之君智伯伐而滅之移事智伯及趙滅智伯豫讓釁面吞炭必報襄子五起而不中人問豫子豫子曰中行衆人畜我我故衆人事之智伯國士遇我我故國士報之故此一豫讓也反君事讐行若狗彘已而抗節致忠行出乎烈士人主使然也故主上遇其大臣如遇犬馬

彼將犬馬自爲也。如遇官徒。彼將官徒自爲也。頑頓亡恥。奊詬亡節。廉恥不立。且不自好。苟若而可。故見利則逝。見便則奪。主上有敗。則因而挻之矣。主上有患。則吾苟免而已。立而觀之耳。有便吾身者。則欺賣而利之耳。人主將何便於此。羣下至衆。而主上至少也。所託財器職業者。粹於羣下也。俱亡恥。俱苟妄。則主上最病。故古者禮不及庶人。刑不至大夫。所以厲寵臣之節也。古者大臣有坐不廉而廢者。不謂不廉。曰簠簋不飾。坐汙穢淫亂。男

章法俱古

女亡別者不曰汙穢曰帷薄不修坐罷軟不勝任者不謂罷軟曰下官不職故貴大臣定有其辠矣猶未斥然正以謼之也尚遷就而爲之諱也故其在大譴大呵之域者聞譴呵則白冠氂纓盤水加劍造請室而請辠耳上不執縛係引而行也其有中罪者聞命而自弛上不使人頸盭而加也其有大罪者聞命則北面再拜跪而自裁上不使捽抑而刑之也曰子大夫自有過耳吾遇子有禮矣遇之有禮故羣臣自憙嬰以廉恥故人矜節行上設

林次崖曰疊下文法錯落可誦

廉恥禮義以遇其臣而臣不以節行報其上者則非人類也故化成俗定則爲人臣者主耳忘身國耳忘家公耳忘私利不苟就害不苟去唯義所在上之化也故父兄之臣誠死宗廟法度之臣誠死社稷輔翼之臣誠死君上守國扞敵之臣誠死城郭封疆故曰聖人有金城者比物比志也彼且爲我死故吾得與之俱生彼且爲我亡故吾得與之俱存夫將爲我危故吾得與之皆安顧行而忘利守節而伏義故可以託不御之權可以寄六尺之

孤。此厲廉恥行禮誼之所致也。主上何喪焉。此之不爲。而顧彼之久行。故曰。可爲長太息者。此也。

黄貞甫曰通國體入人情藥石砦佀莫喻其當文章層疊馳驟古樂深奧原本經術縱横策士之風令賈良酧心茂才短氣眞千古書疏之冠

黃貞甫曰篇中毆游民歸農著等語是積貯至計

賈誼論積貯

筦子曰倉廩實而知禮節民不足而可治者自古及今未之嘗聞古之人曰一夫不耕或受之饑一女不織或受之寒生之有時而用之無度則物力必屈古之治天下至纖至悉故其畜積足恃今背本而趨末食者甚衆是天下之大殘也淫侈之俗日日以長是天下之大賊也殘賊公行莫之或止大命將泛莫之振救生之者甚少而靡之者甚多天下財產何得不蹶漢之爲漢幾四十年矣公私

句法

之積。猶可哀痛。失時不雨。民且狼顧。歲惡不入。請賣爵子。既聞耳矣。安有為天下阽危者若是而上不驚者。世之有饑穰。天之行也。禹湯被之矣。即不幸有方二三千里之旱。國胡以相恤。卒然邊境有急。數十百萬之衆。國胡以餽之。兵旱相乘。天下大屈。有勇力者。聚徒而衡擊。罷夫羸老。易子而齩其骨。政治未畢通也。遠方之能疑者並舉而爭起矣。迺駭而圖之。豈將有及乎。夫積貯者。天下之大命也。苟粟多而財有餘。何為而不成。以攻則取。以守

句法

則固。以戰則勝。懷敵附遠。何招而不至。今毆民而歸之農。皆著於本。使天下各食其力。末技游食之民。轉而緣南畮。則畜積足而人樂其所矣。可以爲富安天下。而直爲此廩廩也。竊爲陛下惜之。

唐荆川曰此與晁錯論貴粟二篇爲漢家諸制策之宗祖也

雄偉不群

賈誼過秦論上

秦孝公據殽函之固擁雍州之地君臣固守以窺周室有席卷天下包舉宇內囊括四海之意并吞八荒之心當是時也商君佐之內立法度務耕織修守戰之具外連衡而鬬諸侯於是秦人拱手而取西河之外孝公既沒惠文武昭襄蒙故業因遺策南取漢中西舉巴蜀東割膏腴之地收要害之郡諸侯恐懼會盟而謀弱秦不愛珍器重寶肥饒之地以致天下之士合從締交相與爲一當此之

胡龍淮曰六國之士以下三段詞意相應

時。齊有孟嘗。趙有平原。楚有春申。魏有信陵。此四君者。皆明智而忠信。寬厚而愛人。尊賢而重士。約從離橫。兼韓魏燕楚齊趙宋衛中山之衆。於是六國之士。有甯越徐尚蘇秦杜赫之屬爲之謀。齊明周最陳軫召滑樓緩翟景蘇厲樂毅之徒通其意。吳起孫臏帶佗兒良王廖田忌廉頗趙奢之倫制其兵。嘗以十倍之地。百萬之衆。叩關而攻秦。秦人開關而延敵。九國之師。逡巡遁逃而不敢進。秦無亡矢遺鏃之費。而天下諸侯已困矣。於是從散約

解爭割地而賂秦秦有餘力而制其弊追亡逐北
伏尸百萬流血漂櫓因利乘便宰割天下分裂河
山彊國請伏弱國入朝施及孝文王莊襄王享國
之日淺國家無事及至始皇奮六世之餘烈振長
策而御宇內吞二周而亡諸侯履至尊而制六合
執敲朴以鞭笞天下威振四海南取百越之地以
爲桂林象郡百越之君俛首係頸委命下吏乃使
蒙恬北築長城而守藩籬却匈奴七百餘里胡人
不敢南下而牧馬士不敢彎弓而報怨於是廢先

句法

王之道燔百家之言以愚黔首隳名城殺豪俊收天下之兵聚之咸陽銷鋒鍉鑄以爲金人十二以弱天下之民然後踐華爲城因河爲池據億丈之城臨不測之谿以爲固良將勁弩守要害之處信臣精卒陳利兵而誰何天下巳定始皇之心自以爲關中之固金城千里子孫帝王萬世之業也始皇既沒餘威震於殊俗然而陳涉甕牖繩樞之子甿隷之人而遷徙之徒也材能不及中庸非有仲尼墨翟之賢陶朱猗頓之富躡足行伍之閒俛起

根法有議論
便高古

阡陌之中。率罷散之卒。將數百之衆。轉而攻秦。斬木爲兵。揭竿爲旗。天下雲會而響應。贏糧而景從。山東豪俊。遂並起而亡秦族矣。且夫天下非小弱也。雍州之地。殽函之固自若也。陳涉之位。不尊於齊楚燕趙韓魏宋衛中山之君也。鉏耰棘矜不銛於鉤戟長鎩也。謫戍之衆。非抗於九國之師也。深謀遠慮。行軍用兵之道。非及曩時之士也。然而成敗異變。功業相反。試使山東之國。與陳涉度長絜大。比權量力。則不可同年而語矣。然秦以區區之

林次崖曰一篇精神命脈全在此二句

地致萬乘之權招八州而朝同列百有餘年矣然後以六合爲家殽函爲宮一夫作難而七廟隳身死人手爲天下笑者何也仁義不施而攻守之勢異也

樓迂齋曰秦始終興亡之故盡在此篇

鄒東郭曰此篇意之感慨尤切

賈誼過秦論中

秦滅周祀。并海內。兼諸侯。南面稱帝。以養四海。天下之士。斐然鄉風。若是者何也。曰近古之無王者久矣。周室卑微。五霸既滅。令不行於天下。是以諸侯力政。彊凌弱。衆暴寡。兵革不休。士民罷敝。今秦南面而王天下。是上有天子也。卽元元之民冀得安其性命。莫不虛心而仰上。當此之時。專威定功。安危之本。在於此矣。秦王懷貪鄙之心。行自奮之智。不信功臣。不親士民。廢王道而立私愛。焚文書而酷刑法先詐力而後仁義以暴虐爲天下始夫并兼者高詐力安定者貴順權以此言之取與攻守不同術也秦雖併戰國而王天下其道不異其政不改是其所以取之守之者異也孤獨而有之故其亡可立而待也借使秦王論上世之事並殷周之迹以制御其政後雖有淫驕之主猶未有傾危之患也故三王之建天下名號顯美功業長久今秦二世立天下莫不引領而觀其政夫寒者利短褐而饑者甘糟糠天下之嗸嗸新主之資也此

馮君卿曰此下數段意正而詞果

言勞民之易爲仁也鄉使二世有庸主之行而任忠賢臣主一心而憂海内之患縞素而正先帝之過裂地分民以封功臣之後建國立君以禮天下虛囹圄而免形戮除去收帑汚穢之罪使各反其鄉里發倉廩散財幣以賑孤獨窮困之士輕賦少事以佐百姓之急約法省刑以持其後使天下之人皆得自新更節循行各慎其身塞萬民之望而以盛德與天下天下息矣卽四海之内皆懽然各自安樂其處惟恐有變雖有狡害之民無離上之

胡龍淵曰先王以下一段

心。則不軌之臣。無以飾其智。而暴亂之姦弭矣。二世不行此術。而重以無道。壞宗廟。與民更始。作阿房之宮。繁刑嚴誅。吏治深刻。賞罰不當。賦斂無度。天下多事。吏不能紀。百姓困窮。而主不收恤。然後姦僞並起。而上下相遁。蒙罪者衆。形僇相望於道。而天下苦之。自君卿以下。至於衆庶。人懷自危之心。親處窮苦之實。咸不安其位。故易動也。是以陳涉不用湯武之賢。不藉公矦之尊。奮於大澤。而天下嚮應者。其民危也。故先王者。見終始之變。知存

閉鎖一篇何等識見

胡龍淮曰正傾句一篇綱領

亡之由是以牧民之道務在安之而已天下雖有逆行之臣必無嚮應之助矣故曰安民可與行義而危民易與為非此之謂也貴為天子富有四海身不免於戮殺者正傾非也是二世之過也

姜鳳阿曰鋪叙秦人興亡本末如指諸掌行文有法度議論根據理詞氣開闔起伏精深雄大真名世之作也

王守溪曰其言極古簡與先秦相上下

秦漢文鈔卷三

西漢

賈誼過秦論下

秦兼諸矦山東三十餘郡。繕津關。據險塞。繕甲兵而守之。然陳涉以戍卒散亂之衆數百奮臂大呼。不用弓戟之兵。鉏耰白梃。望屋而食。橫行天下。秦人阻險不守。關梁不閉。長戟不刺。彊弩不射。楚沛深入戰於鴻門。曾無藩籬之難。於是山東諸矦並起豪傑相立。秦使章邯將而東征。章邯因以三軍

之衆要市於外以謀其上羣臣之不相信可見於
此矣子嬰立而遂不悟借使子嬰有庸主之材而
僅得中佐山東雖亂三秦之地可全而有宗廟之
祀宜未絶也秦地被山帶河以爲固四塞之國也
自繆公以來至於秦王二十餘君常爲諸侯雄此
豈世世賢哉其勢居然也且天下嘗同心并力而
攻秦矣當此之世賢知並列良將行其師賢相通
其謀然困於險阻而不能進秦乃延入戰而爲之
開關百萬之徒逃敗而遂壞者豈勇力智慧不足

柯氏曰捄敗非也句此篇綱領

哉形不利勢不便也秦雖小邑并大城守險塞而軍高壘毋戰閉關據阸荷戟而守之諸侯起於匹夫以利合非有素王之行也其交未親其民未附名曰亡秦其實利之也彼見秦阻之難犯也必退師安土息民以待其敝收弱扶罷以令大國之君不患不得意於海內貴爲天子富有四海而身爲禽者其捄敗非也秦王足己而不問遂過而不變二世受之因而不改暴虐以重禍子嬰孤立無親危弱無輔三主惑而終身不悟亡不亦宜乎當此

爲君鄉曰此段議論與賈山梅福之說相似

時也世非無深謀遠慮知化之士也然所以不敢盡忠拂過者秦俗多忌諱之禁也忠言未卒於口而身爲戮沒矣故使天下之士傾耳而聽重足而立拑口而不言是以三王失道而忠臣不敢諫智士不敢謀也天下已亂姦不上聞豈不悲哉先王知壅蔽之傷國也故置公卿大夫士以飾法設刑而天下治其彊也禁暴誅亂而天下服其弱也五覇征而諸侯從其削也內守外附而社稷存故秦之盛也繁法嚴刑而天下震及其衰也百姓怨而

海内叛矣。故周王序得其道，而千餘載不絶。秦本末並失，故不能長。由是觀之，安危之統相去遠矣。鄙諺曰：前事之不忘，後事之師也。是以君子爲國，觀之上古，驗之當世，參之人事，察盛衰之理，審權勢之宜，去就有序，變化應時，故曠日長久而社稷安矣。

楊升庵曰：賈誼過秦以論漢，陸機辯亡以警晉。

高古

鼂錯論貴粟

聖王在上而民不凍饑者非能耕而食之織而衣之也爲開其資財之道也故堯禹有九年之水湯有七年之旱而國亡捐瘠者以畜積多而備先具也今海內爲一土地人民之衆不避湯禹加以亡天災數年之水旱而畜積未及者何也地有餘利民有餘力生穀之土未盡山澤之利未盡出也游食之民未盡歸農也民貧則姦邪生貧生於不足不足生於不農不農則不地著不地著則離鄉

輕家民如鳥獸雖有高城深池嚴法重刑猶不能禁也夫寒之於衣不待輕煖饑之於食不待甘旨饑寒至身不顧廉耻人情一日不再食則饑終歲不製衣則寒夫腹饑不得食膚寒不得衣雖慈母不能保其子君安能以有其民哉明王知其然也故務民於農桑薄賦歛廣畜積以實倉廩備水旱故民可得而有也民者在上所以牧之趨利如水走下四方亡擇也夫珠玉金銀饑不可食寒不可衣然而衆貴之者以上用之故也其爲物輕微易

黃貞甫曰陳農家勞苦眞可流涕

藏在於把握可以周海內而亡饑寒之患此令臣輕背其主而民易去其鄉盜賊有所勸亡逃者得輕資也粟米布帛生於地長於時聚於力非可一日成也數石之重中人弗勝不爲姦邪所利一日弗得而饑寒至是故明君貴五穀而賤金玉今農夫五口之家其服役者不下二人其能耕者不過百畝百畝之收不過百石春耕夏耘秋獲冬藏伐薪樵治官府給繇役春不得避風塵夏不得避暑熱秋不得避陰雨冬不得避寒凍四時之間亡日

休息。又私自送往迎來。吊死問疾。養孤長幼在其中。勤苦如此。尚復被水旱之災。急政暴虐。賦斂不時。朝令而暮改。當其有者半賈而賣。亡者取倍稱之息。於是有賣田宅鬻子孫以償債者矣。而商賈大者積貯倍息。小者坐列販賣。操其奇贏。日游都市。乘上之急。所賣必倍。故其男不耕耘。女不蠶織。衣必文采。食必粱肉。亡農夫之苦。有阡陌之得。因其富厚。交通王侯。力過吏勢。以利相傾。千里游敖。冠葢相望。乘堅策肥。履絲曳縞。此商人所以兼并

馮君卿曰奠粟使民務農句一篇主意

農人農人所以流亡者也今法律賤商人商人已富貴矣尊農夫農夫已貧賤矣故俗之所貴主之所賤也吏之所卑法之所尊也上下相反好惡乖迕而欲國富法立不可得也方今之務莫若使民務農而已矣欲民務農在於貴粟貴粟之道在於使民以粟爲賞罰今募天下入粟縣官得以拜爵得以除罪如此富人有爵農民有錢粟有所渫夫能入粟以受爵皆有餘者也取於有餘以供上用則貧民之賦可損所謂損有餘補不足令出而民

利者也。順於民心。所補者三。一曰主用足。二曰民賦少。三曰勸農功。今令民有車騎馬一匹者。復卒三人。車騎者。天下武備也。故爲復卒。神農之教曰。有石城十仞。湯池百步。帶甲百萬。而亡粟。弗能守也。以是觀之。粟者。王者大用。政之本務。令民入粟受爵。至五大夫以上。迺復一人耳。此其與騎馬之功。相去遠矣。爵者。上之所擅。出於口而無窮。粟者。民之所種。生於地而不乏。夫得高爵與免罪。人之所甚欲也。使天下人入粟於邊。以受爵免罪。不過三歲。塞下之粟必多矣。

黄貞甫曰農人所以流亡者也以前字字可涕

唐荊川曰言邊事深究利害之實

鼂錯言兵事

臣聞漢興以來。胡虜數入邊地。小入則小利。大入則大利。高后時。再入隴西。攻城屠邑。毆畧畜產。其後復入隴西。殺吏卒。大寇盜。竊聞戰勝之威。民氣百倍。敗兵之卒。沒世不復。自高后以來。隴西三困於匈奴矣。民氣破傷。亡有勝意。今茲隴西之吏。賴社稷之神靈。奉陛下之明詔。和輯士卒。底厲其節。起破傷之民。以當乘勝之匈奴。用少擊衆。殺一王。敗其衆。而法曰大有利。非隴西之民有勇怯。迺將

揣摩事勢知學

吏之制巧拙異也。故兵法曰。有必勝之將。無必勝之民。繇此觀之。安邊境。立功名。在於良將。不可不擇也。臣又聞用兵臨戰。合刃之急者三。一曰得地形。二曰卒服習。三曰器用利。兵法曰。丈五之溝。漸車之水。山林積石。經川丘阜。草木所在。此步兵之地也。車騎二不當一。土山丘陵。曼衍相屬。平原廣野。此車騎之地也。步兵十不當一。平陵相遠。川谷居閒。仰高臨下。此弓弩之地也。短兵百不當一。兩陳相近。平地淺草。可前可後。此長戟之地也。劍楯三不當一。萑葦竹蕭。草木蒙蘢。支葉茂接。此矛鋋之地也。長戟二不當一。曲道相伏。險阸相薄。此劍楯之地也。弓弩三不當一。士不選練。卒不服習。起居不精。動靜不集。趨利弗及。避難不畢。前擊後解。與金鼓之音相失。此不習勒卒之過也。百不當十。兵不完利。與空手同。甲不堅密。與袒裼同。弩不可以及遠。與短兵同。射不能中。與亡矢同。中不能入。與亡鏃同。此將不省兵之禍也。五不當一。故兵法曰。器械不利。以其卒予敵也。卒不可用。以其將予

茅鹿門曰蛮夷攻蛮夷亦孫吳未見之言

敵也。將不知兵。以其主予敵也。君不擇將。以其國予敵也。四者。兵之至要也。臣又聞小大異形。彊弱異勢。險易異備。夫卑身以事彊。小國之形也。合小以攻大。敵國之形也。以蠻夷攻蠻夷。中國之形也。今匈奴地形技藝。與中國異。上下山阪。出入溪澗。中國之馬弗與也。險道傾仄。且馳且射。中國之騎弗與也。風雨罷勞。饑渴不困。中國之人弗與也。此匈奴之長技也。若夫平原易地。輕車突騎。則匈奴之衆易撓亂也。勁弩長戟。射疏及遠。則匈奴之弓弗能格也。堅甲利刃。長短相雜。遊弩往來。什伍俱前。則匈奴之兵弗能當也。材官騶發。矢道同的。則匈奴之革笥木薦弗能支也。下馬地鬬。劍戟相接。去就相薄。則匈奴之足弗能給也。此中國之長技也。以此觀之。匈奴之長技三。中國之長技五。陛下又興數十萬之衆。以誅數萬之匈奴。衆寡之計。以一擊十之術也。雖然。兵。凶器。戰。危事也。以大爲小。以彊爲弱。在俛卬之閒耳。夫以人之死爭勝。跌而不振則悔之亡及也。帝王之道。出於萬全。今降胡

邊計即今可用

義渠蠻夷之屬。來歸誼者。其衆數千。飲食長技。與匈奴同。可賜之堅甲絮衣。勁弓利矢。益以邊郡之良騎。令明將能知其習俗。和輯其心者。以陛下之明約將之。即有險阻。以此當之。平地通道。則以輕車材官制之。兩軍相爲表裏。各用其長技。衡加之以衆。此萬全之術也。傳曰。狂夫之言。而明王擇焉。臣錯愚陋。昧死上狂言。惟陛下財擇。

黄貞甫曰以中國五長技而匈奴所長則用夷攻夷以敵之四者兵之至要兩軍相爲表裏此名將之識

唐荊川曰敘事錯綜古寔

鼂錯論守邊備塞事

臣聞秦時北攻胡貉。築塞河上。南攻楊粵置戍卒焉。其起兵而攻胡粵者。非以衛邊地而救民死也。貪戾而欲廣大也。故功未立而天下亂。且夫起兵而不知其勢。戰則爲人禽。屯則卒積死。夫胡貉之地。積陰之處也。木皮三寸。冰厚六尺。食肉而飲酪。其人密理。鳥獸毳毛。其性能寒。楊粵之地少陰多陽。其人疏理。鳥獸希毛。其性能暑。秦之戍卒不能其水土。戍者死於邊。輸者僨於道。秦民見行。如往棄市。因以謫發之。名曰謫戍。先發吏有謫。及贅壻賈人。後以嘗有市籍者。又後以大父母父母嘗有市籍者。後入閭。取其左。發之不順。行者深怨。有背畔之心。凡民守戰。至死而不降北者。以計爲之也。故戰勝守固。則有拜爵之賞。攻城屠邑。則得其財鹵以富家室。故能使其衆蒙矢石。赴湯火。視死如生。今秦之發卒也。有萬死之害。而亡銖兩之報。死事之後。不復一筭之復。天下明知禍烈及已也。陳勝行戍。至於大澤。爲天下先倡。天下從之如流水者秦以威胡而行之之敝也胡人衣食之業不著於地其勢易以擾亂邊境何以明之胡人食肉飲酪衣皮毛非有城郭田宅之歸居如飛鳥走獸於廣壄美草甘水則止草盡水竭則移以是觀之往來轉徙時至時去此胡人之生業而中國之所以離南畮也今使胡人數處轉牧行獵於塞下或當燕代或當上郡北地隴西以候備塞之卒卒少則入陛下不救則邊民絶望而有降敵之心救之少發則不足多發遠縣纔至則胡又已去聚而不罷

爲費甚大罷之則胡復入如此連年則中國貧苦而民不安矣陛下幸憂邊境遣將吏發卒以治塞甚大惠也然今遠方之卒守塞一歲而更不知胡人之能不如選常居者家室田作且以備之以便爲之高城深塹具藺石布渠荅復爲一城其內城間百五十步要害之處通川之道調立城邑毋下千人爲中周虎落先爲室屋具田器迺募辠人及免徒復作令居之不足募以丁奴婢贖辠及輸奴婢欲以拜爵者不足迺募民之欲往者皆賜高爵

復其家。予冬夏衣廩食。能自給而止。郡縣之民得買其爵。以自增至卿。其亡夫若妻者。縣官買予之。人情非有匹敵。不能久安其處。塞下之民。祿利不厚。不可使久居危難之地。胡人入驅。而能止其所驅者。以其半予之。縣官爲贖其民。如是。則邑里相救助。赴胡不避死。非以德上也。欲全親戚而利其財也。此與東方之戍卒不習地勢而心畏胡者。功相萬也。以陛下之時。徙民實邊。使遠方亡屯戍之事。塞下之民父子相保亡係虜之患。利施後世。名

首尾相顧

稱聖明。其與秦之行怨。民相去遠矣。

林次崖曰此篇是見當時發卒備胡之不便故建議募民實塞下以省屯戍轉輸之勞綜理周密詞意明徹

起無町畦態何等奇崛

鄒陽諫吳王

臣聞秦倚曲臺之宮，懸衡天下，畫地而人不犯，兵加胡越。至其晚節末路，張耳、陳勝連從兵之據，以叩函谷，咸陽遂危。何則？列郡不相親，萬室不相救也。今胡數涉北河之外，上覆飛鳥，下不見伏兎，鬭城不休，救兵不止，死者相隨，輦車相屬，轉粟流輸，千里不絕。何則？彊趙責於河間，六齊望於惠后，城陽顧於盧博，三淮南之心思墳墓。大王不憂，臣恐救兵之不專，胡馬遂進窺於邯鄲，越水長沙，還舟

句法

唐荊川曰似漢攻取之勢是刺骨語

青陽。雖使梁并淮陽之兵下淮東。越廣陵。以遏越人之糧。漢亦折西河而下。北守漳水。以輔大國。胡亦益進。越亦益深。此臣之所爲大王患也。臣聞蛟龍驤首奮翼。則浮雲出流霧雨咸集。聖王底節修德。則游談之士。歸義思名。今臣盡智畢議。易精極慮。則無國而不可奸。飾固陋之心。則何王之門不可曳長裾乎。然臣所以歷數王之朝。背淮千里而自致者。非惡臣國而樂吳民也。竊高下風之行。尤説大王之義。故願大王無忽。察聽其至。臣聞鷙鳥

唐荊川曰往時趙淮南已如此可鑒也

累百不如一鶚夫全趙之時武力鼎士袪服叢臺之下者一旦成市不能止幽王之湛患淮南連山東之俠死士盈朝不能還厲王之西也然則計議不得雖諸賁不能安其位亦明矣故願大王審畫而已始孝文皇帝據關入立寒心銷志不明求衣自立天子之後使東牟朱虛東褒義父之後深割嬰兒王之壤子王梁代益以淮陽卒仆濟北囚弟於雍者豈非象新垣平等哉今天子新據先帝之遺業左規山東右制關中變權易勢大臣難知大

句工巧

王弗察臣恐周鼎復起於漢新垣過計於朝則我吳遺嗣不可期於世矣高皇帝燒棧道灌章邯兵不留行收敝民之倦東馳函谷西楚大破水攻則章邯以亡其城陛擊則項王以失其地此皆國家之不幾者也願大王熟察之

劉氏勰曰鄒陽之説吳梁喻巧而理至

唐荆川曰此文如䂸錦剪翠

鄒陽獄中上梁王書

臣聞忠無不報。信不見疑。臣常以爲然。徒虛語耳。昔者荆軻慕燕丹之義。白虹貫日。太子畏之。衛先生爲秦畫長平之事。太白蝕昴。昭王疑之。夫精誠變天地。而信不諭兩主。豈不哀哉。今臣盡忠竭誠。畢議願知。左右不明。卒從吏訊。爲世所疑。是使荆軻衛先生復起。而燕秦不悟也。願大王孰察之。昔玉人獻寶。楚王誅之。李斯竭忠。胡亥極刑。是以箕子佯狂。接輿避世。恐遭此患。願大王察玉人李斯

陳仲醇曰用事太多文亦漫趋于偶麗然論讒毀之禍痛切可爲世戒

之意而後楚王胡亥之聽無使臣爲箕子接輿所笑臣聞比干剖心子胥鴟夷臣始不信迺今知之願大王熟察少加憐焉語曰白頭如新傾蓋如故何則知與不知也故樊於期逃秦之燕藉荊軻首以奉丹事王奢去齊之魏臨城自剄以却齊而存魏夫王奢樊於期非新於齊秦而故於燕魏也所以去二國死兩君者行合於志而慕義無窮也是以蘇秦不信於天下爲燕尾生白圭戰亡六城爲魏取中山何則誠有以相知也蘇秦相燕人惡之

茅鹿門曰此等俳語惟西京有之

於燕王。燕王按劍而怒。食以駃騠。白圭顯於中山。人惡之於魏文侯。文侯投以夜光之璧。何則。兩主二臣。剖心析肝相信。豈移於浮辭哉。故女無美惡。入宮見妬。士無賢不肖。入朝見嫉。昔者司馬喜臏腳於宋。卒相中山。范雎摺脅折齒於魏。卒爲應侯。此二人者。皆信必然之畫。捐朋黨之私。挾孤獨之交。故不能自免於嫉妬之人也。是以申徒狄蹈雍之河。徐衍負石入海。不容身於世。義不苟取。比周於朝。以移主上之心。故百里奚乞食於路。穆公委

馮君卿曰百里奚以下即上面樊於期以下意過接處全然不覺是一筆呵成文字

之以政。甯戚飯牛車下。而桓公任之以國。此二人者。豈素宦於朝。借譽於左右。然後二主用之哉。感於心。合於意。堅如膠漆。昆弟不能離。豈惑於衆口哉。故偏聽生奸。獨任成亂。昔魯聽季孫之說。逐孔子。宋信子冉之計。囚墨翟。夫以孔墨之辯。不能自免於讒諛。而二國以危。何則。衆口鑠金。積毀銷骨也。是以秦用戎人由余而霸中國。齊用越人子臧而彊威宣。此二國豈拘於俗。牽於世。繫奇偏之辭哉。公聽並觀。垂明當世。故意合則胡越爲昆弟。由余子臧是矣。不合則骨肉爲讐敵。朱象管蔡是矣。今人主誠能用齊秦之明。後宋魯之聽。則五霸不足侔。三王易爲比也。是以聖王覺悟。捐子之之心。而不説田常之賢。封比干之後。修孕婦之墓。故功業覆於天下。何則。欲善無猒也。夫晉文公親其讐。而彊霸諸侯。齊桓公用其仇。而一匡天下。何則。慈仁殷勤。誠嘉於心。此不可以虚辭借也。至夫秦用商鞅之法。東弱韓魏。立強天下。而卒車裂之。越用大夫種之謀。禽勁吳而霸中國。遂誅其身。是以孫

古人用喻大抵正意雖講自然切而不絕

叔敖三去相而不悔。於陵仲子辭三公爲人灌園。今人主誠能去驕傲之心。懷可報之意。披心腹見情素。墮肝膽。施德厚。終與之窮達。無愛於士。則桀之犬可使吠堯。而跖之客可使刺由。何況因萬乘之權。假聖王之資乎。然則荊軻湛七族。要離燔妻子。豈足爲大王道哉。臣聞明月之珠。夜光之璧。以暗投人於道。衆莫不按劒相眄。何則無因而至前也。蟠木根柢。輪囷離奇。而爲萬乘器者。何則以左右先爲之容也。故無因而至前。雖出隋侯之珠。夜

茅鹿門曰句法奇勁

光之璧秖足結怨而不見德有人先談則枯木朽株樹功而不忘今天下布衣窮居之士身在貧羸雖蒙堯舜之術挾伊管之辯懷龍逢比干之意欲盡忠當世之君而素無根柢之容雖竭精神欲開忠信輔人主之治則人主必襲按劍相眄之迹矣是使布衣之士不得爲枯木朽株之資也是以聖王制世御俗獨化於陶鈞之上而不牽乎卑辭之語不奪乎衆多之口故秦皇帝任中庶子蒙嘉之言以信荊軻之說而匕首竊發周文王獵涇渭載

高古之句

茅鹿門曰贊氣過人真足

呂尚而歸以王天下。秦信左右而亡。周用烏集而
王。何則。以其能越拘攣之語。馳域外之議。獨觀於
昭曠之道也。今人主沈諂諛之辭。牽於帷牆之制。
使不羈之士。與牛驥同皂。此鮑焦所以忿於世。而
不留富貴之樂也。臣聞盛飾入朝者。不以私汙義。
砥礪名號者。不以利傷行。故里名勝母。曾子不入。
邑號朝歌。墨子迴車。今欲使天下恢廓之士。誘於
威重之權。脅於位勢之貴。回面汙行。以事諂諛之
人。而求親近於左右。則士有伏死堀穴巖藪之中

耳。䀹有盡忠信而趨闕下者哉。

鄒東郭曰此書援古證今累百千言詞雖煩而不亂意雖多而感切正向法嚴句尤爲可法

喻多而巧

秦漢文鈔卷三下

枚乘奏吳王書

臣聞得全者昌。失全者亡。舜無立錐之地。以有天下。禹無十戶之聚。以王諸侯。湯武之土。不過百里。上不絕三光之明。下不傷百姓之心者。有王術也。故父子之道天性也。忠臣不避重誅以直諫。則事無遺策。功流萬世。臣乘願披腹心而效愚忠。惟大王少加意念惻怛之心於臣乘言。夫以一縷之任係千鈞之重。上懸之無極之高。下垂之不測之淵。

歐陽氏曰安危難易四字條陳利害明白痛切

雖甚愚之人。猶知哀其將絶也。馬方駭。鼓而驚之。係方絶。又重鎮之。係絶於天。不可復結。墜入深淵。難以復出。其出不出。間不容髮。能聽忠臣之言。百擧必脫。必若所欲爲。危於累卵。難於上天。變所欲爲。易於反掌。安於泰山。今欲極天命之上壽。敝無窮之極樂。究萬乘之勢。不出反掌之易。居泰山之安。而欲乘累卵之危。走上天之難。此愚臣之所大惑也。人性有畏其景而惡其跡者。卻背而走。迹愈多。景愈疾。不知就陰而止。景滅迹絶。欲人勿聞。莫

歐陽氏曰禍福兩字比前安危等字更痛切

若勿言欲人勿知莫若勿爲欲湯之滄一人炊之百人揚之無益也不如絶薪止火而已不絶之於彼而救之於此譬猶抱薪而救火也養由基楚之善射者也去楊葉百步百發百中楊葉之大加百中焉可謂善射矣然其所止百步之內耳比於臣乘未知操弓持矢也福生有基禍生有胎納其基絶其胎禍何自來泰山之霤穿石殫極之紞斷幹水非石之鑽索非木之鋸漸靡使之然也夫銖銖而稱之至石必差寸寸而度之至丈必過石稱丈

馮君卿曰秉義背理之言何等明目張膽

量徑而寡失。夫十圍之木。始生而蘗。足可搔而絕。手可擢而抓。據其未生。先其未形。磨礱砥礪。不見其損。有時而盡。種樹畜養。不見其益。有時而大。積德累行。不知其善。有時而用。棄義背理。不知其惡。有時而亡。臣願大王熟計而身行之。此百世不易之道也。

茅鹿門曰篇中或長喻或單譬凡十有四五勢若沛江河聯若貫珠璧真古之善言者然文體稍冗矣

枚乘再上書重諫吳王

昔秦西舉胡戎之難，北備榆中之關，南距羌莋之塞，東當六國之從。六國乘信陵之籍，明蘇秦之約，厲荆軻之威，并力一心以備秦。然秦卒禽六國，滅其社稷，而并天下，是何也？則地利不同，而民輕重不等也。今漢據全秦之地，兼六國之衆，脩戎狄之義，而南朝羌莋，此其與秦地相什而民相百，大王之所明知也。今夫讒諛之臣，爲大王計者，不論骨肉之義，民之輕重，國之大小，以爲吳禍，此臣所以

筆法佳

爲大王患也夫擧吳兵以訾於漢譬猶蠅蚋之附
羣牛腐肉之齧利劍鋒接必無事矣天下聞吳率
失職諸侯願責先帝之遺約今漢親誅其三公以
謝前過是大王威加於天下而功越於湯武也夫
吳有諸侯之位而實富於天子有隱匿之名而居
過於中國夫漢并二十四郡十七諸侯方輸錯出
軍行數千里不絕於郊其珍惟不如山東之府轉
粟西鄉陸行不絕水行滿河不如海陵之倉脩治
上林雜以離宮積聚玩好圈守禽獸不如長洲之

五不如文勢抑揚頓挫

苑。游曲臺。臨上路。不如朝夕之池。臨壁高壘。副以關城。不如江淮之險。此臣之所爲大王樂也。今大王還兵疾歸。尚得十半。不然。漢知吳之有吞天下之心也。赫然加怒。遣羽林黄頭。循江而下。襲大王之都。魯東海絶吳之饟道。梁王飭車騎。習戰射。積粟固守。以備滎陽。待吳之饑。大王雖欲反都亦不得巳。夫三淮南之計不負其約。齊王殺身以滅其迹。四國不得出兵其郡。趙囚邯鄲。此不可掩亦巳明矣。今大王巳去千里之國。而制於十里之内矣。

張韓將北地。弓高宿左右。兵不得下壁。軍不得太息。臣竊哀之。願大王熟察焉。

林次崖曰利害偶稿反覆詳盡

顧開雍曰七發備盡巧態機軸規模高出漢晉之上

枚乘七發

楚太子有疾。而吳客往問之。曰。伏聞太子玉體不安。亦少間乎。太子曰。憊。謹謝客。客因稱曰。今時天下安寧。四宇和平。太子方富於年。意者久耽安樂。日夜無極。邪氣襲逆。中若結轖。紛沌澹淡。嘘唏煩醒。惕惕怵怵。卧不得瞑。虛中重聽。惡聞人聲。精神越渫。百病咸生。聰明眩曜。悦怒不平。久執不廢。大命乃傾。太子豈有是乎。太子曰。謹謝客。賴君之力。時時有之。然未至於是也。客曰。今夫貴人之子。必

句法古麗

宫居而閒處。內有保母。外有傅父。欲交無所。飲食則温淳甘膬腥醲肥厚。衣裳則雜遝曼煖燂爍熱暑。雖有金石之堅。猶將銷鑠而挺解也。况其在筋骨之間乎哉。故曰縱耳目之欲。恣支體之安者。傷血脉之和。且夫出輿入輦。命曰蹷痿之機。洞房清宫。命曰寒熱之媒。皓齒蛾眉。命曰伐性之斧。甘脆肥醲。命曰腐腸之藥。今太子膚色靡曼。四肢痿隨。筋骨挺解。血脉淫濯。手足惰窳。越女侍前。齊姬奉後。往來游醼。縱恣乎曲房隱間之中。此甘餐毒藥

戲猛獸之爪牙也所從來者至深遠淹滯永久而
不廢雖令扁鵲治內巫咸治外尚何及哉今如太
子之病者獨宜世之君子博見彊識承間語事變
度易意常無離側以為羽翼淹沉之樂浩蕩之心
遁佚之志其奚由至哉太子曰諾病已請事此言
客曰今太子之病可無藥石針刺灸療而已哉可
以要言妙道說而去也不欲聞之乎太子曰僕願
聞之客曰龍門之桐高百尺而無枝中鬱結之輪
菌根扶疏以分離上有千仞之峯下臨百丈之谿

真西山曰背涉兩字何等奇巧

呂氏曰形容琴音之精絕有悲歡感慨之意

湍流遡波又澹淡之其根半死半生冬則烈風漂霰飛雪之所激也夏則雷霆霹靂之所感也朝則鸝黃鳱鴠鳴焉暮則羈雌迷鳥宿焉獨鵠晨號乎其上鵾鷄哀鳴翔乎其下於是背秋涉冬使琴摯斫斬以爲琴野繭之絲以爲絃孤子之鉤以爲隱九寡之珥以爲約使師堂操暢伯子牙爲之歌歌曰麥秀蔪兮雉朝飛向虛壑兮背槁槐依絕區兮臨迴溪飛鳥聞之翕翼而不能去野獸聞之垂耳而不能行蚑蟜螻蟻聞之柱喙而不能前此亦天

呂氏曰苑羅珍錯以爲奇觀成一篇好文字

下之至悲也。太子能彊起聽之乎。太子曰。僕病未能也。

客曰。犓牛之腴。菜以筍蒲。肥狗之和。冒以山膚。楚苗之食。安胡之飯。摶之不解。一啜而散。於是使伊尹煎熬。易牙調和。熊蹯之臑。勺藥之醬。薄耆之炙。鮮鯉之鱠。秋黃之蘇。白露之茹。蘭英之酒。酌以滌口。山梁之餐。豢豹之胎。小飯大歠。如湯沃雪。此亦天下之至美也。太子能強起嘗之乎。太子曰。僕病未能也。

唐伯虎曰柳子厚晉問論馬篇其狀馬之翁息處可以參觀

客曰鍾岱之牡齒至之車前似飛鳥後類距虛穱麥服處躁中煩外羈堅轡附易路於是伯樂相其前後王良造父爲之御秦缺樓季爲之右此兩人者馬佚能止之車覆能起之於是使射千鎰之重爭千里之逐此亦天下之至駿也太子能強起乘之乎太子曰僕病未能也

客曰既登景夷之臺南望荆山北望汝海左江右湖其樂無有於是使博辯之士原本山川極命草木比物屬事離辭連類浮游覽觀乃下置酒於娛

董潯陽曰形容臺隍之勝極目賞心當與阿房賦齊名異代

懷之宮。連廊四注。臺城層構。紛紜玄綠。輦道邪交。隍池紆曲。溷章白鷺。孔雀鶤鵠。鵷鶵鵁鶄。翠鬣紫纓。螭龍德牧。邕邕群鳴。陽魚騰躍。奮翼振鱗。漃漻薵蓼。蔓草芳苓。女桑河柳。素葉紫莖。苗松豫章。條上造天。梧桐并閭。極望成林。眾芳芬鬱。亂於五風。從容猗靡。消息陽陰。列坐縱酒。蕩樂娛心。景春佐酒。杜連理音。滋味雜陳。肴糅錯該。練色娛目。流聲悅耳。於是乃發激楚之結風。揚鄭衛之皓樂。使先施徵舒陽文段干吳娃閭娵傅予之徒。雜裾垂髾。

茅鹿門曰極力描寫粧成一箇燕樂圖

茅鹿門曰胸襟寥廓故能寫景周詳

目窕心與揄流波雜杜若蒙清塵被蘭澤嬿服而御此亦天下之靡麗皓侈廣博之樂也太子能彊起游乎太子曰僕病未能也

客曰將爲太子馴騏驥之馬駕飛軨之輿乘牡駿之乘右夏服之勁箭左烏號之彫弓游涉乎雲林周馳乎蘭澤弭節乎江潯掩青蘋游清風陶陽氣蕩春心逐狡獸集輕禽於是極犬馬之才困野獸之足窮相御之智巧恐虎豹慴鷙鳥逐馬鳴鑣魚跨麋角履游麕兔蹈踐麖鹿汗流沫墜寃伏陵窘

無創而死者。固足充後乘矣。此校獵之至壯也。太子能強起游乎。太子曰。僕病未能也。然陽氣見於眉宇之間。侵淫而上。幾滿太宅。

客見太子有悅色也。遂推而進之曰。冥火薄天。兵車雷運。旌旗偃蹇。羽毛肅紛。馳騁角逐。慕味爭先。徼墨廣博。觀望之有圻。純粹全犧。獻之公門。太子曰。善。願復聞之。客曰。未既。於是榛林深澤。烟雲闇莫。兕虎並作。毅武孔猛。袒裼身薄。白刃磑磑。矛戟交錯。收獲掌功。賞賜金帛。掩蘋賜若。爲牧人席。旨酒嘉肴。羞炰膾炙以御賓客。涌觴並起。動心驚耳。誠必不悔。決絶以諾。貞信之色。形于金石。高歌陳唱。萬歳無斁。此眞太子之所喜也。能彊起而游乎。太子曰。僕甚願從。直恐爲諸大夫累耳。然而有起色矣。

客曰。將以八月之望。與諸侯遠方交游兄弟。並往觀濤乎廣陵之曲江。至則未見濤之形也。徒觀水力之所到。則卹然足以駭矣。觀其所駕軼者。所擢拔者。所揚汨者。所温汾者。所滌汔者。雖有心略辭給固未能縷形其所由然也。恍兮惚兮。聊兮慄兮。混汩汩兮忽兮慌兮。俶兮儻兮。浩瀇瀁兮。慌曠曠兮。秉意乎南山。通望乎東海。虹洞乎蒼天。極慮乎崖涘。流攬無窮。歸神日母。汩乘流而下降兮。或不知其所止。或紛紜其流折兮。忽繆往而不來。臨朱汜而遠逝兮。中虛煩而益怠。莫離散而發曙兮。內存心而自持。於是澡槩胷中。灑練五藏。澹澉手足。頮濯髮齒。揄棄恬怠。輸寫淟濁。分決狐疑。發皇耳目。當是之時。雖有淹病滯疾。猶將伸傴起躄。發瞽

字法奇崛

溫氏曰湧礴之勢可怪之狀直與濤浪爭雄

披聾而觀望之也。況直眇小煩懣酲醲病酒之徒哉。故曰發蒙解惑。不足以言也。太子曰。善。然則濤何氣哉。

客曰。不記也。然聞於師曰。似神而非者三。疾雷聞百里。江水逆流。海水上潮。山出內雲。日夜不止。衍溢漂疾。波涌而濤起。其始起也。洪淋淋焉。若白鷺之下翔。其少進也。浩浩溰溰。如素車白馬帷蓋之張。其波涌而雲亂。擾擾焉如三軍之騰裝。其旁作而奔起也。飄飄焉如輕車之勒兵。六駕蛟龍。附從

太白純馳浩蜺前後絡繹顒顒卬卬椐椐彊彊莘
莘將將壁壘重堅沓雜似軍行訇隱匈磕軋盤涌
裔原不可當觀其兩傍則滂渤怫鬱闇漠感突上
擊下律有似勇壯之卒突怒而無畏蹈壁衝津窮
曲隨隈踰岸出追遇者死當者壞初發乎或圍之
津涯荄軫谷分迴翔青篾銜枚檀桓弭節伍子之
山通厲骨母之場凌赤岸篲扶桑橫奔似雷行誠
奮厥武如震如怒沌沌渾渾狀如奔馬混混庉庉
聲如雷鼓發怒庢沓清升踰跇侯波奮振合戰于

崔氏曰鳥不及飛蕩取南山數句狀其洶湧處光景絕似

藉藉之口。鳥不及飛。魚不及迴。獸不及走。紛紛翼翼。波涌雲亂。蕩取南山。背擊北岸。覆虧丘陵。平夷西畔。險險戲戲。崩壞陂池。決勝乃罷。瀄汩潺湲。披揚流灑。橫暴之極。魚鼈失勢。顛倒偃側。沈沈湲湲。蒲伏連延。神物怪疑。不可勝言。直使人踣焉。洄闇悽愴焉。此天下怪異詭觀也。太子能彊起觀之乎。

太子曰。僕病未能也。

客曰。將爲太子奏方術之士有資畧者。若莊周魏牟楊朱墨翟便蜎詹何之倫。使之論天下之精微。

唐伯虎曰讀到此有尾大不掉之恨

理萬物之是非。孔老覽觀。孟子持籌而算之萬不失一。此亦天下要言妙道也。太子豈欲聞之乎。於是太子據几而起曰。渙乎若一聽聖人辯士之言。

涊然汗出。霍然病已。

洪容齋曰七發創意造端麗旨腴詞上薄騷些盖文章之領袖

真西山曰西漢儒者惟一仲舒其學純乎孔孟其告君亦必以堯舜七篇而後未有及者

道學之宗在此

董仲舒賢良策

陛下發德音。下明詔。求天命與情性。皆非愚臣之所能及也。臣謹按春秋之中。視前世已行之事。以觀天人相與之際。甚可畏也。國家將有失道之敗。而天廼先出災害以譴告之。不知自省。又出怪異以警懼之。尚不知變。而傷敗廼至。以此見天心之仁愛人君而欲止其亂也。自非大亡道之世者。天盡欲扶持而全安之。事在彊勉而已矣。彊勉學問。則聞見博而知益明。彊勉行道。則德日起而大有功此皆可使還至而立有效者也詩曰夙夜匪解書曰茂哉茂哉皆彊勉之謂也道者所繇適於治之路也仁義禮樂皆其具也故聖王已沒而子孫長久安寧數百歲此皆禮樂教化之功也王者未作樂之時迺用先王之學宜於世者而以深入教化於民教化之情不得雅頌之樂不成故王者功成作樂樂其德也樂者所以變民風化民俗也其變民也易其化人也著故聲發於和而本於情接於肌膚藏於骨髓故王道雖微缺而筦絃之聲未

馮君卿曰非道句應上道者所由適治之路句

衰也。夫虞氏之不爲政久矣。然而樂頌遺風。猶有存者。是以孔子在齊而聞韶也。夫人君莫不欲安存而惡危亡。然而政亂國危者甚衆。所任者非其人。而所繇者非其道。是以政日以仆滅也。夫周道衰於幽厲。非道亡也。幽厲不繇也。至於宣王。思昔先王之德。興滯補弊。明文武之功業。周道粲然復興。詩人美之而作。上天祐之。爲生賢佐。後世稱誦。至今不絶。此夙夜不解行善之所致也。孔子曰。人能弘道。非道弘人也。故治亂廢興在於巳。非天降

馮君卿曰仲舒擘將矣戴于符命其疏也

命。不可得反。其所操持誖謬。失其統也。臣聞天之所大奉。使之王者。必有非人力所能致而自至者。此受命之符也。天下之人同心歸之。若歸父母。故天瑞應誠而至。書曰。白魚入于王舟。有火復于王屋。流爲烏。此蓋受命之符也。周公曰。復哉復哉。孔子曰。德不孤。必有鄰。皆積善累德之效也。及至後世。淫佚衰微。不能統理羣生。諸侯背畔。殘賊良民。以爭壤土。廢德教而任刑罰。刑罰不中。則生邪氣。邪氣積於下。怨惡畜於上。上下不和。則陰陽繆盭

句法

而妖孽生矣。此災異所緣而起也。臣聞命者。天之令也。性者。生之質也。情者。人之欲也。或夭或壽。或仁或鄙。陶冶而成之。不能粹美。有治亂之所生。故不齊也。孔子曰。君子之德風也。小人之德草也。草上之風必偃。故堯舜行德則民仁壽。桀紂行暴則民鄙夭。夫上之化下。下之從上。猶泥之在鈞。唯甄者之所爲。猶金之在鎔。唯冶者之所鑄。綏之斯徠。動之斯和。此之謂也。臣謹按春秋之文。求王道之端。得之於正。正次王。王次春。春者。天之所爲也。正

茅鹿門曰此等見解本六經來

者。王之所爲也。其意曰上承天之所爲。而下以正其所爲。正王道之端云爾。然則王者欲有所爲。宜求其端於天。天道之大者在陰陽。陽爲德。陰爲刑。刑主殺而德主生。是故陽常居大夏。而以生育養長爲事。陰常居大冬。而積於空虛不用之處。以此見天之任德不任刑也。天使陽出布施於上而主歲功。使陰入伏於下而時出佐陽。陽不得陰之助。亦不能獨成歲。終陽以成歲爲名。此天意也。王者承天意以從事。故任德教而不任刑。刑者不可任以治世。猶陰之不可任以成歲也。爲政而任刑。不順於天。故先王莫之肯爲也。今廢先王德教之官。而獨任執法之吏治民。毋乃任刑之意與。孔子曰。不教而誅謂之虐。虐政用於下。而欲德教之被四海。故難成也。臣謹按春秋。謂一元之意。一者萬物之所從始也。元者辭之所謂大也。謂一爲元者。視大始而欲正本也。春秋深探其本。而反自貴者始。故爲人君者。正心以正朝廷。正朝廷以正百官。正百官以正萬民。正萬民以正四方。四方正。遠近莫敢

不壹於正。而亡有邪氣奸其間者。是以陰陽調而
風雨時。羣生和而萬民殖。五穀熟而草木茂。天地
之間。被潤澤而大豐美。四海之內聞盛德而皆徠
臣。諸福之物。可致之祥。莫不畢至。而王道終矣。孔
子曰。鳳鳥不至。河不出圖。吾巳矣夫。自悲可致此
物。而身卑賤不得致也。今陛下貴爲天子。富有四
海。居得致之位。操可致之勢。又有能致之資。行高
而恩厚。知明而意美。愛民而好士。可謂誼主矣。然
而天地未應。而美祥莫至者。何也。凡以教化不立。

三二四

句法

而萬民不正也夫萬民之從利也如水之走下不以教化隄防之不能止也是故教化立而姦邪皆正者其隄防完也教化廢而姦邪並出刑罰不勝者其隄防壞也古之王者明於此是故南面而治天下莫不以教化爲大務立大學以教於國設庠序以化於邑漸民以仁摩民以誼節民以禮故其刑罰甚輕而禁不犯者教化行而習俗美也聖王之繼亂世也掃除其迹而悉去之復修教化而崇起之教化已明習俗已成子孫循之行五六百歲

尚未敗也。至周之末世。大爲亡道以失天下。秦繼其後。獨不能改。又益甚之。重禁文學。不得挾書。棄捐禮誼而惡聞之。其心欲盡滅先聖之道。而顓爲自恣苟簡之治。故立爲天子十四歲而國破亡矣。自古以來。未嘗有以亂濟亂。大敗天下之民如秦者也。其遺毒餘烈。至今未滅。使習俗薄惡。人民嚚頑。抵冒殊扞。孰爛如此之甚者也。孔子曰。腐朽之木。不可雕也。糞土之牆。不可杇也。今漢繼秦之後。如朽木糞牆矣。雖欲善治之。亡可奈何。法出而姦

總家多祖此截句法

生令下而詐起。如以湯止沸。抱薪救火。愈甚亡益也。竊譬之琴瑟不調。甚者必解而更張之。乃可鼓也。爲政而不行。甚者必變而化之。方可理也。當更張而不更張。雖有良工。不能善調也。當更化而不更化。雖有大賢。不能善治也。故漢得天下以來常欲善治。而至今不可善治者。失之於當更化而不更化也。古人有言曰。臨淵羨魚。不如退而結網。今臨政而願治七十餘歲矣。不如退而更化。更化則可善治。善治則災害日去。福祿日來。詩云。宜民宜人受祿于天爲政而宜於民者固當受祿于天夫仁義禮知信五常之道王者所當修飾也五者修飾故受天之祐而享鬼神之靈德施於方外延及羣生也

茅鹿門曰此對每段引孔子之言為證此仲舒所以為漢儒宗

董仲舒賢良策二

臣聞堯受命以天下爲憂而未以位爲樂也故誅逐亂臣務求賢聖是以得舜禹稷卨咎繇衆聖輔德賢能佐職教化大行天下和洽萬民皆安仁樂誼各得其宜動作應禮從容中道故孔子曰如有王者必世而後仁此之謂也堯在位七十載迺遜于位以禪虞舜堯崩天下不歸堯子丹朱而歸舜舜知不可辟乃卽天子之位以禹爲相因堯之輔佐繼其統業是以垂拱無爲而天下治孔子曰韶

句法

盡美矣。又盡善也。此之謂也。至於殷紂逆天暴物。殺戮賢知。殘賊百姓。伯夷太公皆當世賢者。隱處而不爲臣。守職之人皆奔走逃亡。入于河海。天下眊亂萬民不安。故天下去殷而從周。文王順天理物。師用賢聖。是以閎夭太顛散宜生等亦聚於朝廷。愛施兆民。天下歸之。故太公起海濱而卽三公也。當此之時。紂尚在上。尊卑昬亂。百姓散亡。故文王悼痛而欲安之。是以日昃而不暇食也。孔子作春秋。先正王而繫萬事。見素王之文焉。繇此觀之帝王之條貫同。然而勞逸異者。所遇之時異也。孔子曰。武盡美矣。未盡善也。此之謂也。臣聞制度文采玄黃之飾。所以明尊卑。異貴賤。而勸有德也。故春秋受命。所先制者。改正朔。易服色。所以應天也。然則宮室旌旗之制。有法而然者也。故孔子曰。奢則不遜。儉則固。儉非聖人之中制也。臣聞良玉不琢。資質潤美。不待刻琢。此亡異於達巷黨人不學而自知也。然則常玉不琢。不成文章。君子不學。不成其德。臣聞聖王之治天下也。少則習之學。長則授諸位。爵祿以養其德。刑罰以威其惡。故民曉於禮誼。而耻犯其上。武王行大誼。平殘賊。周公作禮樂以文之。至於成康之隆。囹圄空虛四十餘年。此亦教化之漸。而仁誼之流。非獨傷肌膚之效也。至秦則不然。師申商之法。行韓非之說。憎帝王之道。以貪狼爲俗。非有文德以教訓於天下也。誅名而不察實。爲善者不必免。而犯惡者未必刑也。是以百官皆飾空言虛辭。而不顧實。外有事君之禮。內有背上之心。造僞飾詐。趣利無耻。又好用憯酷之

馮君卿曰加之意句應上

吏賦斂亡度竭民財力百姓散亡不得從耕織之業羣盜並起是以刑者甚衆死者相望而姦不息俗化使然也故孔子曰導之以政齊之以刑民免而無恥此之謂也今陛下并有天下海內莫不率服廣覽兼聽極羣下之知盡天下之美至德昭然施于方外夜郎康居殊方萬里說德歸誼此太平之致也然而功不加於百姓者殆王心未加焉曾子曰尊其所聞則高明矣行其所知則光大矣高明光大不在於它在乎加之意而已願陛下因用

王心齋加句

所聞。設誠於內而致行之則三王何異哉。陛下親耕藉田以爲農先。夙寤晨興。憂勞萬民。思惟往古。而務以求賢。此亦堯舜之用心也。然而未云獲者。士素不厲也。夫不素養士。而欲求賢。譬猶不琢玉而求文采也。故養士之大者。莫大乎太學。太學者。賢士之所關也。教化之本原也。今以一郡一國之衆對亡應書者。是王道往往而絕也。臣願陛下興太學。置明師以養天下之士。數考問以盡其材。則英俊宜可得矣。今之郡守縣令。民之師帥。所使承

林次崖曰觀仲舒所言任官之弊則資格之法當漢初已然矣

流而宣化也故師帥不賢則主德不宣恩澤不流今吏既亡教訓於下或不承用主上之法暴虐百姓與姦為市貧窮孤弱冤苦失職甚不稱陛下之意是以陰陽錯繆氛氣充塞羣生寡遂黎民未濟皆長吏不明使至於此也夫長吏多出於郎中中郎吏二千石子弟選郎吏又以富訾未必賢也且古所謂功者以任官稱職為差非所謂積日累久也故小材雖累日不離於小官賢材雖未久不害為輔佐是以有司竭力盡知務治其業而以赴功

今則不然。累日以取貴，積久以致官，是以廉恥貿亂，賢不肖渾殽，未得其眞。臣愚以爲使諸列侯郡守二千石，各擇其吏民之賢者，歲貢各二人，以給宿衛，且以觀大臣之能。所貢賢者有賞，所貢不肖者有罰。夫如是，諸侯吏二千石，皆盡心於求賢，天下之士，可得而官使也。徧得天下之賢人，則三王之盛易爲，而堯舜之名可及也。毋以日月爲功，實試賢能爲上，量材而授官，錄德而定位，則廉恥殊路，賢不肖異處矣。陛下加惠，寬臣之罪，令勿牵制於文。使得切磋究之。臣敢不盡愚。

董仲舒賢良策三

臣聞論語曰。有始有卒者其唯聖人乎。今陛下幸加惠留聽於承學之臣。復下明冊以切其意而究盡聖德。非愚臣之所能具也。前所上對。條貫靡竟。統紀不終。辭不別白。指不分明。此臣淺陋之罪也。冊曰。善言天者。必有徵於人。善言古者。必有驗於今。臣聞天者。羣物之祖也。故徧覆包函而無所殊。建日月風雨以和之。經陰陽寒暑以成之。故聖人法天而立道。亦溥愛而亡私。布德施仁以厚之。設誼立禮以導之。春者。天之所以生也。仁者。君之所以愛也。夏者。天之所以長也。德者。君之所以養也。霜者。天之所以殺也。刑者。君之所以罰也。繇此言之。天人之徵。古今之道也。孔子作春秋。上揆之天道。下質諸人情。參之於古。考之於今。故春秋之所譏。災害之所加也。春秋之所惡。怪異之所施也。書邦家之過。兼災異之變。以此見人之所爲。其美惡之機。乃與天地流通。而往來相應。此亦言天之一端也。古者修教訓之官。務以德善化民。民已大化

林次崖曰此解命性情亦是但管樸之解似鬭穴

之後天下甞亡一人之獄矣今世廢而不修亡以化民民以故棄仁誼而死財利是以犯法而罪多一歲之獄以萬千數以此見古之不可不用也故春秋變古則譏之天令之謂命命非聖人不行質樸之謂性性非教化不成人欲之謂情情非度制不節是故王者上謹於承天意以順命也下務明教化民以成性也正法度之宜別上下之序以防欲也修此三者而大本舉矣人受命於天固超然異於羣生入有父子兄弟之親出有君臣上下之

誼。會聚相遇。則有耆老長幼之施。粲然有文以相接。驩然有恩以相愛。此人之所以貴也。生五穀以食之。桑麻以衣之。六畜以養之。服牛乘馬。圈豹檻虎。是其得天之靈。貴於物也。故孔子曰。天地之性人爲貴。明於天性。知自貴於物。知自貴於物。然後知仁誼。知仁誼。然後重禮節。重禮節。然後安處善。安處善。然後樂循理。樂循理。然後謂之君子。故孔子曰。不知命。亡以爲君子。此之謂也。冊曰。上加唐虞。下悼桀紂。寖微寖滅寖明寖昌之道。虛心以改。

黃尚南曰大中膏肓之言

臣聞聚少成多。積小致鉅。故聖人莫不以晻致明。以微致顯。是以堯發於諸侯。舜興乎深山。非一日而顯也。蓋有漸以致之矣。言出於己。不可塞也。行發於身。不可掩也。言行治之大者。君子之所以動天地也。故盡小者大。慎微者著。詩云。惟此文王。小心翼翼。故堯兢兢日行其道。而舜業業日致其孝。善積而名顯。德章而身尊。此其寖明寖昌之道也。積善在身。猶長日加益而人不知也。積惡在身。猶火銷膏而人不見也。非明乎情性察乎流俗者。孰能知之。此唐虞之所以得令名。而桀紂之可為悼懼者也。夫善惡之相從。如影鄉之應形聲也。故桀紂暴謾。讒賊並進。賢知隱伏。惡日顯。國日亂。晏然自以如日在天。終寖夷而大壞。夫暴逆不仁者。非一日而亡也。亦以漸至。故桀紂雖亡道。然猶享國十餘年。此其寖微寖滅之道也。冊曰。三王之教所祖不同。而皆有失。以謂久而不易者道也。意豈異哉。臣聞夫樂而不亂。復而不厭者。謂之道。道者。萬世亡弊。弊者。道之失也。先王之道。必有偏而不起之處故政有眊而不行舉其偏者以補其弊而已矣三王之道所祖不同非其相反將以捄溢扶衰所遭之變然也故孔子曰亡爲而治者其舜乎改正朔易服色以順天命而已其餘盡循堯道何更爲哉故王者有改制之名亡變道之實然夏上忠殷上質周上文者所繼之捄當用此也孔子曰殷因於夏禮所損益可知也周因於殷禮所損益可知也其或繼周者雖百世可知也此言百王之用以此三者矣夏因於虞而獨不言所損益者其道

馮君卿曰道之大原數句是見道分明處

如一。而所上同也。道之大原出於天。天不變。道亦不變。是以禹繼舜。舜繼堯。三聖相受而守一道。亡救弊之政。故不言其所損益也。繇是觀之。繼治世者。其道同。繼亂世者其道變。今漢繼大亂之後。若宜少損周之文。致用夏之忠者。陛下有明德嘉道愍世俗之靡薄。悼王道之不昭。故舉賢良方正之士。論誼考問。將欲興仁誼之休德。明帝王之法制。建太平之道也。臣愚不肖。述所聞。誦所學。道師之言。厪能勿失耳。若迺論政事之得失。察天下之息

董文大抵醇粹此段却有豪氣

耗。此大臣輔佐之職。三公九卿之任。非臣仲舒所能及也。然而臣竊有怪者。夫古之天下。亦今之天下。今之天下。亦古之天下。共是天下。古亦大治。上下和睦。習俗美盛。不令而行。不禁而止。吏亡姦邪。民亡盜賊。囹圄空虛。德潤草木。澤被四海。鳳皇來集。麒麟來游。以古準今。壹何不相逮之遠也。安所繆盭而陵夷若是。意者有所失於古之道與。有所詭於天之理與。試迹之古。返之於天。黨可得見乎

夫天亦有所分予。予之齒者去其角。傅其翼者兩

其足。是所受大者。不得取小也。古之所予祿者不食於力。不動於末。是亦受大者。不得取小。與天同意者也。夫已受大又取小。天不能足。而况人乎。此民之所以囂囂苦不足也。身寵而載高位。家溫而食厚祿。因乘富貴之資力。以與民爭利於下。民安能如之哉。是故衆其奴婢。多其牛羊。廣其田宅。博其產業。畜其積委。務此而亡已。以迫蹵民。民日削月朘。寖以大窮。富者奢侈羨溢。貧者窮急愁苦。窮急愁苦而上不救。則民不樂生。民不樂生。尚不避死。安能避罪。此刑罰之所以蕃。而姦邪不可勝者也。故受祿之家。食祿而已。不與民爭業。然後利可均布。而民可家足。此上天之理。而亦太古之道。天子之所宜法以爲制。大夫之所當循以爲行也。故公儀子相魯。之其家見織帛。怒而出其妻。食於舍而茹葵。慍而拔其葵曰。吾已食祿。又奪園夫紅女利乎。古之賢人君子。在列位者皆如是。是故下高其行。而從其教。民化其廉。而不貪鄙。及至周室之衰。其卿大夫緩於誼而急於利。亡推讓之風。而有爭田之訟。故詩人疾而刺之曰。節彼南山。惟石巖巖。赫赫師尹。民具爾瞻。爾好誼。則民鄉仁而俗善。爾好利。則民好邪而俗敗。由是觀之。天子大夫者。下民之所視效。遠方之所四面而內望也。近者視而放之。遠者望而效之。豈可以居賢人之位。而爲庶人行哉。夫皇皇求財利。常恐乏匱者。庶人之意也。皇皇求仁義。常恐不能化民者。大夫之意也。易曰。負且乘。致寇至。乘車者。君子之位也。負擔者。小人之事也。此言居君子之位。而爲庶人之行者。其

應得譬律

林次崖曰臣愚以下見仲舒學術得孔孟正脉

患禍必至也若居君子之位當君子之行則舍公儀休之相魯亡可爲者矣春秋大一統者天地之常經古今之通誼也今師異道人異論百家殊方指意不同是以上亡以持一統法制數變下不知所守臣愚以爲諸不在六藝之科孔子之術者皆絶其道勿使並進邪僻之說滅息然後統紀可一而法度可明民知所從矣

胡文定曰仲舒名儒也多得春秋要義所對切中當時之病

玄圃積玉無非夜光

黃貞甫曰老言

司馬相如上書諫獵

臣聞物有同類而殊能者。故力稱烏獲。捷言慶忌。勇期賁育。臣之愚竊以爲人誠有之。獸亦宜然。今陛下好陵阻險。射猛獸。卒然遇軼材之獸。駭不存之地。犯屬車之清塵。輿不及還轅。人不暇施巧。雖有烏獲逢蒙之伎。力不得用。枯木朽株。盡爲難矣。是胡越起於轂下。而羌夷接軫也。豈不殆哉。雖萬全無患。然本非天子之所宜近也。且夫清道而後行。中路而後馳。猶時有銜橛之變。而况涉乎蓬蒿。

黄貞甫曰名言

馳乎丘墳。前有利獸之樂。而內無存變之意。其爲禍也不亦難矣。夫輕萬乘之重不以爲安而樂出於萬有一危之塗以爲娛。臣竊爲陛下不取也。蓋明者遠見於未萌。而智者避危於無形。禍固多藏於隱微。而發於人之所忽者也。故鄙諺曰家累千金。坐不垂堂。此言雖小。可以喻大。臣願陛下之留意幸察。

鄒東郭曰此書曲盡田獵情狀而文勢起伏意思宛轉

三五四

樓迂齋曰文字委曲開諭最善為斟酌得告諭之體

叙得錯落

司馬相如喻巴蜀檄

告巴蜀太守。蠻夷自擅。不討之日久矣。時侵犯邊境。勞士大夫。陛下即位。存撫天下。輯安中國。然後興師出兵。北征匈奴。單于怖駭。交臂受事。詘膝請和。康居西域。重譯請朝。稽首來享。移師東指。閩越相誅。右弔番禺。太子入朝。南夷之君。西僰之長。常效貢職。不敢怠墮。延頸舉踵。喁喁然皆爭歸義。欲爲臣妾。道理遼遠。山川阻深。不能自致。夫不順者已誅。而爲善者未賞。故遣中郎將往賓之。發巴蜀

柳揚頓挫

士民各五百人以奉幣帛衞使者不然靡有兵革之事戰鬬之患今聞其乃發軍興制驚懼子弟憂患長老郡又擅爲轉粟運輸皆非陛下之意也當行者或亡逃自賊殺亦非人臣之節也夫邊郡之士聞烽舉燧燔皆攝弓而馳荷兵而走流汗相屬唯恐居後觸白刃冒流矢議不反顧計不旋踵人懷怒心如報私讎彼豈樂死惡生非編列之民而與巴蜀異主哉計深遠慮急國家之難而樂盡人臣之道也故有剖符之封析珪而爵位爲通侯居

馮君卿曰篇末數語通徹以前意漢文多此法

列東第。終則遺顯號於後世。傳土地於子孫。行事甚忠敬。居位甚安佚。名聲施於無窮。功烈著而不滅。是以賢人君子。肝腦塗中原。膏液潤野草。而不辭也。今奉幣役至南夷。即自賊殺。或亡逃抵誅。身死無名。謚爲至愚。恥及父母。爲天下笑。人之度量相越。豈不遠哉。然此非獨行者之罪也。父兄之教不先。子弟之率不謹。寡廉鮮恥。而俗不長厚也。其被刑戮。不亦宜乎。陛下患使者有司之若彼。悼不肖愚民之如此。故遣信使。曉諭百姓以發卒之事。

因數之以不忠死亡之罪。讓三老孝弟以不教誨之過。方今田時。重煩百姓。已親見近縣。恐遠所谿谷山澤之民。不徧聞。檄到。亟下縣道。使咸喻陛下之意。唯無忽也。

揚升庵曰得告諭體裁以大象今使者與蜀民兩分其責

王麟洲曰先叙事起而後設爲問荅之詞其姿甚腴

司馬相如難蜀父老文

漢興七十有八載德茂存乎六世威武紛紜湛恩汪濊羣生澍濡洋溢乎方外於是乃命使西征隨流而攘風之所被罔不披靡因朝冉從駹定筰存邛略斯榆舉苞滿結軼還轅東鄉將報至於蜀都耆老大夫縉紳先生之徒二十有七人儼然造焉辭畢因進曰葢聞天子之於夷狄也其義羈縻勿絶而已今罷三郡之士通夜郎之塗三年於兹而功不竟士卒勞倦萬民不贍今又接以西夷百姓

陳仲醇曰敍所恃句切中當時之弊

力屈。恐不能卒業。此亦使者之累也。竊爲左右患之。且夫邛筰西僰之與中國並也。歷年兹多。不可記已。仁者不以德來。強者不以力并。意者其殆不可乎。今割齊民以附夷狄。敝所恃以事無用。鄙人固陋。不識所謂。使者曰。烏謂此邪。必若所云。則是蜀不變服而巴不化俗也。余尚惡聞若說。然斯事體大。固非觀者之所覯也。余之行急。其詳不可得聞已。請爲大夫粗陳其畧。蓋世必有非常之人。然後有非常之事。有非常之事。然後有非常之功。非

精光不可磨滅

常者固常人之所異也故曰非常之原黎民懼焉及臻厥成天下晏如也昔者鴻水浡出氾濫衍溢民人登降移徙陭區而不安夏后氏戚之乃堙鴻水決江疏河漉沈贍菑東歸之於海而天下永寧當斯之勤豈惟民哉心煩於慮而身親其勞躬胝無胈膚不生毛故休烈顯乎無窮聲稱浹乎于兹且夫賢君之踐位也豈特委瑣握齪拘文牽俗循誦習傳當世取説云爾哉必將崇論閎議創業垂統爲萬世規故馳騖乎兼容并包而勤思乎參天

貳地。且詩不云乎。普天之下。莫非王土。率土之濵。
莫非王臣。是以六合之內。八方之外。浸潯衍溢。懷
生之物。有不浸潤於澤者。賢君恥之。今封疆之內。
冠帶之倫。咸獲嘉祉。靡有闕遺矣。而夷狄殊俗之
國。遼絕異黨之域。舟輿不通。人迹罕至。政教未加。
流風猶微。內之則犯義侵禮於邊境。外之則邪行
橫作。放弒其上。君臣易位。尊卑失序。父兄不辜。幼
孤爲奴。係縲號泣。內嚮而怨曰。葢聞中國有至仁
焉。德洋而恩普。物靡不得其所。今獨曷爲遺己。舉

轉得捷大奇筆力

踵思慕若枯旱之望雨盭夫爲之垂涕況乎上聖又惡能已故北出師以討彊胡南馳使以誚勁越四面風德二方之君鱗集仰流願得受號者以億計故乃關沫若徼牂牁鏤零山梁孫原創道德之塗垂仁義之統將博恩廣施遠撫長駕使疏逖不閉阻深闇昧得耀乎光明以偃甲兵於此而息誅伐於彼遐邇一體中外禔福不亦康乎夫拯民於沈溺奉至尊之休德反衰世之陵遲繼周氏之絕業斯乃天子之急務也百姓雖勞又惡可以已哉

且夫王事固未有不始於憂勤而終於佚樂者也。然則受命之符合在於此矣。方將增太山之封，加梁父之事，鳴和鸞，揚樂頌，上咸五，下登三。觀者未覩指，聽者未聞音，猶鷦鵬已翔乎寥廓，而羅者猶視乎藪澤，悲夫。於是諸大夫茫然喪其所懷來，而失厥所以進，喟然並稱曰：允哉漢德，此鄙人之所願聞也。百姓雖怠，請以身先之。敞罔靡徙，遷延而辭避。

劉氏勰曰文曉而喻博有移檄之骨

茅鹿門曰氣卓而體古

茅鹿門曰美周處多紹述

司馬相如封禪書

伊上古之初。肇自昊穹兮生民。歷撰列辟以迄於秦。率邇者踵武逖聽者風聲。紛綸葳蕤。湮滅而不稱者。不可勝數也。繼昭夏崇號謚。畧可道者。七十有二君。罔若淑而不昌。疇逆失而能存。軒轅之前。遐哉邈乎。其詳不可得聞也。五三六經載籍之傳。維見可觀也。書曰。元首明哉。股肱良哉。因斯以談。君莫盛於唐堯。臣莫賢於后稷。后稷創業於唐。公劉發跡於西戎。文王改制。爰周郅隆。大行越成。而

步

後陵夷衰微。千載無聲。豈不善始善終哉。然無異端。慎所由於前。謹遺教於後耳。故軌迹夷易。易遵也。湛恩濛涌。易豐也。憲度著明。易則也。垂統理順。易繼也。是以業隆於繦緥。而崇冠於二后。揆厥所元。終都攸卒。未有殊尤絕跡可考於今者也。然猶躡梁父。登泰山。建顯號。施尊名。大漢之德。逢涌原泉。沕潏漫衍。旁魄四塞。雲專霧散。上暢九垓。下泝八埏。懷生之類。霑濡浸潤。協氣橫流。武節飄逝。邇陿游原。迥闊泳沫。首惡湮沒。闇昧昭晳。昆蟲凱澤。

茅鹿門曰莫漢處類賦

茅鹿門曰一轉非兩漢人無此筆力

囬首面內然後囿騶虞之珍羣徼麋鹿之怪獸導一莖六穗於庖犧雙觡共抵之獸獲周餘珍放龜於岐招翠黃乘龍於沼鬼神接靈圉賓於閒館奇物譎詭俶儻窮變欽哉符瑞臻茲猶以爲德薄不敢道封禪蓋周躍魚隕杭休之以燎微夫斯之爲符以登介丘不亦恧乎進讓之道何其爽與於是大司馬進曰陛下仁育羣生義征不憓諸夏樂貢百蠻執贄德侔往初功無與二休烈浹洽符瑞衆變期應紹至不特創見意者泰山梁父設壇場望

幸。蓋號以況榮。上帝垂恩儲祉。將以薦成。陛下謙讓而弗發也。挈三神之驩。缺王道之儀。羣臣恧焉。或謂且天爲質闇。珍符固不可辭。若然辭之。是泰山靡記。而梁父靡幾也。亦各並時而榮。咸濟世而屈。說者尚何稱於後。而云七十二君乎。夫脩德以錫符。奉符以行事。不爲進越。故聖王弗替。而脩禮地祇。謁款天神。勒功中嶽。以彰至尊。舒盛德。發榮號。受厚福。以浸黎民也。皇皇哉斯事。天下之壯觀。王者之丕業。不可貶也。願陛下全之。而後因雜縉紳先生之畧術使獲燿日月之末光絶炎以展采錯事猶兼正列其義校飾厥文作春秋一藝將襲舊六爲七攄之無窮俾萬世得激清流揚微波蜚英聲騰茂實前聖之所以永保鴻名而常爲稱首者用此宜命掌故悉奏其義而覽焉於是天子沛然改容曰愉乎朕其試哉廼遷思回慮總公卿之議詢封禪之事詩大澤之博廣符瑞之富乃作頌曰自我天覆雲之油油甘露時雨厥壤可游滋液滲漉何生不育嘉穀六穗我穡曷蓄非唯雨之又

潤澤之。非唯濡之。汜尃濩之。萬物熙熙。懷而慕思
名山顯位。望君之來。君乎君乎。侯不邁哉。般般之
獸。樂我君囿。白質黑章。其儀可嘉。旼旼睦睦。君子
之能。蓋聞其聲。今觀其來。厥塗靡蹤。天瑞之徵。茲
亦於舜。虞氏以興。濯濯之麟。遊彼靈畤。孟冬十月
君徂郊祀。馳我君輿。帝以享祉。三代之前。蓋未嘗
有。宛宛黃龍。興德而升。采色炫燿。熿炳煇煌。正陽
顯見。覺寤黎烝。於傳載之。云受命所乘。厥之有章。
不必諄諄。依類託寓。諭以封巒。披藝觀之。天人之

馮君卿曰篇末數語大寓諷諫

際。巳交。上下相發。允答聖王之德。兢兢翼翼也。故曰。興必慮衰。安必思危。是以湯武至尊嚴。不失肅祗。舜在假典。顧省厥遺。此之謂也。

劉氏曰觀相如封禪蔚爲創首爾其表權輿序皇王炳玄符鏡鴻業驅前古于當今之下騰休明于列聖之上歌之以禎瑞讚之以介丘絕筆茲文固維新之作也

秦漢文鈔

[明] 閔邁德 閔洪德 編

下册

文物出版社

唐荊川曰通篇只引用二舊事與昔人諫諍之說而復自說處不過數言亦是文之一體

秦漢文鈔卷四

西漢

主父偃諫伐匈奴書

臣聞明主不惡切諫以博觀。忠臣不敢避重誅以直諫。是故事無遺策。而功流萬世。今臣不敢隱忠避死以效愚計。願陛下幸赦而少察之。司馬法曰。國雖大。好戰必亡。天下雖平。忘戰必危。天下既平。天子大凱。春蒐秋獮。諸侯春振旅。秋治兵。所以不忘戰也。且夫怒者逆德也。兵者凶器也。爭者末節

林次崖曰秦皇漢武二事足爲伐匈奴之明鑒

也古之人君一怒必伏尸流血故聖王重行之夫務戰勝窮武事者未有不悔者也昔秦皇帝任戰勝之威蠶食天下并吞戰國海內爲一功齊三代務勝不休欲攻匈奴李斯諫曰不可夫匈奴無城郭之居委積之守遷徙鳥舉難得而制也輕兵深入糧食必絶踵糧以行重不及事得其地不足以爲利得其民不可調而守也勝必棄之非民父母靡敝中國甘心匈奴非完計也秦皇帝不聽遂使蒙恬將兵而攻胡郤地千里以河爲境地固澤鹵

不生五穀然後發天下丁男以守北河暴兵露師十有餘年死者不可勝數終不能踰河而北是豈人衆之不足兵革之不備哉其勢不可也又使天下蜚芻輓粟起於東腄琅邪負海之郡轉輸北河率三十鍾而致一石男子疾耕不足於糧饟女子紡績不足於帷幕百姓靡敝孤寡老弱不能相養道死者相望蓋天下始叛秦也及至高皇帝定天下略地於邊聞匈奴聚於代谷之外而欲擊之御史成進諫曰不可夫匈奴獸聚而鳥散從之如搏

景今以陛下盛德攻匈奴臣竊危之高帝不聽遂至代谷果有平城之圍高帝悔之迺使劉敬往結和親之約然後天下亡干戈之事故兵法曰興師十萬日費千金夫秦常積衆暴兵數十萬人雖有覆軍殺將係虜單于之功適足以結怨深讐不足以償天下之費夫匈奴難得而制非一世也行盜侵敺所以為業也天性固然上自虞夏殷周固不程督禽獸畜之不比為人夫上不觀虞夏殷周之統而下修近世之失此臣之所以大恐百姓之所

疾苦也且夫兵久則變生事苦則慮易乃使邊境之民靡敝愁苦而有離心將吏相疑而外市故尉佗章邯得成其私也夫秦政之所以不行者權分乎二子此得失之效也故周書曰安危在出令存亡在所用願陛下詳察之少加意而熟慮焉

馮小海曰此書以悔字作主蓋因漢武窮兵黷武而欲其鑒秦以法祖也文中子曰秋風樂極而哀來其悔心之萌乎噫是心也啓之者其偃歟

起古

嚴安言世務書

臣聞鄒子曰政教文質者所以云救也當時則用過則舍之有易則易之故守一而不變者未睹治之至也今天下人民用財侈靡車馬衣裘宮室皆競脩飾調五聲使有節族雜五色使有文章重五味方丈於前以觀欲天下彼民之情見美則願之是教民以侈也侈而無節則不可贍民離本而徼末矣末不可徒得故縉紳者不憚爲詐帶劍者夸殺人以矯奪而世不知媿故姦軌浸長夫佳麗珍

怪固順於耳目故養失而泰樂失而淫禮失而采教失而偽偽采淫泰非所以範民之道也是以天下人民遂利無巳犯法者衆臣願爲民制度以防其淫使貧富不相耀以和其心心既和平其性恬安恬安不營則盜賊銷盜賊銷則刑罰少刑罰少則陰陽和四時正風雨時草木暢茂五穀蕃熟六畜遂字民不夭厲和之至也臣聞周有天下其治三百餘歲成康其隆也刑措四十餘年而不用及其衰亦三百餘年故五伯更起伯者常佐天子興

馮君卿曰及至秦王數語將以正秦之謬而先推美言之甚得文章抑揚之法

利除害。誅暴禁邪。匡正海內以尊天子。五伯既沒賢聖莫續。天子孤弱。號令不行。諸侯恣行。彊陵弱衆暴寡。田常篡齊。六卿分晉。並爲戰國。此民之始苦也。於是彊國務攻。弱國脩守。合從連衡。馳車轂擊。介胄生蟣蝨。民無所告愬。及至秦王蠶食天下。并吞戰國。稱號皇帝。一海內之政。壞諸侯之城。銷其兵。鑄以爲鍾虡。示不復用。元元黎民得免於戰國。逢明天子。人人自以爲更生。鄉使秦緩刑罰。薄賦斂。省繇役。貴仁義。賤權利。上篤厚。下佞巧。變風

馮君卿曰使蒙恬一段窮兵之禍如指掌

易俗化於海內則世世必安矣秦不行是風循其故俗爲智巧權利者進篤厚忠正者退法嚴令苛謅諛者衆日聞其美意廣心逸欲威海外使蒙恬將兵以北攻彊胡辟地進境戍於北河飛芻輓粟以隨其後又使尉佗屠睢將樓船之士攻越使監祿鑿渠運糧深入越地越人遁逃曠日持久糧食乏絕越人擊之秦兵大敗秦乃使尉佗將卒以戍越當是時秦禍北構於胡南挂於越宿兵於無用之地進而不得退行十餘年丁男被甲丁女轉輸

馮君卿曰窮兵之禍一句乃篇中本意而至此方說出

苦不聊生。自經於道樹。死者相望。及秦皇帝崩。天下大畔。陳勝吳廣舉陳。武臣張耳舉趙。項梁舉吳。田儋舉齊。景駒舉郢。周市舉魏。韓廣舉燕。窮山通谷豪士並起。不可勝載也。然本皆非公侯之後。非長官之吏。無尺寸之勢。起閭巷。杖棘矜。應時而動。不謀而俱起。不約而同會。壤長地進。至乎伯王。時教使然也。秦貴爲天子。富有天下。滅世絕祀。窮兵之禍也。故周失之弱。秦失之強。不變之患也。今徇南夷。朝夜郎。降羌僰。略薉州。建城邑。深入匈奴。燔

馮君卿曰上觀齊背一段

其龍城。議者美之。此人臣之利。非天下之長策也。
今中國無狗吠之警。而外累於遠方之備。靡敝國
家。非所以子民也。行無窮之欲。甘心快意。結怨於
匈奴。非所以安邊也。禍挐而不解。兵休而復起。近
者愁苦。遠者驚駭。非所以持久也。今天下鍛甲摩
劍。矯箭控弦。轉輸軍糧。未見休時。此天下所共憂
也。夫兵久而變起。事煩而慮生。今外郡之地。或幾
千里。列城數十。形束壤制。帶脅諸侯。非公室之利
也。上觀齊晉之所以亡者。公室卑削。六卿大盛也。

隱括前意而結之語約而意盡

下覽秦之所以滅者。刑嚴文刻。欲大無窮也。今郡守之權。非特六卿之重也。地幾千里。非特閭巷之資也。甲兵器械。非特棘矜之用也。以逢萬世之變。則不可勝諱也。

林次崖曰前言風俗之弊極切人情後言窮兵之禍皆極詳悉于治道有關

風致翩翩古中有時態

鴻君卿曰三段隨解隨結文勢緊切

徐樂言世務書

臣聞天下之患。在於土崩。不在於瓦解。古今一也。何謂土崩。秦之末世是也。陳涉無千乘之尊。尺土之地。身非王公大人名族之後。無鄉曲之譽。非有孔墨曾子之賢。陶朱猗頓之富也。然起窮巷。奮棘矜。偏袒大呼而天下從風。此其故何也。由民困而主不恤。下怨而上不知也。俗已亂而政不脩。此三者陳涉之所以爲資也。是之謂土崩。故曰天下之患。在於土崩。何謂瓦解。吳楚齊趙之兵是也。七國謀爲大逆。號皆稱萬乘之君。帶甲數十萬。威足以嚴其境內。財足以勸其士民。然不能西攘尺寸之地。而身爲擒於中原者。此其故何也。非權輕於匹夫。而兵弱於陳涉也。當是之時。先帝之德澤未衰。而安土樂俗之民衆。故諸侯無境外之助。此之謂瓦解。故曰。天下之患。不在瓦解。由是觀之。天下誠有土崩之勢。雖布衣窮處之士。或首惡而危海內。陳涉是也。況三晉之君或存乎。天下雖未有大治也。誠能無土崩之勢。雖有彊國勁兵。不得旋踵而

蘇宋多用此法

黃貞甫曰太醒

身爲禽矣吳楚齊趙是也況羣臣百姓能爲亂乎哉此二體者安危之明要也賢王所留意而深察也間者關東五穀不登年歲未復民多窮困重之以邊境之事推數循理而觀之則民宜有不安其處者矣不安故易動易動者土崩之勢也故賢主獨觀萬化之原明於安危之機脩之廟堂之上而銷未形之患其要期使天下無土崩之勢而已矣故雖有彊國勁兵陛下逐走獸射蜚鳥弘游燕之囿淫縱恣之觀極馳驅之樂自若也金石絲竹之

聲。不絶於耳。帷帳之私。俳優侏儒之笑。不乏於前。而天下無宿憂。名何必湯武。俗何必成康。雖然。臣竊以爲陛下天然之聖。寛仁之資。而誠以天下爲務。則湯武之名不難侔。而成康之俗可復興也。此二體者立。然後處尊安之實。揚名廣譽於當世。親天下而服四夷。餘恩遺德。爲數世隆。南面負扆。攝袂而揖王公。此陛下之所服也。臣聞圖王不成。其敝足以安。安則陛下何求而不得。何爲而不成。何征而不服乎哉。

味古道曰人君引以理則欲將不戢而自化樂于武帝深得諷諫之術

馮君卿曰前後反覆無非說以中國勞費爲意

淮南王安諫伐閩越書

陛下臨天下布德施惠緩刑罰薄賦歛哀鰥寡恤孤獨養耆老振匱乏盛德上隆和澤下洽近者親附遠者懷德天下攝然人安其生自以沒身不見兵革今聞有司舉兵將以誅越臣安竊爲陛下重之越方外之地劗髮文身之民也不可以冠帶之國法度理也自三代之盛胡越不與受正朔非彊弗能服威弗能制也以爲不居之地不牧之民不足以煩中國也故古者封內甸服封外侯服侯衛

賓服。蠻夷要服。戎狄荒服。遠近勢異也。自漢初定已來。七十二年。吳越人相攻擊者。不可勝數。然天子未嘗舉兵而入其地也。臣聞越非有城郭邑里也。處谿谷之間。篁竹之中。習於水鬬。便於用舟。地深昧而多水險。中國之人。不知其勢阻。而入其地雖百不當其一。得其地不可郡縣也。攻之不可暴取也。以地圖察其山川要塞。相去不過寸數。而間獨數百千里。阻險林叢。弗能盡著。視之若易。行之甚難。天下賴宗廟之靈。方內大寧。戴白之老。不見

馮君卿曰越人愚戇數句與上吳越人相攻句相應

兵革民得夫婦相守父子相保陛下之德也越人名爲藩臣貢酎之奉不輸大內一卒之用不給上事自相攻擊而陛下發兵救之是反以中國而勞蠻夷也且越人愚戇輕薄負約反覆其不用天子之法度非一日之積也一不奉詔舉兵誅之臣恐後兵革無時得息也間者數年歲比不登民待賣爵贅子以接衣食賴陛下德澤賑救之得毋轉死溝壑四年不登五年復蝗民生未復今發兵行數千里資衣糧入越地輿轎而隃領拕舟而入水行

馮君卿曰夾以深林數句應上谿谷篁竹句

敘事變化

情狀可哀

數百千里夾以深林叢竹水道上下擊石林中多蝮蛇猛獸夏月暑時嘔泄霍亂之病相隨屬也曾未施兵接刃死傷者必衆矣前時南海王反陛下先臣使將軍間忌將兵擊之以其軍降處之上淦後復反會天暑多雨樓船卒水居擊櫂未戰而疾死者過半親老涕泣孤子謕號破家散業迎尸千里之外裹骸骨而歸悲哀之氣數年不息長老至今以爲記曾未入其地而禍已至此矣臣聞軍旅之後必有凶年言民之各以其愁苦之氣薄陰陽

之和。感天地之精。而災氣爲之生也。陛下德配天地。明象日月。恩至禽獸。澤及草木。一人有饑寒。不終其天年而死者。爲之悽愴於心。今方內無狗吠之警。而使陛下甲卒死亡。暴露中原。霑漬山谷。邊境之民。爲之早閉晏開。鼂不及夕。臣安竊爲陛下重之。不習南方地形者。多以越爲人衆兵彊。能難邊城。淮南全國之時。多爲邊吏。臣竊聞之。與中國異。限以高山。人迹所絕。車道不通。天地所以隔內外也。其入中國必下領水。領水之山峭峻。漂石破

馮君卿曰越人緜力以下複說前意

舟不可以大船載食糧下也越人欲爲變必先田餘干界中積食糧迺入伐材治船邊城守候誠謹越人有入伐材者輒收捕焚其積聚雖百越柰邊城何且越人緜力薄材不能陸戰又無車騎弓弩之用然而不可入者以保地險而中國之人不能其水土也臣聞越甲卒不下數千萬所以入之五倍迺足輓車奉饟者不在其中南方暑溼近夏癉熱暴露水居蝮蛇蠚生疾癘多作兵未血刃而病死者什二三雖舉越國而虜之不足以償所亡臣

馮君卿曰：「留而守之」四句

聞道路言，閩越王弟甲弒而殺之，甲以誅死，其民未有所屬。陛下若欲來內處之中國，使重臣臨存，施得垂賞以招致之，此必攜幼扶老以歸聖德。若陛下無所用之，則繼其絶世，存其亡國，建其王侯，以爲畜越，此必委質爲藩臣，世共貢職。陛下以方寸之印，丈二之組，鎮撫方外，不勞一卒，不頓一戟，而威德並行。今以兵入其地，此必震恐，以有司爲欲屠滅之也，必雉兎逃入山林險阻。背而去之，則復相羣聚；留而守之，歷歲經年，則士卒罷倦，食糧

應上懷事奉
餉送

乏之絕。男子不得耕稼樹種。婦人不得紡績織絍。丁壯從軍。老弱轉餉。居者無食。行者無糧。民苦兵事。亡逃者必衆。隨而誅之。不可勝盡。盜賊必起。臣聞長老言秦之時。嘗使尉屠睢擊越。又使監祿鑿渠通道。越人逃入深山林叢。不可得攻。留軍屯守空地。曠日持久。士卒勞倦。越迺出擊之。秦兵大破。迺發適戍以備之。當此之時。外內騷動。百姓靡敝。行者不還。往者莫反。皆不聊生。亡逃相從。羣爲盜賊。於是山東之難始興。此老子所謂師之所處。荊棘生之者也兵者凶事一方有急四面皆從臣恐變故之生姦邪之作由此始也周易曰高宗伐鬼方三年而克之鬼方小蠻夷高宗殷之盛天子也以盛天子伐小蠻夷三年而後克言用兵之不可不重也臣聞天子之兵有征而無戰言莫敢校也如使越人蒙死徼幸以逆執事之顏行厮輿之卒有一不備而歸者雖得越王之首臣猶竊爲大漢羞之陛下以四海爲境九州爲家八藪爲囿江漢爲池生民之屬皆爲臣妾人徒之衆足以奉千官之

排山聲浪不可阻住

共租稅之收，足以給乘輿之御，玩心神明，秉執聖道，負黼依，憑玉几，南面而聽斷，號令天下，四海之內，莫不嚮應。陛下垂德惠以覆露之，使元元之民安生樂業，則澤被萬世，傳之子孫，施之無窮，天下之安，猶泰山而四維之也。夷狄之地，何足以爲一日之閒，而煩汗馬之勞乎。詩云：王猶允塞，徐方既來。言王道甚大，而遠方懷之也。臣聞之，農夫勞而君子養焉，愚者言而智者擇焉。臣安幸得爲陛下守藩，以身爲障蔽，人臣之任也。邊境有警，愛身之

掉尾餘力妙絶千古

死而不畢其愚。非忠臣也。臣安竊恐將吏之以十萬之師爲一使之任也。

准荆川曰琢走盤之丈不可挑捕

楊升菴曰楊雄解嘲班固答賓戲皆祖此

秦漢文鈔卷四下

東方朔客難

客難東方朔曰蘇秦張儀一當萬乘之主而身都卿相之位澤及後世今子大夫脩先王之術慕聖人之義諷誦詩書百家之言不可勝記著於竹帛唇腐齒落服膺而不釋好學樂道之效明白甚矣自以智能海內無雙則可謂博聞辯智矣然悉力盡忠以事聖帝曠日持久積數十年官不過侍郎位不過執戟意者尚有遺行邪同胞之徒無所容

楊升菴曰三句一篇大有

居其故何也東方先生喟然長息仰而應之曰是固非子之所能備也彼一時也此一時也豈可同哉夫蘇秦張儀之時周室大壞諸侯不朝力政爭權相擒以兵并爲十二國未有雌雄得士者彊失士者亡故談說行焉身處尊位珍寶充內外有廩倉澤及後世子孫長享今則不然聖帝流德天下震懾諸侯賓服連四海之內以爲帶安於覆盂天下平均合爲一家動發舉事猶運之掌賢與不肖何以異哉遵天之道順地之理物無不得其所故

楊升菴曰承接處最緊要此時異事異二句總收

綏之則安動之則苦尊之則爲將卑之則爲虜抗之則在青雲之上抑之則在深淵之下用之則爲虎不用則爲鼠雖欲盡節效情安知前後夫天地之大士民之衆竭精馳説並進輻湊者不可勝數悉力慕之困於衣食或失門戶使蘇秦張儀與僕並生於今之世曾不得掌故安敢望常侍郎乎傳曰天下無害菑雖有聖人無所施才上下和同雖有賢者無所立功故曰時異事異雖然安可以不務脩身乎哉詩曰鼓鐘于宮聲聞于外鶴鳴于九

用雖然一轉起下有關鎖有起伏

茅鹿門曰士君子名言

皐聲聞于天。苟能脩身。何患不榮。太公體行仁義。七十有二。乃設用於文武。得信厥說。封於齊。七百歲而不絕。此士所以日夜孳孳。脩學斂行。而不敢怠也。譬若鶺鴒。飛且鳴矣。傳曰。天不爲人之惡寒。而輟其冬。地不爲人之惡險。而輟其廣。君子不爲小人之匈匈。而易其行。天有常度。地有常形。君子有常行。君子道其常。小人計其功。詩云。禮義之不愆。何恤人之言。故曰。水至清則無魚。人至察則無徒。冕而前旒。所以蔽明。黈纊充耳。所以塞聰。明有所不見聰有所不聞舉大德赦小過無求備於一人之義也枉而直之使自得之優而柔之使自求之揆而度之使自索之葢聖人教化如此欲其自得之自得之則敏且廣矣今世之處士時雖不用塊然無徒廓然獨居上觀許由下察接輿計同范蠡忠合子胥天下和平與義相扶寡偶少徒固其宜也子何疑於予哉若夫燕之用樂毅秦之任李斯酈食其之下齊說行如流曲從如環所欲必得功若丘山海內定國家安是遇其時者也子又何

茅鹿門曰三喻疊下而條貫文理音声獨觧以莛撞鐘句亦是一法

怪之邪。語曰。以管窺天。以蠡測海。以莛撞鐘。豈能通其條貫。考其文理。發其音聲哉。繇是觀之。譬由鼱鼩之襲狗。孤豚之咋虎。至則靡耳。何功之有。今以下愚而非處士。雖欲勿困。固不得已。此適足以明其不知權變而終惑於大道也。

劉氏曰自答門以後東方朔效而廣之名為客難雖託古

嘝志諫而有韓

茅鹿門曰此篇本韓非說難變化來以談何容易立柱

東方朔非有先生論

非有先生仕於吳。進不能稱往古。以厲主意。退不能揚君美。以顯其功。默然無言者三年矣。吳王怪而問之曰。寡人獲先人之功。寄於衆賢之上。夙興夜寐。未嘗敢怠也。今先生率然高舉。遠集吳地。將以輔治寡人。誠竊嘉之。體不安席。食不甘味。目不視靡曼之色。耳不聽鐘鼓之音。虛心定志。欲聞流議者。三年於茲矣。今先生進無以輔治。退不揚主譽。竊不爲先生取之也。蓋懷能而不見。是不忠也。

茅鹿門曰談有悖中目二向是一篇綱領

見而不行。主不明也。意者寡人殆不明乎。非有先生。伏而唯唯。吳王曰。可、以談矣。寡人將竦意而覽焉。先生曰。於戲。可乎哉。可乎哉。談何容易。夫談有悖於目而拂於耳。謬於心而便於身者。或有說於目。順於耳。快於心。而毀於行者。非有明王聖主。孰能聽之。吳王曰。何爲其然也。中人以上。可以語上也。先生試言。寡人將覽焉。先生對曰。昔者關龍逢深諫於桀。而王子比干直言於紂。此二臣者。皆極慮盡忠。閔王澤不下流。而萬民騷動。故直言其失。

切諫其邪者將以爲君之榮除主之禍也今則不然反以爲誹謗君之行無人臣之禮果紛然傷於身蒙不辜之名戮及先人爲天下笑故曰談何容易是以輔弼之臣瓦解而邪諂之人並進遂及蜚廉惡來革等二人皆詐僞巧言利口以進其身陰奉琱琢刻鏤之好以納其心務快耳目之欲以苟容爲度遂往不戒身沒被戮宗廟崩阤國家爲墟殺戮賢臣親近讒夫詩不云乎讒人罔極交亂四國此之謂也故卑身賤體說色微辭愉愉呴呴終

尚雅詞愷

茅鹿門曰避濁世以全其

無益於主上之治。即志士仁人。不忍爲也。將儼然作矜莊之色。深言直諫。上以拂人主之邪。下以損百姓之害。則忤於邪主之心。歷於衰世之法。故養壽命之士莫肯進也。遂居深山之間。積土爲室。編蓬爲戶。彈琴其中。以詠先王之風。亦可以樂而忘死矣。是以伯夷叔齊避周。餓于首陽之下。後世稱其仁。如是邪主之行。固足畏也。故曰。談何容易。於是吳王懼然易容。捐薦去几。危坐而聽。先生曰。接輿避世。箕子被髮佯狂。此二子者。皆避濁世以全

身是朔道金馬門意

其身者也。使遇明王聖主。得賜清讌之間。寬和之色。發憤畢誠。圖畫安危。揆度得失。上以安主體。下以便萬民。則五帝三王之道。可幾而見也。故伊尹蒙恥辱。負鼎俎。和五味以干湯。太公釣於渭之陽以見文王。心合意同。謀無不成。計無不從。誠得其君也。深念遠慮。引義以正其身。推恩以廣其下。本仁祖義。襃有德。祿賢能。誅惡亂。總遠方。一統類。美風俗。此帝王所由昌也。上不變天性。下不奪人倫則天地和洽。遠方懷之。故號聖王。臣子之職既加茅鹿門曰：予是以下言納諫之效，一一暗諷當世。

矣於是裂地定封爵爲公侯傳國子孫名顯後世
民到于今稱之以遇湯與文王也太公伊尹以如
此龍逢比干獨如彼豈不哀哉故口談何容易於
是吳王穆然俛而深惟仰而泣下交頤曰嗟乎余
國之不亡也綿綿連連殆哉世之不絕也於是正
明堂之朝齊君臣之位舉賢才布德惠施仁義賞
有功躬節儉減後宮之費損車馬之用放鄭聲遠
佞人省庖廚去侈靡卑宮館壞苑囿填池塹以予
貧民無產業者開內藏振貧窮存耆老恤孤獨薄

馮君卿曰末後一段大爲規諷

賦歛。省刑罰。行此三年。海內晏然。天下大洽。陰陽和調。萬物咸得其宜。國無災害之變。民無饑寒之色。家給人足。畜積有餘。囹圄空虛。鳳凰來集。麒麟在郊。甘露既降。朱草萌芽。遠方異俗之人。嚮風慕義。各奉其職而來朝賀。故治亂之道。存亡之端。若此易見。而君人者莫肯爲也。臣愚竊以爲過。故詩曰。王國克生。惟周之楨。濟濟多士。文王以寧。此之謂也。

馮小海曰論中半在諫詩上立說其論人臣進言利害與人主從違得失亦大纖悉

咳唾珠璣宋
宇成響

終軍白麟奇木對

臣聞詩頌君德樂舞后功異經而同指明盛德之所隆也南越竄屏葭葦與鳥魚同羣正朔不及其俗有司臨境而東甌內附閩王伏辜南粤賴救北胡隨畜薦居禽獸行虎狼心上古未能攝大將軍秉鉞單于犇幕驃騎抗旌昆邪右衽是澤南洽而威北暢也若罰不阿近舉不遺遠設官竢賢縣賞待功能者進以保祿罷者退而勞力刑於宇內矣履衆美而不足懷聖明而不專建三宮之文質章

厥職之所宜封禪之君無聞焉。夫天命初定。萬事草創。及臻六合同風。九州共貫。必待明聖潤色祖業。傳於無窮。故周至成王。然後制定。而休徵之應見。陛下盛日月之光。垂聖思於勒成。專神明之敬。奉燔瘞於郊宮。獻享之精交神。積和之氣塞明。而異獸來獲。宜矣。昔武王中流未濟。白魚入于王舟。俯取以燎。羣公咸曰。休哉。今郊祀未見於神祇。而獲獸以饋。此天之所以示饗而上通之符合也。宜因昭時令日。改定告元。苴白茅於江淮。發嘉號於

調法高古

營丘。以應緝熙使著事者有紀焉。蓋六鶂退飛。逆也。白魚登舟。順也。夫明闇之徵。上亂飛鳥。下動淵魚。各以類推。今野獸并角。明同本也。衆支內附。示無外也。若此之應。殆將有解編髮。削左衽。襲冠帶。要衣裳。而蒙化者焉。斯拱而竢之耳。

林次崖曰文雅不經思而尺度有節不失真天與之奇才也

綠虛齋曰秋膓盈襟悲思滿紙讀之一字一淚

中山靖王聞樂對

臣聞悲者不可爲累欷。思者不可爲歎息。故高漸離擊筑易水之上。荊軻爲之低而不食。雍門子壹微吟孟嘗君爲之於邑。今臣心結日久。每聞幼眇之聲。不知涕泣之橫集也。夫衆喣漂山。聚蟁成靁。朋黨執虎。十夫橈椎。是以文王拘於牖里。孔子阸於陳蔡。此乃烝庶之成風。增積之生害也。臣身遠與寡。莫爲之先。衆口鑠金。積毀銷骨。叢輕折軸。羽翮飛肉。紛驚逢羅。潸然出涕。臣聞白日曬光。幽隱

蔽字好

託字好

皆照明月曜夜蟁蝱宵見然雲蒸列布杳冥晝昬塵埃抪覆昧不見泰山何則物有蔽之也今臣壅閼不得聞讒言之徒蠭生道遼路遠曾莫爲臣聞臣竊自悲也臣聞社鼷不灌屋鼠不熏何則所託者然也臣雖薄也得蒙肺腑位雖卑也得爲東藩屬又稱兄今羣臣非有葭莩之親鴻毛之重羣居黨議朋友相爲使夫宗室擯卻骨肉氷釋斯伯奇所以流離比干所以横分也詩云我心憂傷惄焉如擣假寐永歎唯憂用老心之憂矣疢如疾首臣

之謂也。

林次崖曰此對事情激切識亦該博作言美句疊出如貫珠皆自胸中流出不見斧鑿痕

言簡而意激

吾丘壽王禁民挾弓弩對

臣聞古者作五兵。非以相害。以禁暴討邪也。安居則以制猛獸而備非常。有事則以設守衞而施行陣。及至周室衰微。上無明王。諸侯力政。彊侵弱。衆暴寡。海內抏敝。巧詐並生。是以知者陷愚。勇者威怯。苟以得勝爲務。不顧義理。故機變械飾。所以相賊害之具。不可勝數。於是秦兼天下。廢王道。立私意。滅詩書。而首法令。去仁恩。而任刑戮。墮名城。殺豪傑。銷甲兵。折鋒刃。其後民以耰鉏箠梃相撻擊

陳古迂曰聖王務教化句仁人之言

犯法滋衆。盜賊不勝。至於赭衣塞路。羣盜滿山。卒以亂亡。故聖王務教化而省禁防知其不足恃也。今陛下昭明德建太平。舉俊材。興學官。三公有司。或由窮巷。起白屋。裂地而封。宇內日化。方外鄉風。然而盜賊猶有者。郡國二千石之罪。非挾弓弩之過也。禮曰。男子生桑弧蓬矢以舉之。明示有事也。孔子曰。吾何執。執射乎。大射之禮。自天子降及庶人。三代之道也。詩云。大侯既抗。弓矢斯張。射夫既同。獻爾發功。言貴中也。愚聞聖王合射以明教矣。

激切

未聞弓矢之爲禁也。且所爲禁者，爲盜賊之以攻奪也。攻奪之罪死，然而不止者，大姦之於重誅固不避也。臣恐邪人挾之而吏不能止，良民以自備而抵法禁，是擅賊威而奪民救也。竊以爲亡益於禁姦，而廢先王之典，使學者不得習行其禮，大不便。

林次崖曰此判道理既勝而辭又足以發之宜公孫之詘服也

妙處全在一段跳宕之氣入云太史公好奇是書備之矣

司馬遷報任安書

太史公牛馬走。司馬遷再拜言少卿足下。曩者辱賜書。教以順於接物。推賢進士爲務。意氣懃懃懇懇。若望僕不相師用。而用流俗人之言。僕非敢如此也。僕雖罷駑。亦嘗側聞長者之遺風矣。顧自以爲身殘處穢。動而見尤。欲益反損。是以獨鬱悒而與誰語。諺曰。誰爲爲之。孰令聽之。蓋鍾子期死。伯牙終身不復鼓琴。何則。士爲知己者用。女爲説己者容。若僕大質已虧缺矣。雖才懷隋和。行若由夷。

終不可以爲榮。適足以見笑而自點耳。書辭宜荅。會東從上來。又迫賤事。相見日淺。卒卒無須臾之閒。得竭志意。今少卿抱不測之罪。涉旬月。迫季冬。僕又薄從上雍。恐卒然不可爲諱。是僕終巳不得舒憤懣以曉左右。則長逝者魂魄。私恨無窮。請畧陳固陋。闕然久不報。幸勿爲過。僕聞之脩身者。智之符也。愛施者。仁之端也。取與者。義之表也。恥辱者。勇之决也。立名者。行之極也。士有此五者。然後可以託於世。而列於君子之林矣。故禍莫憯於欲

王鳳洲曰氣槩激昂若高漸離擊筑燕市中慷慨悲歌傍若無人

利悲莫痛於傷心行莫醜於辱先詬莫大於宮刑
刑餘之人無所比數非一世也所從來遠矣昔衛
靈公與雍渠同載孔子適陳商鞅因景監見趙良
寒心同子參乘袁絲變色自古而恥之夫中才之
人事有關於宦豎莫不傷氣而況於慷慨之士乎
如今朝廷雖乏人柰何令刀鋸之餘薦天下豪俊
哉僕賴先人緒業得待罪輦轂下二十餘年矣所
以自惟上之不能納忠效信有奇策才力之譽自
結明主次之又不能拾遺補闕招賢進能顯巖穴

四段不排比而長短錯落色色皆古

之士外之又不能備行伍攻城野戰有斬將搴旗之功下之不能積日累勞取尊官厚祿以爲宗族交游光寵四者無一遂苟合取容無所短長之效可見如此矣鄉者僕常側下大夫之列陪奉外廷末議不以此時引綱維盡思慮今已虧形爲掃除之隸在闒茸之中乃欲仰首伸眉論列是非不亦輕朝廷羞當世之士邪嗟乎嗟乎如僕尚何言哉尚何言哉且事本末未易明也僕少負不羈之才長無鄉曲之譽主上幸得以先人之故使得奏薄

伎出入周衛之中。僕以爲戴盆。何以望天。故絕賓客之知。忘室家之業。日夜思竭其不肖之才力。務一心營職。以求親媚於主上。而事乃有大謬不然者。僕與李陵俱居門下。素非能相善也。趣舍異路。未嘗銜盃酒。接慇懃之餘歡。然僕觀其爲人。自守奇士。事親孝。與士信。臨財廉。取與義。分別有讓。恭儉下人。常思奮不顧身。以狥國家之急。其素所蓄積也。夫人臣出萬死不顧一生之計。赴公家之難。斯亦奇矣。今舉事一不當。而全軀保妻子之臣隨

敘得古自是史筆

而媒孽其短僕誠私心痛之且李陵提步卒不滿五千深踐戎馬之地足歷王庭垂餌虎口橫挑彊胡仰億萬之師與單于連戰十有餘日所殺過當虜救死扶傷不給旃裘之君長咸震怖乃悉徵其左右賢王舉引弓之人一國共攻而圍之轉鬬千里矢盡道窮救兵不至士卒死傷如積然陵一呼勞軍士無不起躬自流涕沬血飲泣更張空拳冒白刃北嚮爭死敵者陵未沒時使有來報漢公卿王侯皆奉觴上壽後數日陵敗書聞主上爲之食

不甘味。聽朝不怡。大臣憂懼不知所出。僕竊不自料其卑賤。見主上慘愴怛悼。誠欲効其款款之愚。以爲李陵素與士大夫絕甘分少。能得人死力。雖古之名將。不能過也。身雖陷敗。彼觀其意。且欲得其當而報於漢。事已無可柰何。其所摧敗。功亦足以暴於天下矣。僕懷欲陳之而未有路。適會召問。卽以此指推言陵之功。欲以廣主上之意。塞睚眦之辭。未能盡明。明主不曉。以爲僕沮貳師而爲李陵游說。遂下於理。拳拳之忠。終不能自列。因爲誣

姿致有味

上。卒從吏議。家貧貨賂。不足以自贖。交游莫救。左右親近。不爲一言。身非木石。獨與法吏爲伍。深幽囹圄之中。誰可告愬者。此眞少卿所親見。僕行事豈不然邪。李陵旣生降。隤其家聲。而僕又佴之蠶室。重爲天下觀笑。悲夫悲夫。事未易一二爲俗人言也。僕之先人。非有剖符丹書之功。文史星曆。近乎卜祝之間。固主上所戲弄。倡優所畜。流俗之所輕也。假令僕伏法受誅。若九牛亡一毛。與螻蟻何以異。而世俗又不能與死節者次比。特以爲智窮罪極。不能自免。卒就死耳。何也。素所自樹立使然也。人固有一死。或重於太山。或輕於鴻毛。用之所趣異也。太上不辱先。其次不辱身。其次不辱理色。其次不辱辭令。其次詘體受辱。其次易服受辱。其次關木索被箠楚受辱。其次剔毛髮嬰金鐵受辱。其次毀肌膚斷肢體受辱。最下腐刑極矣。傳曰。刑不上大夫。此言士節不可不勉勵也。猛虎在深山。百獸震恐。及在檻穽之中。搖尾而求食。積威約之漸也。故有畫地爲牢。勢不可入。削木爲吏。議不可

對定計於鮮也今交手足受木索暴肌膚受榜箠
幽於圜牆之中當此之時見獄吏則頭槍地視徒
隸則正惕息何者積威約之勢也及以至是言不
辱者所謂彊顏耳曷足貴乎且西伯伯也拘於羑
里李斯相也具於五刑淮陰王也受械於陳彭越
張敖南面稱孤繫獄抵罪絳侯誅諸呂權傾五伯
囚於請室魏其大將也衣赭衣關三木季布爲朱
家鉗奴灌夫受辱於居室此人皆身至王侯將相
聲聞隣國及罪至罔加不能引決自裁在塵埃之

讀之有生氣

中古今一體安在其不辱也由此言之勇怯勢也強弱形也審矣何足怪乎夫人不能早自裁繩墨之外以稍凌遲至於鞭箠之間乃欲引節斯不亦遠乎古人所以重施刑於大夫者殆為此也夫人情莫不貪生惡死念父母顧妻子至激於義理者不然乃有所不得已也今僕不幸早失父母無兄弟之親獨身孤立少卿視僕於妻子何如哉且勇者不必死節怯夫慕義何處不勉焉僕雖怯懦欲苟活亦頗識去就之分矣何至自湛溺縲紲之辱

哉。且夫臧獲婢妾由能引決。況僕之不得已乎。所
以隱忍苟活。幽於糞土之中而不辭者。恨私心有
所不盡。鄙陋没世而文彩不表於後世也。古者。富
貴而名磨滅不可勝紀。唯倜儻非常之人稱焉。葢
文王拘而演周易。仲尼厄而作春秋。屈原放逐乃
賦離騷。左丘失明。厥有國語。孫子臏脚。兵法修列。
不韋遷蜀。世傳呂覽。韓非囚秦。説難孤憤。詩三百
篇。大抵賢聖發憤之所爲作也。此人皆意有所鬱
結。不得通其道。故述往事思來者。乃如左丘無目。

孫子斷足。終不可用。退而論書策以舒其憤。思垂空文以自見。僕竊不遜。近自託於無能之辭。網羅天下放失舊聞。略考其行事。綜其終始。稽其成敗興壞之紀。上計軒轅。下至於茲。爲十表本紀十二。書八章。世家三十。列傳七十。凡百三十篇。亦欲以究天人之際。通古今之變。成一家之言。草創未就。會遭此禍。惜其不成。是以就極刑而無慍色。僕誠以著此書。藏諸名山。傳之其人。通邑大都。則僕償前辱之責。雖萬被戮。豈有悔哉。然此可爲智者道。

李九我曰此書大旨總是却少卿推賢進士之教故四字爲一篇綱領始終亦

難爲俗人言也。且負下未易居。下流多謗議。僕以口語。遇遭此禍。重爲鄉里所戮笑。以汙辱先人。亦何面目復上父母之丘墓乎。雖累百世。垢彌甚耳。是以腸一日而九迴。居則忽忽若有所亡。出則不知其所往。每念斯恥。汗未嘗不發背霑衣也。身直爲閨閤之臣。寧得自引深藏巖穴邪。故且從俗浮沉。與時俯仰。以通其狂惑。今少卿乃教以推賢進士。無乃與僕私心剌謬乎。今雖欲自雕瑑曼辭以自飾。無益。於俗不信。適足取辱耳。要之死日。然後

自相償

是非乃定。書不能悉意。畧陳固陋。謹再拜。

劉氏曰七國獻書詭麗輻輳漢來筆札辭氣紛紜觀史遷之報任安東方朔之謁公孫楊惲之酬會宗子雲之答劉歆志氣槃桓各含殊采並杼軸乎尺素抑揚乎寸心

劉子玄曰詞采壯麗音句流靡

鄒二泉曰此段叙所寓之

李陵答蘇武書

子卿足下勤宣令德策名清時榮問休暢幸甚幸甚遠託異國昔人所悲望風懷想能不依依昔者不遺遠辱還答慰誨懃懃有踰骨肉陵雖不敏能不慨然自從初降以至今日身之窮困獨坐愁苦終日無覩但見異類韋韝毳幙以禦風雨羶肉酪漿以充飢渴舉目言笑誰與爲歡胡地玄冰邊土慘裂但聞悲風蕭條之聲涼秋九月塞外草衰夜不能寐側耳遠聽胡笳互動牧馬悲鳴吟嘯成羣

悲傷切動人

邊聲四起。晨坐聽之。不覺淚下。嗟乎子卿。陵獨何心。能不悲哉。與子別後。益復無聊。上念老母。臨年被戮。妻子無辜。並爲鯨鯢。身負國恩。爲世所悲。子歸受榮。我留受辱。命也如何。身出禮義之鄉。而入無知之俗。違棄君親之恩。長爲蠻夷之域。傷已。令先君之嗣。更成戎狄之族。又自悲矣。功大罪小。不蒙明察。孤負陵心區區之意。每一念至。忽然忘生。陵不難刺心以自明。刎頸以見志。顧國家於我已矣。殺身無益。適足增羞。故每攘臂忍辱。輒復苟活

何氏曰句法嚴整可愛

左右之人。見陵如此。以爲不入耳之歡。來相勸勉。異方之樂。祇令人悲。增忉怛耳。嗟乎子卿。人之相知。貴相知心。前書倉卒。未盡所懷。故復畧而言之。昔先帝授陵步卒五千。出征絕域。五將失道。陵獨遇戰。而裹萬里之糧。帥徒步之師。出天漢之外。入彊胡之域。以五千之衆。對十萬之軍。策疲乏之兵。當新羈之馬。然猶斬將搴旗。追奔逐北。滅跡埽塵。斬其梟帥。使三軍之士。視死如歸。陵也不才。希當大任。意謂此時。功難堪矣。匈奴旣敗。舉國興師。更

天地三語並下有波瀾而句法亦勁

練精兵。彊踰十萬。單于臨陣。親自合圍。客主之形。既不相如。步馬之勢。又甚懸絶。疲兵再戰。一以當千。然猶扶乘創痛。决命爭首。死傷積野。餘不滿百。而皆扶病。不任干戈。然陵振臂一呼。創病皆起。舉刃指虜。胡馬奔走。兵盡矢窮。人無尺鐵。猶復徒首奮呼。爭爲先登。當此時也。天地爲陵震怒。戰士爲陵飲血。單于謂陵不可復得。便欲引還。而賊臣教之。遂便復戰。故陵不免耳。昔高皇帝以三十萬衆。困於平城。當此之時。猛將如雲。謀臣如雨。然猶七

茅鹿門曰數語婉曲頓挫亦善自文

日不食僅乃得免況當陵者豈易爲力哉而執事者云云苟怨陵以不死然陵不死罪也子卿視陵豈偷生之士而惜死之人哉寧有背君親捐妻子而反爲利者乎然陵不死有所爲也故欲如前書之言報恩於國主耳誠以虛死不如立節滅名不如報德也昔范蠡不殉會稽之恥曹沫不死三敗之辱卒復勾踐之讐報魯國之羞區區之心竊慕此耳何圖志未立而怨已成計未從而骨肉受刑此陵所以仰天椎心而泣血也足下又云漢與功

李九我曰情詞悲咽讀之真有悲風入窒景槩

臣不薄。子爲漢臣安得不云爾乎。昔蕭樊囚繁韓彭葅醢鼂錯受戮。周魏見辜其餘佐命立功之士。賈誼亞夫之徒。皆信命世之才抱將相之具。而受小人之讒。並受禍敗之辱。卒使懷才受謗能不得展。彼二子之遐舉誰不爲之痛心哉。陵先將軍功畧蓋天地義勇冠三軍。徒失貴臣之意。剄身絶域之表。此功臣義士。所以負戟而長歎者也。何謂不薄哉。且足下昔以單車之使。適萬乘之虜。遭時不遇。至於伏劍不顧流離辛苦。幾使朔北之野。丁年

茅鹿門曰句法雄壯如駿馬奔騰蹄躑竊戀不可羈紲

奉使皓首而歸老母終堂生妻去帷此天下所希聞古今所未有也蠻貊之人尚猶嘉子之節況為天下之主乎陵謂足下當享茅土之薦受千乘之賞聞子之歸賜不過二百萬位不過典屬國無尺土之封加子之勤而妨功害能之臣盡為萬戶侯親戚貪佞之類悉為廊廟宰子尚如此陵復何望哉且漢厚誅陵以不死薄賞子以守節欲使遠聽之臣望風馳命此實難矣所以每顧而不悔者也陵雖孤恩漢亦負德昔人有言雖忠不烈視死如

歸。陵誠能安、而主豈復能眷眷乎、男兒生以不成名、死則葬蠻夷中、誰復能屈身稽顙、還向北闕、使刀筆之吏、弄其文墨邪、願足下勿復望陵。嗟乎子卿、夫復何言。相去萬里、人絕路殊、生爲別世之人、死爲異域之鬼、長與足下生死辭矣。幸謝故人、勉事聖君。足下胤子無恙、勿以爲念。努力自愛、時因北風、復惠德音。李陵頓首。

王鳳洲曰感慨悲壯婉篤有致故是六朝高手

林次崖曰漢宣帝用刑深刻此書可爲對病之藥讀之令人酸鼻

路温舒尚德緩刑書

臣聞齊有無知之禍，而桓公以興；晉有孋姬之難，而文公用伯。近世趙王不終，諸呂作亂，而孝文爲太宗。繇是觀之，禍亂之作，將以開聖人也。故桓文扶微興壞，尊文武之業，澤加百姓，功潤諸侯，雖不及三王，天下歸仁焉。文帝永思至德，以承天心，崇仁義，省刑罰，通關梁，一遠近，敬賢如大賓，愛民如赤子，內恕情之所安，而施之於海內，是以囹圄空虛，天下太平。夫繼變化之後，必有異舊之恩，此賢

茅鹿門曰正統慎始之説是大議論

聖所以昭天命也。往者昭帝即世而無嗣。大臣憂戚焦心合謀。皆以昌邑尊親。援而立之。然天不授命。淫亂其心。遂以自亡。深察禍變之故。迺皇天之所以開至聖也。故大將軍受命武帝。股肱漢國。披肝膽。決大計。黜亡義。立有德。輔天而行。然後宗廟以安天下咸寧。臣聞春秋正即位。大一統而慎始也。陛下初登至尊。與天合符。宜改前世之失。正始受命之統。滌煩文除民疾。存亡繼絕以應天意。臣聞秦有十失。其一尚存。治獄之吏是也。秦之時。羞文學好武勇賤仁義之士貴治獄之吏正言者謂之誹謗遏過者謂之妖言故盛服先生不用於世忠良切言皆鬱於胸譽諛之聲日滿於耳虛美熏心實禍蔽塞此乃秦之所以亡天下也方今天下賴陛下恩厚亡金革之危饑寒之患父子夫妻戮力安家然太平未洽者獄亂之也夫獄者天下之大命也死者不可復生絕者不可復屬書曰與其殺不辜寧失不經今治獄吏則不然上下相敺以刻爲明深者獲公名平者多後患故治獄之吏皆

閔午塘曰人情一節議論曲盡獄吏之態

欲人死非憎人也自安之道在人之死是以死人之血流離於市被刑之徒比肩而立大辟之計歲以萬數此仁聖之所以傷也太平之未洽凡以此也夫人情安則樂生痛則思死捶楚之下何求而不得故囚人不勝痛則飾辭以視之吏治者利其然則指道以明之上奏畏卻則鍛鍊而周內之蓋奏當之成雖咎繇聽之猶以爲死有餘辜何則成練者衆文致之罪明也是以獄吏專爲深刻殘賊而亡極媮爲一切不顧國患此世之大賊也故俗

陳氏曰設喻引起下文正是上書本意且收束前面許多說話有照應有關鎖

語曰畫地爲獄議不入刻木爲吏期不對此皆疾吏之風悲痛之辭也故天下之患莫深於獄敗法亂正離親塞道莫甚乎治獄之吏此所謂一尚存者也臣聞烏鳶之卵不毀而後鳳皇集誹謗之罪不誅而後良言進故古人有言山藪藏疾川澤納汙瑾瑜匿惡國君含詬唯陛下除誹謗以招切言開天下之口廣箴諫之路掃亡秦之失尊文武之德省法制寬刑罰以廢治獄則太平之風可興於世永履和樂與天亡極天下幸甚

鄉東郭曰詞彖明達擾引切當

凌以棟曰慷慨激烈規模布置宛然外祖答任安風致

楊惲報孫會宗書

惲材朽行穢文質無所底幸賴先人餘業得備宿衛遭遇時變以獲爵位終非其任卒與禍會足下哀其愚蒙賜書教督以所不及殷勤甚厚然竊恨足下不深惟其終始而猥隨俗之毀譽也言鄙陋之愚心若逆指而文過默而息乎恐違孔氏各言爾志之義故敢略陳其愚唯君子察焉惲家方隆盛時乘朱輪者十人位在列卿爵爲通侯總領從官與聞政事曾不能以此時有所建明以宣德化

陳仲醇曰數不能字悔咎自責語多悲酸

文從

又不能與羣僚同心并力。陪輔朝廷之遺忘。已負竊位素餐之責久矣。懷祿貪勢。不能自退。遭遇變故。横被口語身幽北闕。妻子滿獄。當此之時。自以夷滅不足以塞責。豈意得全首領復奉先人之丘墓乎。伏惟聖主之恩。不可勝量。君子游道。樂以忘憂。小人全軀。説以忘罪。竊自思念過已大矣。行已虧矣。長爲農夫以沒世矣。是故身率妻子。勠力耕桑。灌園治産以給公上。不意當復用此爲譏議也。夫人情所不能止者。聖人弗禁。故君父至尊親送其終也有時而旣臣之得罪巳三年矣田家作苦歲時伏臘亨羊炰羔斗酒自勞家本秦也能爲秦聲婦趙女也雅善鼓瑟奴婢歌者數人酒後耳熱仰天拊缶而呼烏烏其詩曰田彼南山蕪穢不治種一頃豆落而爲萁人生行樂耳須富貴何時是日也拂衣而喜奮袖低昻頓足起舞誠淫荒無度不知其不可也惲幸有餘祿方糴賤販貴逐什一之利此賈豎之事汙辱之處惲親行之下流之人衆毀所歸不寒而栗雖雅知惲者猶隨風而靡尚

何稱譽之有。董生不云乎。明明求仁義。常恐不能
化民者。卿大夫意也。明明求財利。常恐困乏者。庶
人之事也。故道不同。不相爲謀。今子尚安得以卿
大夫之制。而責僕哉。夫西河魏土。文矦所興。有段干
木田子方之遺風。漂然皆有節槩。知去就之分。頃
者足下。離舊土。臨安定。安定山谷之間。昆戎舊壤。
子弟貪鄙。豈習俗之移人哉。於今迺睹子之志矣。
方當盛漢之隆。願勉旃。無多談。

爲小海曰文氣豪宕縱逸最得史遷家法篇中多憤上之詞古
人所謂怨而不怒者似不如此

駢辭頗有
六朝氣

王褒四子講德論

微斯文學問於虛儀夫子曰蓋聞國有道貧且賤焉恥也今夫子閉門距躍專精趨學有日矣幸遭聖主平世而久懷寶是伯牙去鍾期而舜禹遁帝堯也於是欲顯名號建功業不亦難乎夫子曰然有是言也夫蚊蝱終日經營不能越階序附驥尾則涉千里攀鴻翮則翔四海僕雖頑嚚願從足下雖然何由而自達哉文學曰陳懿誠於本朝之上行話談於公卿之門夫子曰無介紹之道安從行

乎。公卿文學曰。何爲其然也。昔甯戚商歌以干齊桓。越石負芻而寤晏嬰。非有積素累舊之歡。皆塗覯卒遇。而以爲親者也。故毛嬙西施。善毀者不能蔽其好。嫫姆倭傀。善譽者不能掩其醜。苟有至道。何必介紹。夫子曰。咨。夫特達而相知者。千載之一遇也。招賢而處友者。衆士之常路也。是以空柯無刃。公輸不能以斲。但懸曼矰。蒲苴不能以射。故膺騰撇波而濟水。不如乘舟之逸也。衝蒙涉田而能致遠。未若遵塗之疾也。才蔽於無人。行衰於寡黨此古今之患唯文學慮之文學曰唯唯敬聞命矣於是相與結侶攜手俱游求賢索友歷于西州有二人焉乘輅而歌倚軛而聽之詠歎中雅轉運中律嘽緩舒繹曲折不失節問歌者爲誰則所謂浮游先生陳丘子者也於是以士相見之禮友焉禮文既集文學夫子降席而稱曰俚人不識寡見尠聞曩從末路望聽玉音竊動心焉敢問所歌何詩請聞其説浮游先生陳丘子曰所謂中和樂職宣布之詩益州刺史之所作也刺史見太上聖明股

肱竭力。德澤洪茂。黎庶和睦、天人並應、屢降瑞福故作三篇之詩。以詠歌之也。文學曰、君子動作有應。從容得度。南容三復白珪。孔子睹其慎戒。太子擊誦晨風、文侯諭其指意。今吾子何樂此詩而詠之也、先生曰。夫樂者感人密深。而風移俗易。吾所以詠歌之者。美其君術明而臣道得也。君者中心。臣者外體、外體作。然後知心之好惡。臣下動。然後知君之節趨、好惡不形、則是非不分。節趨不立。則功名不宣、故美王蘊於碔砆。凡人視之怢焉。良工砥之。然後知其和寶也。精練藏於鑛。庸人視之。忽焉。巧冶鑄之。然後知其幹也。况乎聖德巍巍蕩蕩。民罔所不能命哉。是以刺史推而詠之。揚君德。美滐乎洋洋。罔不覆載。紛紜天地。寂寥宇宙。明君之惠。顯忠臣之節。究皇唐之世。何以加茲。是以每歌之。不知老之將至也。文學曰。書云。迺一人使四方若卜筮。夫忠賢之臣。導主志。承君惠。攄盛德。而化洪天下。安瀾比屋可封。何必歌詠詩賦。可以揚君哉。愚竊惑焉。浮游先生色勃眥溢曰。是何言與。

昔周公詠文王之德而作清廟建爲頌首吉甫歎
宣王穆如清風列於大雅夫世衰道微僞臣虛稱
者殆也世平道明臣子不宣者鄙也鄙殆之累傷
乎王道故自剌史之來也宣布詔書勞來不怠令
百姓徧曉聖德莫不霑濡厖眉耇耉之老咸愛惜
朝夕願濟須臾且觀大化之淳流於是皇澤豐沛
主恩滿溢百姓歡欣中和感發是以作歌而詠之
也傳曰詩人感而後思思而後積積而後滿滿而
後作言之不足故嗟歎之嗟歎之不足故詠歌之

奇句

詠歌之不厭不知手之舞之足之蹈之也此臣子於君父之常義古今一也今子執分寸而罔億度處把握而却寥廓乃欲圖大人之樞機道方伯之失得不亦遠乎陳丘子見先生言切恐二客慙縢步而前曰先生詳之行潦暴集江海不以爲多鱓鱓並逃九罭不以爲虛是以許由匿堯而深隱唐氏不以衰夷齊恥周而遠餓文武不以卑夫青蠅不能穢垂棘邪論不能惑孔墨今刺史質敏以流惠舒化以揚名采詩以顯至德歌詠以董其文受

命如綵明之如緡甘棠之風可倚而俟也二客雖窒計沮議何傷顧謂文學夫子曰先生微矜於談道乂不讓乎當仁亦未巨過也願二子措意焉夫子曰否夫雷霆必發而潛底震動枹鼓鑑鏘而介士奮竦故物不震不發士不激不勇今文學之言欲以議愚感敵舒先生之憤願二生亦勿疑於是文繹復集乃始講德文學夫子曰昔成康之世君之德與臣之力也先生曰非有聖智之君惡有甘棠之臣故虎嘯而風寥戾龍起而致雲氣蟋蟀俟

秋唫蝽蟧以陰易曰飛龍在天利見大人嗚聲相應仇偶相從人由意合物以類同是以聖主不徧窺望而視以明不殫傾耳而聽以聰何則淑人君子人就者衆也故千金之裘非一狐之腋大厦之材非一丘之木太平之功非一人之畧也蓋君爲元首臣爲股肱明其一體相待而成有君而無臣春秋刺焉三代以上皆有師傳五伯以下各自取友齊桓有管鮑隰甯九合諸侯一匡天下晉文公有咎犯趙衰取威定覇以尊天子秦穆有王由

五羖。攘却西戎。始開帝緒。楚莊有叔孫子反。兼定
江淮。威震諸夏。句踐有種蠡泄庸。剋滅彊吳。雪會
稽之恥。魏文有段干田翟。秦人寢兵。折衝萬里。燕
昭有郭隗樂毅。夷破彊齊。困閔於莒。夫以諸侯之
細。功名猶尚若此。而況帝王選於四海。羽翼百姓
哉。故有賢聖之君。必有明智之臣。欲以積德。則天
下不足平也。欲以立威。則百蠻不足攘也。今聖主
冠道德。履純仁。被六藝。佩禮文。屢下明詔。舉賢良。
求術士。招異倫。拔儁茂。是以海內歡慕。莫不風馳

壯偉

雨集襲雜並至塡庭溢闕含淳詠德之聲盈耳登
降揖讓之禮極目進者樂其條暢怠者欲罷不能
偃息匍匐乎詩書之門游觀乎道德之域咸潔身
修思吐情素而披心腹各悉精鋭以貢忠誠允願
推主上弘風俗而騁太平濟濟乎多士文王所以
寧也若乃美政所施洪恩所潤不可究陳舉孝以
篤行崇能以招賢去煩蠲苛以綏百姓祿勤增奉
以厲貞廉減膳食卑宮觀省田官損諸苑疏徭役
振乏困恤民災害不遑遊宴閔耄老之逢辜憐縲

絰之服事。惻隱身死之腐人。悽愴子弟之縲匿。恩及飛鳥。惠加走獸。胎卵得以成育。草木遂其零茂。愷悌君子。民之父母。豈不然哉。先生獨不聞秦之時。邪違三王。背五帝。滅詩書。壞禮義。信任羣小。憎惡仁智。詐僞者進達。佞諂者容入。宰相刻削。大理峻法。處位而任政者。皆短於仁義。長於酷虐。狠摯虎攫。懷殘秉賊。其所臨蒞。莫不肌慄慴伏。吹毛求疵。並施螫毒。百姓征伀。無所措其手足。嗷嗷愁怨。遂亡秦族。是以養雞者不畜貍。牧獸者不育豺。樹木者憂其蠹。保民者除其賊。故大漢之爲政也。崇簡易。尚寬柔。進淳仁。舉賢才。上下無怨。民用和睦。今海內樂業。朝廷淑清。天符既章。人瑞又明。品物咸亨。山川降靈。神光燿暉。洪洞朗天。鳳凰來儀。翼翼邕邕。羣鳥並從。舞德垂容。神雀仍集。麒麟自至。甘露滋液。嘉禾櫛比。大化隆洽。男女條暢。家給年豐。咸則三壤。豈不盛哉。昔文王應九尾狐而東夷歸。周武王獲白魚而諸侯同辭。周公受秬鬯而鬼方臣。宣王得白狼而夷狄賓。夫名自正而事自定

也。今南郡獲白虎。亦偃武興文之應也。獲之者張
武。武張而猛服也。是以北狄賓洽。邊不恤寇。甲士
寢而旌旗仆也。文學夫子曰。天符既聞命矣。敢問
人瑞。先生曰。夫匈奴者。百蠻之最強者也。天性憍
蹇。習俗桀暴。賤老貴壯。氣力相高。業在攻伐。事在
獵射。兒能騎羊。走箭飛鏇。逐水隨畜。都無常處。鳥
集獸散。往來馳騖。周流曠野以濟嗜欲。其耒耜則
弓矢鞍馬。播種則扞絃掌拊。收秋則奔狐馳兔。穫
刈則顛倒殪仆。追之則奔遁。釋之則爲寇。是以三

歙金成玉

王不能懷五伯不能綏驁邊杌士屢犯匈荛詩人所歌自古患之今聖德隆盛威靈外覆日逐舉國而歸德單于稱臣而朝賀乾坤之所開陰陽之所接編結沮顏燋齒梟髑剪髮黥首文身裸袒之國靡不奔走貢獻懽忻來附婆娑嘔吟鼓掖而笑夫鴻均之世何物不樂飛鳥翕翼泉魚奮躍是以刺史感濾舒音而詠至德鄙人黯淺不能究識敬遵所聞未克殫焉於是二客醉于仁義飽于盛德終日仰嘆怡懌而悅服

楊升菴曰起句有氣體

王褒聖主得賢臣頌

夫荷旃被毳者。難與道純緜之麗密。羹藜唅糗者。不足與論太牢之滋味。今臣僻在西蜀。生於窮巷之中。長於蓬茨之下。無有游觀廣覽之知。顧有至愚極陋之累。不足以塞厚望。應明旨。雖然。敢不畧陳愚心而抒情素。記曰。恭惟春秋法五始之要。在乎審己正統而已。夫賢者。國家之器用也。所任賢則趨舍省而功施普。器用利。則用力少而就效衆。故工人之用鈍器也。勞筋苦骨。終日矻矻。及至巧

芳鹿門曰工用相得人馬相得與下文聚精會神相

商與周鼎韵錦有紀

冶鑄干將之樸。清水淬其鋒。越砥斂其鍔。水斷蛟龍。陸剸犀革。忽若篲氾塵塗。如此。則使離婁督繩。公輸削墨。雖崇臺五層。延袤百丈。而不溷者。工用相得也。庸人之御駑馬。亦傷吻弊策。而不進於行。胸喘膚汗。人極馬倦。及至駕齧膝。驂乘旦。王良執靶。韓哀附輿。縱騁馳騖。忽如影靡。過都越國。蹶如歷塊。追奔電。逐遺風。周流八極。萬里一息。何其遼哉。人馬相得也。故服絺綌之涼者。不苦盛暑之鬱燠。襲狐貉之煖者。不憂至寒之悽愴。何則。有其具

得蕭曹意相聯屬皆借客形主之法

者易其備賢人君子亦聖王之所以易海內也是以嘔喻受之開寬裕之路以延天下之英俊也夫竭智附賢者必建仁策索遠求士者必樹伯跡昔周公躬吐握之勞故有圄空之隆齊桓設庭燎之禮故有匡合之功由此觀之君人者勤於求賢而逸於得人人臣亦然昔賢者之未遭遇也圖事揆策則君不用其謀陳見悃誠則上不然其信進仕不得施效斥逐又非其愆是故伊尹勤於鼎俎太公困於鼓刀百里自鬻甯戚飯牛離此患也及其

奇句

遇明君遭聖主也運籌合上意諫諍則見聽進退得關其忠任職得行其術去卑辱奧渫而升本朝離蔬釋蹻而享膏梁剖符錫壤而光祖考傳之子孫以資說士故世必有聖智之君而後有賢明之臣故虎嘯而風冽龍興而致雲蟋蟀俟秋唫蜉蝣出以陰易曰飛龍在天利見大人詩曰思皇多士生此王國故世平主聖俊乂將自至若堯舜禹湯文武之君獲稷契皋陶伊尹呂望之臣明明在朝穆穆布列聚精會神相得益章雖伯牙操遞鍾逢

柯氏曰遇風縱壑二句狀出君臣相得之情千年以來獨暢

門子彎烏號猶未足以喻其意也故聖主必待賢臣而弘功業俊士亦俟明主以顯其德上下俱欲懽然交欣千載一會論説無疑翼乎如鴻毛遇順風沛乎若巨魚縱大壑其得意如此則胡禁不止曷令不行化溢四表横被無窮遐夷貢獻萬祥必臻是以聖主不徧窺望而視已明不殫傾耳而聽已聰恩從祥風翔德與和氣游太平之責塞優游之望得遵游自然之勢恬淡無爲之場休徵自至壽考無疆雍容垂拱永永萬年何必偃仰屈伸若

氣足

彭祖喣噓呼吸如喬松耿然絶俗離世哉詩曰濟濟多士文王以寧蓋信乎其以寧也

林次崖曰聖主得賢臣世道所由泰也聖賢論治莫先乎此此頌而盡其理格言矣何不一而足且其所多人

馮君卿曰忠誠惻怛之意藹然言外

和字乃一篇綱紀

劉向條災異封事

臣聞幸得以骨肉備九卿。奉法不謹。乃復蒙恩。竊見災異並起。天地失常。徵表爲國。欲終不言。念忠臣雖在甽畝。猶不忘君。惓惓之義也。况重以骨肉之親。又加以舊恩未報乎。欲竭愚誠。又恐越職。然惟二恩未報。忠臣之義。一杼愚意。退就農畝。死無所恨。臣聞舜命九官。濟濟相讓。和之至也。衆賢和於朝。則萬物和於野。故簫韶九成。而鳳凰來儀。擊石拊石。百獸率舞。四海之內。靡不和寧。及至周文

引詩書者當法此體

開基西郊雜遝衆賢罔不肅和崇推讓之風以銷分爭之訟文王既沒周公思慕歌詠文王之德其詩曰於穆清廟肅雍顯相濟濟多士秉文之德當此之時武王周公繼政朝臣和於內萬國驩於外故盡得其驩心以事其先祖其詩曰有來雍雍至止肅肅相維辟公天子穆穆言四方皆以和來也諸侯和於下天應報於上周頌曰降福穰穰又曰飴我釐麰釐麰麥也始自天降此皆以和致和獲天助也下至幽厲之際朝廷不和轉相非怨詩人

疾而憂之曰。民之無良相怨一方。衆小在位而從邪議歙歙相是而背君子。故其詩曰。歙歙訿訿。亦孔之哀。謀之其臧則具是違。謀之不臧則具是依。君子獨處守正。不撓衆枉。勉彊以從王事。則反見憎毒讒愬。故其詩曰。密勿從事。不敢告勞。無罪無辜。讒口嗸嗸。當是之時。日月薄蝕而無光。其詩曰。朔日辛卯。日有蝕之。亦孔之醜。又曰。彼月而微。此日而微。今此下民。亦孔之哀。又曰。日月鞠凶。不用其行。四國無政。不用其良。天變見於上。地變動於下。水泉沸騰。山谷易處。其詩曰。百川沸騰。山冢卒崩。高岸爲谷。深谷爲陵。哀今之人。胡憯莫懲。霜降失節。不以其時。其詩曰。正月繁霜。我心憂傷。民之訛言。亦孔之將。言民以是爲非。甚衆大也。此皆不和。賢不肖易位之所致也。自此之後。天下大亂。篡殺殃禍並作。厲王奔彘。幽王見殺。至乎平王末年。魯隱之始即位也。周大夫祭伯乖離不和。出奔於魯。而春秋爲諱。不言來奔。傷其禍殃自此始也。是後尹氏世卿而專恣。諸侯皆畔而不朝。周室卑微。

向氏曰春秋災異之徵敘次錯綜有法

二百四十二年之間。日食三十六。地震五。山林崩阤二。彗星三見。夜常星不見。夜中星隕如雨一。火災十四。長狄入三國。五石隕墜。六鶂退飛。多麋。有域。蜚。鸜鵒來巢者。皆一見。晝冥晦。雨木氷。李梅冬實。七月霜降。草木不死。八月殺菽。大雨雹。雨雪。雷霆失序相乘。水旱饑蝝螽螟蠭午並起。當是時。禍亂輒應。弑君三十六。亡國五十二。諸侯奔走不得保其社稷者。不可勝數也。周室多禍。晉敗其師於貿戎。伐其郊。鄭傷桓王。戎執其使衛侯朔召不在

柯氏曰把前面和不和兩段挖收在此然後說入時事正文章大關鍵處

齊逆命而助朔五大夫爭權三君更立莫能正理遂至陵夷不能復興由此觀之和氣致祥乖氣致異祥多者其國安異衆者其國危天地之常經古今之通義也今陛下開三代之業招文學之士優游寬容使得並進今賢不肖渾殽白黑不分邪正雜揉忠讒並進章交公車人滿北軍朝臣舛午膠戾乖剌更相讒愬轉相是非傳授增加文書紛糾前後錯謬毀譽渾亂所以營惑耳目感移心意不可勝載分曹爲黨往往羣朋將同心以陷正臣正

馮君卿曰正臣進者以後觀得最反覆

董浔陽曰條災異全是論天人感應之理仲舒而後

臣進者治之表也正臣陷者亂之機也乘治亂之機未知孰任而災異數見此臣所以寒心者也夫乘權藉勢之人子弟鱗集於朝羽翼陰附者衆輻湊於前毀譽將必用以終乖離之咎是以日月無光雪霜夏隕海水沸出陵谷易處列星失行皆怨氣之所致也夫遵衰周之軌迹循詩人之所刺而欲以成太平致雅頌猶郤行而求及前人也初元以來六年矣按春秋六年之中災異未有稠如今日者也夫有春秋之異無孔子之救猶不能解紛

此爲再觀

董溥陽曰否泰消長是大道理

況甚於春秋乎原其所以然者讒邪並進也讒邪之所以並進者由上多疑心既以用賢人而行善政如或譖之則賢人退而善政還夫執狐疑之心者來讒賊之口持不斷之意者開羣枉之門讒邪進則衆賢退羣枉盛則正士消故易有否泰小人道長君子道消君子道消則政日亂故爲否否者閉而亂也君子道長小人道消小人道消則政日治故爲泰泰者通而治也詩又云雨雪瀌瀌見晛聿消與易同義昔者鯀共工驩兜與舜禹雜處堯

朝周公與管蔡並居周位當是時迭進相毀流言相謗豈可勝道哉帝堯成王能賢舜禹周公而消共工管蔡故以大治榮華至今孔子與季孟偕仕於魯李斯與叔孫俱宦於秦定公始皇賢季孟李斯而消孔子叔孫故以大亂污辱至今故治亂榮辱之端在所信任信任既賢在於堅固而不移詩云我心匪石不可轉也言守善篤也易曰渙汗其大號言號令如汗汗出而不反者也今出善令未能踰時而反是反汗也用賢未能三旬而退是轉

董潯陽曰：總收叠下三句，甚精采有法。

石也。論語曰：見不善如探湯。今二府奏佞諂不當在位，歷年而不去，故出令則如反汗，用賢則如轉石，去佞則如拔山，如此望陰陽之調，不亦難乎？是以羣小窺見間隙，緣飾文字，巧言醜詆，流言飛文，譁於民間。故詩云：憂心悄悄，慍于羣小。小人成羣，誠足恤也。昔孔子與顔淵、子貢更相稱譽，不爲朋黨；禹、稷與臯陶傳相汲引，不爲比周。何則？忠於爲國，無邪心也。故賢人在上位，則引其類而聚之於朝。易曰：飛龍在天，大人聚也。在下位，則思與其類茅鹿門曰：收盡前面許多話頭，一氣說下，無纖毫滲。

俱進。易曰：拔茅茹以其彙，征吉。在上則引其類，在下則推其類。故湯用伊尹，不仁者遠，而衆賢至，類相致也。今佞邪與賢臣並在交戟之內，合黨共謀，違善依惡，歙歙訿訿，數設危險之言，欲以傾移主上。如忽然用之，此天地之所以先戒，災異之所以重至者也。自古明聖，未有無誅而治者也。故舜有四放之罰，而孔子有兩觀之誅，然後聖化可得而行也。今以陛下明知，誠深思天地之心，迹察兩觀之誅，覽否泰之卦，觀雨雪之詩，歷周唐之所進以

漏

爲法原秦魯之所消以爲戒考祥應之福省災異之禍以揆當世之變放遠佞邪之黨壞散險詖之聚杜閉羣枉之門廣開衆正之路決斷狐疑分別猶豫使是非炳然可知則百異消滅而衆祥並至太平之基萬世之利也臣幸得託肺附誠見陰陽不調不敢不通所聞竊推春秋災異以救今事一二條其所以不宜宣泄臣謹重封昧死上

黄貞甫曰文四大段次序有經術在風議奐然成篇

秦漢文鈔卷五

西漢

劉向極諫外家封事

黄貞甫曰危激之談讀之毛竪

臣聞人君莫不欲安，然而常危，莫不欲存，然而常亡，失御臣之術也。夫大臣操權柄，持國政，未有不爲害者也。昔晉有六卿，齊有田崔，衞有孫甯，魯有季孟，常掌國事，世執朝柄，終後田氏取齊，六卿分晉，崔杼弑其君光，孫林父甯殖出其君衎，弑其君剽，季氏八佾舞於庭，三家者以雍徹，並專國政，卒逐昭公。周大夫尹氏。筦朝事。濁亂王室。子朝子猛更立。連年乃定。故經曰。王室亂。又曰。尹氏殺王子克。甚之也。春秋舉成敗。錄禍福。如此類甚衆。皆陰盛而陽微。下失臣道之所致也。故書曰。臣之有作威作福。害于而家。凶于而國。孔子曰。祿去公室。政逮大夫。危亡之兆。秦昭王舅穰侯及涇陽葉陽君。專國擅勢。上假太后之威。三人者。權重於昭王家。富於秦國。國甚危殆。賴寤范雎之言而秦復存。二世委任趙高。專權自恣。壅蔽大臣。終有閻樂望夷

馮君卿曰諭得激切

之禍。秦遂以亡。近事不遠。卽漢所代也。漢興諸呂無道。擅相尊王。呂産呂祿。席太后之寵。據將相之位。兼南北軍之衆。擁梁趙王之尊。驕盈無厭欲危劉氏。賴忠正大臣絳侯朱虛侯等。竭誠盡節以誅滅之。然後劉氏復安。今王氏一姓。乘朱輪華轂者二十三人。青紫貂蟬。充盈幄內。魚鱗左右。大將軍秉事用權。五侯驕奢僭盛。並作威福。擊斷自恣。行汙而寄治。身私而託公。依東宮之尊。假甥舅之親。以爲威重。尚書九卿。州牧郡守。皆出其門。筦執樞

機。朋黨比周。稱譽者登進。忤恨者誅傷。游談者助
之說。執政者爲之言。排擯宗室。孤弱公族。其有智
能者。尤非毀而不進。遠絶宗室之任。不令得給事
朝省。恐其與已分權。數稱燕王蓋主以疑上心。避
諱呂霍而弗肯稱。內有管蔡之萌。外假周公之論。
兄弟據重。宗族磐互。歷上古至秦漢外戚僭貴未
有如王氏者也。雖周皇甫。秦穰侯。漢武安呂霍上
官之屬皆不及也。物盛必有非常之變先見。爲其
人微象孝昭帝時冠石立於泰山。仆柳起於上林

馮君卿曰痛切

而孝宣帝卽位。今王氏先祖墳墓在濟南者。其梓柱生枝葉。扶疏上出屋。根垂地中。雖立石起柳無以過此之明也。事勢不兩大。王氏與劉氏亦且不並立。如下有泰山之安。則上有累卵之危。陛下爲人子孫。守持宗廟。而令國祚移於外戚。降爲皁隷。縱不爲身。柰宗廟何。婦人內夫家。外父母家。此亦非皇太后之福也。孝宣皇帝不與舅平昌樂昌侯權。所以全安之也。夫明者起福於無形。銷患於未然。宜發明詔。吐德音。援近宗室。親而納信。黜遠外

轉有法

戚。毋授以政。皆罷令就第。以則效先帝之所行。厚
安外戚。全其宗族。誠東宮之意。外家之福也。王氏
永存。保其爵祿。劉氏長安。不失社稷。所以褒睦外
內之姓。子子孫孫。無疆之計也。如不行此策。田氏
復見於今。六卿必起於漢。爲後嗣憂。昭昭甚明。不
可不深圖。不可不蚤慮。易曰。君不密則失臣。臣不
密則失身。幾事不密則害成。唯陛下深留聖思。審
固幾密。覽往事之戒。以折中取信。居萬安之實。用
保宗廟。久承皇太后。天下幸甚。

唐荊川曰向諸疏皆善敘事

開闔之法備
在此疏

劉向諫起昌陵疏

臣聞易曰。安不忘危。存不忘亡。是以身安而國家可保也。故聖賢之君。博觀終始。窮極事情。而是非分明。王者必通三統。明天命所授者博。非獨一姓也。孔子論詩。至於殷士膚敏。祼將于京。喟然歎曰。大哉天命。善不可不傳於子孫。是以富貴無常。不如是。則王公其何以戒愼。民萌何以勸勉。蓋傷微子之事周。而痛殷之亡也。雖有堯舜之聖。不能化丹朱之子。雖有禹湯之德。不能訓末孫之桀紂。自古及今。未有不亡之國也。昔高帝既滅秦。將都雒陽。感寤劉敬之言。自以德不及周而賢於秦。遂徙都關中。依周之德。因秦之阻。世之長短。以德爲效。故常戰栗不敢諱亡。孔子所謂富貴無常。蓋謂此也。孝文皇帝居霸陵。北臨廁。意悽愴悲懷。顧謂羣臣曰。嗟乎。以北山石爲椁。用紵絮斮陳漆其間。豈可動哉。張釋之進曰。使其中有可欲。雖錮南山猶有隙。使其中無可欲。雖無石椁。又何感焉。夫死者無終極。而國家有廢興。故釋之之言。爲無窮計也。

孝文瘞焉。遂薄葬。不起山墳。易曰。古之葬者。厚衣之以薪。藏之中野。不封不樹。後世聖人易之以棺槨。棺槨之作。自黄帝始。黄帝葬於橋山。堯葬濟陰。丘壠皆小。葬具甚微。舜葬蒼梧。二妃不從。禹葬會稽。不改其列。殷湯無葬處。文武周公葬於畢。秦穆公葬於雍橐泉宮祈年館下。樗里子葬於武庫。皆無丘壠之處。此聖帝明王賢君智士。遠覽獨慮無窮之計也。其賢臣孝子。亦承命順意而薄葬之。此誠奉安君父。忠孝之至也。夫周公武王弟也。葬兄甚微孔子葬母於防稱古墓而不墳曰丘東西南北之人也不可不識也爲四尺墳遇雨而崩弟子脩之以告孔子孔子流涕曰吾聞之古者不脩墓蓋非之也延陵季子適齊而反其子死於嬴博之間穿不及泉斂以時服封墳掩坎其高可隱而號曰骨肉歸復於土命也魂氣則無不之也夫嬴博去吳千有餘里季子不歸葬孔子往觀曰延陵季子於禮合矣故仲尼孝子而延陵慈父舜禹忠臣周公弟弟其葬君親骨肉皆微薄矣非苟爲儉誠

便於體也。宋桓司馬爲石槨。仲尼曰。不如速朽。秦相呂不韋。集知畧之士而造春秋。亦言薄葬之義。皆明於事者也。逮至吳王闔閭。違禮厚葬。十有餘年。越人發之。及秦惠文武昭嚴襄五王。皆大作丘隴。多其瘞藏。咸盡發掘暴露。甚足悲也。秦始皇帝葬于驪山之阿。下錮三泉。上崇山墳。其高五十餘丈。周回五里有餘。石槨爲游館。人膏爲燈燭。水銀爲江海。黃金爲鳧鴈。珍寶之藏。機械之變。棺槨之麗。宮館之盛。不可勝原。又多殺宮人。生薶工匠。計

以萬數。天下苦其役而反之。驪山之作未成。而周
章百萬之師。至其下矣。項籍燔其宮室營宇。往者
咸見發掘。其後牧兒亡羊。羊入其鑿。牧者持火照
求羊。失火燒其藏槨。自古及今。葬未有盛如始皇
者也。數年之間。外被項籍之災。內罹牧豎之禍。豈
不哀哉。是故德彌厚者葬彌薄。知愈深者葬愈微。
無德寡知。其葬愈厚。丘隴彌高。宮廟甚麗。發掘必
速。由是觀之。明暗之效。葬之吉凶。昭然可見矣。周
德既衰而奢侈。宣王賢而中興。更爲儉宮室。小寢

廟。詩人美之。斯干之詩是也。上章道宮室之如制。下章言子孫之衆多也。及魯嚴公刻飾宗廟多築臺囿。後嗣再絕。春秋刺焉。周宣如彼而昌。魯泰如此而絕。是則奢儉之得失也。陛下即位。躬親節儉。始營初陵。其制絕小。天下莫不稱賢明。及徙昌陵。增埤爲高。積土爲山。發民墳墓積以萬數。營起邑居。期日迫卒。功費大萬百餘。死者恨於下。生者愁於上。怨氣感動陰陽因之以饑饉。物故流離以千萬數。臣甚惛焉。以死者爲有知。發人之墓其害多

金無逃路

矣。若其無知。又安用大謀之賢知則不說。以示衆
庶則苦之。若苟以說。愚夫淫侈之人。又何爲哉。陛
下慈仁篤美甚厚。聰明疏達蓋世。宜弘漢家之德。
崇劉氏之美。光昭五帝三王。而顧與暴秦亂君。競
爲奢侈。比方丘隴。說愚夫之目。隆一時之觀。違賢
知之心。亡萬世之安。臣竊爲陛下羞之。唯陛下上
覽明聖黄帝堯舜禹湯文武周公仲尼之制。下觀
賢知穆公延陵樗里張釋之之意。孝文皇帝去墳
薄葬以儉安神。可以爲則。秦昭始皇增山厚藏以

後生害足以爲戒。初陵之撫。宜從公卿大臣之議。以息衆庶。

黄貞甫曰俯仰興亡之際令人慨然大是達論而次第古以來

至爭修偷得失斤斤有神文情而情至文章之鉅材也

劉向論甘延壽陳湯功

郅支單于囚殺使者吏士以百數。事暴揚外國。傷威毀重。羣臣皆閔焉。陛下赫然欲誅之。意未嘗有忘。西域都護延壽副校尉湯。承聖指。倚神靈。總百蠻之君。攬城郭之兵。出百死。入絕域。遂蹈康居。屠三重城。搴歙侯之旗。斬郅支之首。縣旌萬里之外。揚威昆山之西。掃谷吉之恥。立昭明之功。萬夷慴伏。莫不懼震。呼韓邪單于見郅支已誅。且喜且懼。鄉風馳義。稽首來賓。願守北藩。累世稱臣。立千載之功建萬世之安羣臣之勳莫大焉昔周大夫方叔吉甫爲宣王討玁狁而百蠻從其詩曰嘽嘽焞焞如霆如雷顯允方叔征伐玁狁蠻荊來威易曰有嘉折首獲匪其醜言美誅首惡之人而諸不順者皆來從也今延壽湯所誅震雖易之折首詩之雷霆不能及也論大功者不錄小過舉大美者不疵細瑕司馬法曰軍賞不踰月欲民速得爲善之利也蓋急武功重用人也吉甫之歸周厚賜之其詩曰吉甫宴喜既多受祉來歸自鎬我行永久千

里之鎬。猶以爲遠。況萬里之外。其勤至矣。延壽湯既未獲受祉之報。反屈捐命之功。久挫於刀筆之前。非所以勸有功厲戎士也。昔齊桓公。前有尊周之功。後有滅項之罪。君子以功覆過。而爲之諱行事。貳師將軍李廣利捐五萬之師。靡億萬之費。經四年之勞。而僅獲駿馬三十匹。雖斬宛王母鼓之首。猶不足以復費。其私罪惡甚多。孝武以爲萬里征伐。不錄其過。遂封拜兩侯三卿二千石百有餘人。今康居國彊於大宛。郅支之號。重於宛王。殺使

揔得妙劇家
獨擅之法

者罪甚於留馬而延壽湯不煩漢士不費斗糧比於貳師功德百之且常惠隨欲擊之烏孫鄭吉迎自來之日逐猶皆裂土受爵故言威武勤勞則大於方叔吉甫列功覆過則優於齊桓貳師近事之功則高於安遠長羅而大功未著小惡數布臣竊痛之宜以時解縣通籍除過勿治尊寵爵位以勸有功

劉致堂曰蔺晁云矯大而功小者罪之可也愚謂功有小大矣矯有小大乎哉如甘陳之才氣别加任使而後報之未晚也

平正通達

莊重

匡衡論治性正家疏

臣聞治亂安危之機在乎審所用心蓋受命之王務在創業垂統傳之無窮繼體之君心存於承宣先王之德而褒大其功昔者成王之嗣位思述文武之道以養其心休烈盛美皆歸之二后而不敢專其名是以上天歆享鬼神祐焉其詩曰念我皇祖陟降庭止言成王常思祖考之業而鬼神祐助其治也陛下聖德天覆子愛海內然陰陽未和姦邪未禁者殆論議者未丕揚先帝之盛功爭言制

黄貞甫曰是人人對病藥

度不可用也務變更之所更或不可行而復復之是以羣下更相是非吏民無所信臣竊恨國家釋樂成之業而虛爲此紛紛也願陛下詳覽統業之事留神於遵制揚功以定羣下之心大雅曰無念爾祖聿脩厥德孔子著之孝經首章蓋至德之本也傳曰審好惡理情性而王道畢矣能盡其性然後能盡人物之性能盡人物之性可以贊天地之化治性之道必審已之所有餘而強其所不足蓋聰明疏通者戒於大察寡聞少見者戒於雍蔽勇

馮君卿曰當好惡至崇聖德一段乃大學誠意正心爭句句名言

猛剛強者戒於大暴仁愛溫良者戒於無斷湛靜安舒者戒於後時廣心浩大者戒於遺忘必審已之所當戒而齊之以義然後中和之化應而巧僞之徒不敢比周而望進唯陛下戒所以崇聖德臣又聞室家之道脩則天下之理得故詩始國風禮本冠婚始乎國風原情性而明人倫也本乎冠婚正基兆而防未然也福之興莫不本乎室家道之衰莫不始乎梱內故聖王必慎妃后之際別適長之位禮之於內也卑不踰尊新不先故所以統人

情而理陰氣也其尊適而卑庶也適子冠乎阼禮之用醴衆子不得與列所以貴正體而明嫌疑也非虛加其禮文而已乃中心與之殊異故禮探其情而見之外也聖人動靜游讌所親物得其序得其序則海內自脩百姓從化如當親者疏當尊者卑則佞巧之姦因時而動以亂國家故聖人慎防其端禁於未然不以私恩害公義陛下聖德純備莫不脩正則天下無爲而治詩曰于以四方克定厥家傳曰正家而天下定矣

林次崖曰兼理透徹純粹可爲通經之儒

黃貞甫曰緣飾經術其言燦然條達

匡衡戒妃匹勸經學疏

陛下秉至孝。哀傷思慕。不絕於心。未有游虞弋射之宴。誠隆於慎終。追遠無窮已也。竊願陛下雖聖性得之。猶復加聖心焉。詩云。煢煢在疚。言成王喪畢。思慕意氣未能平也。蓋所以就文武之業。崇大化之本也。臣又聞之師曰。妃匹之際。生民之始。萬福之原。婚姻之禮正。然後品物遂而天命全。孔子論詩以關雎爲始。言太上者民之父母。后夫人之行。不侔乎天地。則無以奉神靈之統。而理萬物之宜故詩曰窈窕淑女君子好逑言能致其貞淑不貳其操情欲之感無介乎容儀宴私之意不形乎動靜夫然後可以配至尊而爲宗廟主此綱紀之首王教之端也自上世以來三代興廢未有不由此者也願陛下詳覽得失盛衰之效以定大基采有德戒聲色近嚴敬遠技能竊見聖德純茂專精詩書好樂無厭臣衡材駑無以輔相善義宣揚德音臣聞六經者聖人所以統天地之心著善惡之歸明吉凶之分通人道之正使不悖於其本性者

也故審六藝之指則天人之理可得而和草木昆蟲可得而育此永永不易之道也及論語孝經聖人言行之要宜究其意臣又聞聖王之自爲動靜周旋奉天承親臨朝饗臣物有節文以章人倫蓋欽翼祗栗事天之容也溫恭敬遜承親之禮也正躬嚴恪臨衆之儀也嘉惠和說饗下之顏也舉錯動作物遵其儀故形爲仁義動爲法則孔子曰德義可尊容止可觀進退可度以臨其民是以其民畏而愛之則而象之大雅云敬慎威儀惟民之則

諸侯正月朝覲天子。天子惟道德。昭穆穆以視之又觀以禮樂。饗醴迺歸。故萬國莫不獲賜祉福。蒙化而成俗。今正月初幸路寢臨朝賀。置酒以饗萬方。傳曰。君子慎始。願陛下留神動靜之節。使羣下得望盛德休光以立基禎。天下幸甚。

眞西山曰衡之奏對在漢儒中議論最為近理可為仲舒之亞

林次崖曰議論滚滚皆聖賢道理詞復宣暢

匡衡政治得失疏

臣聞五帝不同樂。三王各異教。民俗殊務。所遇之時異也。陛下躬聖德。開太平之路。閔愚吏民。觸法抵禁。比年大赦。使百姓得改行自新。天下幸甚。臣竊見大赦之後。姦邪不爲衰止。今日大赦。明日犯法。相應入獄。此殆導之未得其務也。葢保民者陳之以德義。示之以好惡。觀其失而制其宜。故動之而和。綏之而安。今天下俗貪財賤義。好聲色。上侈靡。廉恥之節薄。淫辟之意縱。綱紀失序。疏者踰內。

親戚之恩薄。婚姻之黨隆。苟合徼幸。以身設利。不
改其原。雖歲赦之。刑猶難使錯而不用也。臣愚以
爲宜壹曠然大變其俗。孔子曰。能以禮讓爲國乎
何有。朝廷者。天下之楨榦也。公卿大夫。相與循禮
恭讓。則民不爭。好仁樂施。則下不暴。上義高節。則
民興行。寬柔和惠。則衆相愛。四者。明主之所以不
嚴而成化也。何者。朝有變色之言。則下有爭鬬之
患。上有自專之主。則下有不讓之人。上有克勝之
佐。則下有傷害之心。上有好利之臣。則下有盜竊

歐陽氏曰治天下者審所上一句收拾上文許多意

之民此其本也今俗吏之治皆不本禮讓而上克暴或忮害好陷人於罪貪財而慕勢故犯法者衆奸邪不止雖嚴刑峻法猶不爲變此非其天性有由然也臣竊考國風之詩周南召南被賢聖之化深故篤於行而廉於色鄭伯好勇而國人暴虎秦穆貴信而士多從死陳夫人好巫而民淫祀晉侯好儉而民畜聚太王躬仁邠國貴恕由是揆之治天下者審所上而已今之僞薄忮害不讓極矣臣聞教化之流非家至而人說之也賢者在位能者

思是一篇大關鍵

布職。朝廷崇禮。百僚敬讓。道德之行。由內及外。自近者始。然後民知所法。遷義樂進而不自知。是以百姓安。陰陽和。神靈應而嘉祥見。詩曰。商邑翼翼。四方之極。壽考且寧。以保我後生。此成湯所以建至治。保子孫。化異俗。而懷鬼方也。今長安天子之都。親承聖化。然其習俗無以異於遠方。郡國來者無所法則。或見侈靡而放效之。此教化之原本。風俗之樞機。宜先正者也。臣聞天人之際。精祲有以相盪。善惡有以相推。事作乎下者。象動乎上。陰陽之理各應其感陰變則靜者動陽蔽則明者晻水旱之災隨類而至今關東連年饑饉百姓乏困或至相食此皆生於賦歛多民所共者大而吏安集之不稱之效也陛下祗畏天戒哀閔元元大自減損省甘泉建章宮衞罷珠厓偃武行文將欲度唐虞之隆絕殷周之衰也諸見罷珠厓詔書者莫不欣欣人自以將見太平也宜遂減宮室之度省靡麗之飾考制度脩外內近忠正遠巧佞放鄭衞進雅頌舉異材開直言任温良之人退刻薄之吏顯

潔白之士。昭無欲之路。覽六藝之意。察上世之務。明自然之道。博和睦之化。以崇至仁。匡失俗。易民視。令海內昭然咸見本朝之所貴。道德弘於京師。淑問揚乎疆外。然後大化可成。禮讓可興也。

黄貞甫曰頌述者天下之楨幹治天下者審所上此最是理要

馮君卿曰仁義利字一篇眼目

蕭望之入粟贖罪議

民函陰陽之氣，有仁義欲利之心，在教化之所助。雖堯在上，不能去民欲利之心，而能令其欲利不勝其好義也。雖桀在上，不能去民好義之心，而能令其好義不勝其欲利也。故堯桀之分，在於義利而已。道民不可不慎也。今欲令民量粟以贖罪，如此則富者得生，貧者獨死，是貧富異刑，而法不壹也。人情貧窮，父兄囚執，聞出財得以生活，為人子弟者，將不顧死亡之患，敗亂之行，以赴財利，求救

此段老練而議論亦佳

親戚。一人得生。十人以喪。如此。伯夷之行壞。公綽之名滅。政教壹傾。雖有周召之佐。恐不能復古者藏於民。不足則取。有餘則與。詩曰。爰及矜人哀此鰥寡。上惠下也。又曰。雨我公田。遂及我私。下急上也。今有西邊之役。民失作業。雖戶賦口斂。以贍其困乏。古之通義。百姓莫以爲非。以死救生。恐未可也。陛下布德施教。教化既成。堯舜亡以加也。今議開利路以傷既成之化。臣竊痛之。

鄭東卿曰此精只就事躰議不務修飾之詞而意思敷暢漢文之更佳者

茅鹿門曰言婉而意復

谷永日食地震對

陛下秉至聖之純德。懼天地之戒異。飭身脩政。納問公卿。又下明詔。帥舉直言。燕見紬繹。以求咎愆。使臣等得造明朝。承聖問。臣才朽學淺。不通政事。竊聞明王即位。正五事。建大中。以承天心。則庶徵序於下。日月理於上。如人君淫溺後宮。般樂游田。五事失於躬。大中之道不立。則咎徵降而六極至。凡災異之變。各象過失。以類告人。乃十二月朔戊申日食婺女之分。地震蕭墻之內。二者同日俱發。

以丁寧陛下。厥咎不遠。宜厚求諸身意。豈陛下志
在閨門。未卹政事。不慎舉錯。妻失中與。內寵太盛。
女不遵道。嫉妒專上。妨繼嗣與。古之王者。廢五事
之中。失夫婦之紀。妻妾得意。謁行於內。勢行於外。
至覆傾國家。或亂陰陽。昔褒姒用國。宗周以喪。閻
妻驕扇。日以不臧。此其效也。經曰。皇極。皇建其有
極。傳曰。皇之不極。是謂不建。時則有日月亂行。陛
下踐至尊之祚。爲天下主。奉帝王之職。以統羣生。
方內之治亂。在陛下所執。誠留意於正身。勉強於

力行損燕私之間以勞天下。放去淫溺之樂。罷歸倡優之笑。絕鄧不享之義。慎節游田之虞。起居有常。循禮而動。躬親政事。致行無倦。安服若性。經曰。繼自今嗣王。其毋淫於酒。毋逸於游田。惟正之共。未有身治正而臣下邪者也。夫妻之際。王事綱紀。安危之機。聖王所致慎也。昔舜飭正二女以崇至德。楚莊忍絕丹姬以成伯功。幽王惑於褒姒。周德降亡。魯桓脇於齊女。社稷以傾。誠脩後宮之政。明尊卑之序。貴者不得嫉妒專寵。以絕驕嫚之端。抑

茅鹿門曰永初上书疏內未敢斥言于後宮而外不敢即附于王氏故其言正而無疵

褻闇之亂。賤者咸得秩進。各得厥職。以廣繼嗣之統。息白華之怨。後宮親屬饒之以財。勿與政事。以遠皇父之類。損妻黨之權。未有閨門治而天下亂者也。治遠自近始。習善在左右。昔龍筦納言而帝命惟允。四輔既備。成王靡有過事。誠勑正左右齊栗之臣。戴金貂之飾。執常伯之職者。皆使學先王之道。知君臣之義。濟濟謹孚。無敖戲驕恣之過。則左右肅艾。羣僚仰法。化流四方。經曰。亦惟先正克左右。未有左右正而百官枉者也。治天下者。尊賢

考功則治簡賢違功則亂。誠審思治人之術。歡樂
得賢之福。論材選士。必試於職。明度量以程能。考
功實以定德。無用比周之虛譽。毋聽浸潤之譖愬。
則抱功修職之吏。無蔽傷之憂。比周邪僞之徒。不
得卽工。小人日銷。俊乂日隆。經曰。三載考績。三考
黜陟幽明。又曰。九德咸事。俊乂在官。未有功賞得
於前。衆賢布於官。而不治者也。堯遭洪水之災。天
下分絕爲十二州。制遠之道微而無乖畔之難者。
德厚恩深。無怨於下也。秦居平土。一夫大呼而海

內崩析者。刑罰深酷。吏行殘賊也。夫違天害德爲上取怨於下。莫甚乎殘賊之吏。誠放退殘賊酷暴之吏。錮廢勿用。益選温良上德之士。以親萬姓平刑釋冤。以理民命。務省繇役。毋奪民時。薄收賦稅。毋殫民財使天下黎元。咸安家樂業。不苦踰時之役。不患苛暴之政。不疾酷烈之吏。雖有唐堯之大災。民無離上之心。經曰。懷保小民。惠于鰥寡。未有德厚吏良而民畔者也。臣聞災異皇天所以譴告人君過失猶嚴父之明誡。畏懼敬改。則禍銷福降忽然簡易。則咎罰不除。經曰。饗用五福。威用六極。傳曰。六沴作見。若不共御。六罰既侵。六極其下。今三年之間。災異蜂起。小大畢具。所行不享上帝。上帝不豫。炳然甚著。不求之身。無所改正。疏舉廣謀。又不用其言。是循不享之迹。無謝過之實也。天責愈深。此五者王事之綱紀。南面之急務。唯陛下留神。

胡秋宇曰。剴切明暢。論事有法。且逐段之下引經為證。而各下一轉語綴之。此格尤為新奇。

胡龍湄曰發端數語可謂知道之格言

茅鹿門曰出盡奸欺之狀

谷永論神怪

臣聞明於天地之性不可惑以神怪知萬物之情
不可罔以非類諸背仁義之正道不遵五經之法
言而盛稱奇怪鬼神廣崇祭祀之方求報無福之
祠及言世有僊人服食不終之藥遥興輕舉登遐
倒景覽觀縣圃浮游蓬萊耕耘五德朝種暮穫與
山石無極黃冶變化堅冰淖溺化色五倉之術者
皆姦人惑衆挾左道懷詐僞以欺罔世主聽其言
洋洋滿耳若將可遇求之盪盪如繫風捕影終不

可得。是以明王距而不聽。聖人絕而不語。昔周史
萇弘欲以鬼神之術。輔尊靈王會朝諸侯。而周室
愈微。諸侯愈叛。楚懷王隆祭祀。事鬼神。欲以獲福
助。卻秦師。而兵挫地削。身辱國危。秦始皇初并天
下。甘心於神仙之道。遣徐福韓終之屬。多齎童男
童女。入海求神采藥。因逃不還。天下怨恨。漢興。新
垣平。齊人少翁。公孫卿。欒大等。皆以僊人黄冶祭
祠事鬼使物。入海求神。采藥。貴幸。賞賜累千金。大
尤尊盛。至妻公主。爵位重累。震動海內。元鼎元封

收得有斬截

收語作結有韻

之際。燕齊之間。方士瞋目扼腕。言有神僊祭祀致福之術者以萬數。其後平等。皆以術窮詐得誅夷伏辜。至初元中。有天淵玉女。鉅鹿神人。轑陽侯師張宗之姦。紛紛復起。夫周秦之末。三五之隆。已嘗專意散財。厚爵祿。竦精神。舉天下以求之矣。曠日經年。靡有毫氂之驗。足以揆今。經曰。享多儀。儀不及物。惟曰不享。論語說曰。子不語怪神。唯陛下距絕此類。毋令姦人有以窺朝者。

鄭東卿曰此篇首叙左道蠱惑之幻術次叙歷代偏信之禍害及覆攻刺崇正闢邪務引君于常道不特文章之工也

林次崖曰稱湯之功與訟湯之冤處剴切敷暢氣雄語壯

谷永訟陳湯疏

臣聞楚有子玉得臣，文公爲之側席而坐；趙有廉頗、馬服，彊秦不敢窺兵井陘；近漢有郅都、魏尚，匈奴不敢南鄉沙幕。由是言之，戰克之將，國之爪牙，不可不重也。蓋君子聞鼓鼙之聲則思將率之臣。竊見關內侯陳湯，前使副西域都護，忿郅支之無道，閔王誅之不加，策慮愊億，義勇奮發，卒興師奔逝，橫厲烏孫，踰集都賴，屠三重城，斬郅支首，報十年之逋誅，雪邊吏之宿恥，威震百蠻，武暢四海。漢

爲君卿曰只用竊恐陛下七句括盡全篇何等筆力

元以來征伐方外之將未嘗有也今湯坐言事非是幽囚久繫歷時不決執憲之吏欲致之大辟昔白起爲秦將南拔郢都北坑趙括以纖介之過賜死杜郵秦民憐之莫不隕涕今湯親秉鉞席卷喋血萬里之外薦功祖廟告類上帝介冑之士靡不慕義以言事爲罪無赫赫之惡周書曰記人之功忘人之過宜爲君者也夫犬馬有勞於人尚加帷蓋之報況國之功臣者哉竊恐陛下忽於鼓鼙之聲不察周書之意而忘帷蓋之施庸臣遇湯卒從

吏議使百姓介然有秦民之恨。非所以厲死難之臣也。

陳古遷曰劉向劾論與谷永中書一也向言而不顯爭之永言而王鳳右之盖湯得罪于顯而不得罪于鳳故也嗚呼國家功臣私門欲抑則抑之欲全則全之國家何賴哉

唐荆川曰中多格言

賈捐之罷珠厓對

臣幸得遭明盛之朝。蒙危言之策。無忌諱之患。敢眛死竭卷卷。臣聞堯舜聖之盛也。禹入聖域而不優。故孔子稱堯曰大哉。韶曰盡善。禹曰無間。以三聖之德。地方不過數千里。西被流沙。東漸於海。朔南暨聲教。迄於四海。欲與聲教則治之。不欲與者不彊治也。故君臣歌德。含氣之物。各得其宜。武丁成王。殷周之大仁人也。然地東不過江黃。西不過氐羗。南不過蠻荆。北不過朔方。是以頌聲並作。視

唐荆川曰只平平叙事得失自見

聽之類。咸樂其生。越裳氏重九譯而獻。此非兵華之所能致。及其衰也。南征不還。齊桓捄其難。孔子定其文。以至乎秦。興兵遠攻。貪外虛內。務欲廣地。不慮其害。然地南不過閩越。北不過太原。而天下潰畔。禍卒在於二世之末。長城之歌。至今未絕。賴聖漢初興。爲百姓請命。平定天下。至孝文皇帝。閔中國未安。偃武行文。則斷獄數百。民賦四十。丁男三年而一事。時有獻千里馬者。詔曰。鸞旗在前。屬車在後。吉行日五十里。師行日三十里。朕乘千里

數語可謂至言

之馬。獨先安之。於是還馬。與道里費。而下詔曰。朕不受獻也。其令四方毋求來獻。當此之時。逸游之樂絕。奇麗之賂塞。鄭衞之倡微矣。夫後宮盛色則賢者隱處。佞人用事則諍臣杜口。而文帝不行。故諡爲孝文。廟稱太宗。至孝武皇帝。元狩六年。太倉之粟。紅腐而不可食。都內之錢。貫朽而不可校。迺探平城之事。錄冐頓以來。數爲邊害。籍兵厲馬。因富民以攘服之。西連諸國。至於安息。東過碣石。以玄菟樂浪爲郡。北郤匈奴萬里。更起營塞。制南海

潙君卿曰父戰數句摹寫真切

茅鹿門曰此見用兵廣地之害讀之酸鼻

以爲八郡。則天下斷獄萬數。民賦數百。造鹽鐵酒榷之利。以佐用度猶不能足。當此之時。寇賊並起。軍旅數發。父戰死於前。子鬭傷於後。女子乘亭鄣。孤兒號於道。老母寡婦飲泣巷哭。遥設虛祭想魂乎萬里之外。淮南王盜寫虎符。陰聘名士。關東公孫勇等。詐爲使者。是皆廓地泰大。征伐不休之故也。今天下獨有關東。關東大者。獨有齊楚。民衆久困。連年流離。離其城郭。相枕席於道路。人情莫親父母。莫樂夫妻。至嫁妻賣子。法不能禁。義不能止

言甚激切

此社稷之憂也。今陛下不忍悁悁之忿。欲驅士衆擠之大海之中。快心幽冥之地。非所以救助饑饉保全元元也。詩云。蠢爾蠻荆。大邦爲讐。言聖人起則後服。中國衰則先畔。動爲國家難。自古而患之久矣。何况迺復其南方萬里之蠻乎。駱越之人父子同川而浴。相習以鼻飲。與禽獸無異。本不足郡縣置也。顓顓獨居一海之中。霧露氣濕。多毒草蟲蛇。水土之害。人未見虜。戰士自死。又非獨珠厓有珠犀瑇瑁也。棄之不足惜。不擊不損威。其民譬猶

董潯陽曰收煞何等鄭重

魚鼈何足貪也臣竊以往者羗軍言之暴師曾未一年兵出不踰千里費四十餘萬萬大司農錢盡廼以少府禁錢續之夫一隅爲不善費尚如此況於勞師遠攻亡士毋功乎求之往古則不合施之當今又不便臣愚以爲非冠帶之國禹貢所及春秋所治皆可且無以爲願遂棄珠厓專用恤關東爲憂

唐仲友曰誅伐珠厓一事與罷助非別自取其死與罷助同不可以人廢言

辨析透徹
道字為主

劉歆移讓太常博士書

昔唐虞既衰而三代迭興。聖帝明王累起相襲。其道甚著。周室既微而禮樂不正。道之難全也如此。是故孔子憂道之不行。歷國應聘。自衞反魯。然後樂正。雅頌乃得其所。脩易序書。制作春秋。以紀帝王之道。及夫子沒而微言絕。七十子終而大義乖。重遭戰國。棄籩豆之禮。理軍旅之陳。孔子之道抑而孫吳之術興。陵夷至於暴秦。燔經書。殺儒士。設挾書之法。行是古之罪。道術由是遂滅。漢興。去聖帝明王遐遠。仲尼之道又絕。法度無所因襲。時獨有一叔孫通。略定禮儀。天下惟有易卜。未有它書。至孝惠之世。乃除挾書之律。然公卿大臣絳灌之屬咸介冑武夫。莫以爲意。至孝文皇帝。始使掌故鼂錯。從伏生受尚書。尚書初出於屋壁。朽折散絕。今其書見在。時師傳讀而已。詩始萌牙。天下衆書。往往頗出。皆諸子傳說。猶廣立於學官。爲置博士。在漢朝之儒。唯賈生而已。至孝武皇帝。然後鄒魯梁趙。頗有詩禮春秋。先師皆起於建元之間。當此之時一人不能獨盡其經。或爲雅。或爲頌。相合而成。泰誓後得。博士集而讀之。故詔書稱曰。禮壞樂崩。書缺簡脫。朕甚閔焉。時漢興已七八十年。離於全經。固已遠矣。及魯恭王壞孔子宅。欲以爲宮。而得古文於壞壁之中。逸禮有三十九。書十六篇。天漢之後。孔安國獻之。遭巫蠱倉卒之難。未及施行。及春秋左氏丘明所脩。皆古文舊書。多者二十餘通。藏於祕府。伏而未發。孝成皇帝。閔學殘文缺。稍離其眞。迺陳發祕藏。校理舊文。得此三事。以考學

句古

官所傳經或脫簡傳或間編傳問民間則有魯國柏公趙國貫公膠東庸生之遺學與此同抑而未施此乃有識者之所惜閔士君子之所嗟痛也往者綴學之士不思廢絕之闕苟因陋就寡分文析字煩言碎辭學者罷老且不能究其一藝信口說而背傳記是末師而非往古至於國家將有大事若立辟雍封禪巡狩之儀則幽冥而莫知其原猶欲保殘守缺挾恐見破之私意而無從善服義之公心或懷妬嫉不考情實雷同相從隨聲是非抑

馮君卿曰辯難有力

此三學以尚書爲備謂左氏爲不傳春秋豈不哀哉今聖上德通神明繼統揚業亦閔文學錯亂學士若茲雖昭其情猶依違謙讓樂與士君子同之故下明詔試左氏可立不遣近臣奉旨銜命將以輔弼扶微與二三君子比意同力冀得廢遺今則不然深閉固距而不肯試猥以不誦絕之欲以杜塞餘道絕滅微學夫可與樂成難與慮始此乃衆庶之所爲耳非所望士君子也且此數家之事皆先帝所親論今上所考視其古文舊書皆有徵驗

外內相應豈苟而已哉夫禮失求之於野古文不
猶愈於野乎往者博士書有歐陽春秋公羊易則
施孟然孝宣皇帝猶廣立穀梁春秋梁丘易大小
夏侯尚書義雖相反猶並置之何則與其過而廢
之也寧過而立之傳曰文武之道未墜於地在人
賢者識其大者不賢者識其小者今此數家之言
所以兼包大小之義豈可偏絕哉若必專已守殘
黨同門妒道真違明詔失聖意以陷於文吏之議
甚爲二三君子不取也

林次崖曰與寶械橐無一
冗語三復方見趣味

劉氏文不弱司馬

劉歆毀廟議

臣聞周室、既衰。四夷並侵。玁狁最彊。於今匈奴是也。至宣王而伐之。詩人美而頌之曰。薄伐玁狁。至于太原。又曰。嘽嘽焞焞。如霆如雷。顯允方叔。征伐玁狁。蠻荆來威。故稱中興。及至幽王。犬戎來伐。殺幽王。取宗器。自是之後。南夷與北夷交侵中國。不絕如綫。春秋紀齊桓。南伐楚。北伐山戎。孔子曰。微管仲。吾其被髮左衽矣。是故棄桓之過。而錄其功以爲伯首。及漢興。冐頓始彊。破東胡。禽月氏。并其土地。地廣兵彊。爲中國害。南越尉佗。總百粵。自稱帝。故中國雖平。猶有四夷之患。且無寧歲。一方有急。三面救之。是天下皆動而被其害也。孝文皇帝。厚以貨賂。與結和親。猶侵暴無已。甚者興師十餘萬衆。近屯京師。及四邊歲發屯備虜。其爲患久矣。非一世之漸也。諸侯郡守。連匈奴及百粵以爲逆者。非一人也。匈奴所殺郡守都尉。畧取人民不可勝數。孝武皇帝。愍中國罷勞。無安寧之時。迺遣大將軍驃騎。伏波樓船之屬。南滅百粵。起七郡。北攘匈奴降昆邪十萬之衆置五屬國起朔方以奪其肥饒之地東伐朝鮮起玄菟樂浪以斷匈奴之左臂西伐大宛并三十六國結烏孫起燉煌酒泉張掖以鬲婼羌裂匈奴之右臂單于孤特遠遁於幕北四垂無事斥地遠境起十餘郡功業既定迺封丞相爲富民侯以大安天下富實百姓其規模可見又招集天下賢俊與協心同謀興制度改正朔易服色立天地之祠建封禪殊官號存周後定諸侯之制永無逆爭之心至今累世賴之單于守藩

百蠻服從。萬世之基也。中興之功。未有高焉者也。高帝建大業。爲太祖。孝文皇帝。德至厚也。爲文太宗。孝武皇帝。功至著也。爲武世宗。此孝宣皇帝所以發德音也。禮記王制及春秋穀梁傳。天子七廟。諸侯五。大夫三。士二。天子七日而殯。七月而葬。此喪事尊卑之序也。與廟數相應。其文曰。天子三昭三穆。與太祖之廟而七。諸侯二昭二穆。與太祖之廟而五。故德厚者流光。德薄者流卑。春秋左氏傳曰。名位不同。禮亦異數。自上以下。降殺以兩。禮也。

關鍵

七者其正法數可常數者也宗不在此數中宗變也苟有功德則宗之不可預爲設數故於殷太甲爲太宗太戊爲中宗武丁曰高宗周公爲毋逸之戒舉殷三宗以勸成王繇是言之宗無數也然則所以勸帝者之功德博矣以七廟言之孝武皇帝未宜毀以所宗言之則不可謂無功德禮記祀典曰夫聖王之制祀也功施於民則祀之以勞定國則祀之能救大災則祀之竊觀孝武皇帝功德皆兼而有焉凡在於異姓猶將特祀之況於先祖或

說天子五廟無見文。又說中宗高宗者，宗其道而毀其廟。名與實異，非尊德貴功之意也。詩云：蔽芾甘棠，勿翦勿伐，召伯所茇。思其人猶愛其樹，況宗其道而毀其廟乎？迭毀之禮自有常法，無殊功異德，固以親疏相推及。至祖宗之序，多少之數，經傳無明文，至尊至重，難以疑文虛說定也。孝宣皇帝舉公卿之議，用衆儒之謀，既以爲世宗之廟，建之萬世，宣布天下。臣愚以爲孝武皇帝功烈如彼，孝宣皇帝崇立之如此，不宜毀。

班氏可見諸儒之議，歆博而篤矣。

條達明徤

梅福論王氏書

臣聞箕子佯狂於殷而爲周陳洪範叔孫通遁秦
歸漢制作儀品夫叔孫先非不忠也箕子非疏其
家而畔其親也不可爲言也昔高祖納善若不及
從諫若轉圜聽言不求其能舉功不考其素陳平
起於亡命而爲謀主韓信拔於行陳而建上將故
天下之士雲合歸漢爭進奇異知者竭其策愚者
盡其慮勇士極其節怯夫勉其死合天下之知并
天下之威是以舉秦如鴻毛取楚若拾遺此高祖

所以亡敵於天下也。孝文皇帝起於代谷，非有周

召之師，伊呂之佐也，循高祖之法，加以恭儉。當此

之時，天下幾平，繇是言之，循高祖之法則治，不循

則亂，何者？秦爲亡道，削仲尼之迹，滅周公之軌，壞

井田，除五等，禮廢樂崩，王道不通，故欲行王道者，

莫能致其功也。孝武皇帝，好忠諫，説至言，出爵不

待廉茂，慶賜不須顯功，是以天下布衣，各厲志竭

精以赴闕廷，自衒鬻者不可勝數，漢家得賢，於此

爲盛。使孝武皇帝聽用其計，升平可致，於是積尸

黄貞甫曰，是殺手

暴骨快心胡越故淮南王安緣間而起所以計慮

不成而謀議泄者以衆賢聚於本朝故其大臣勢

陵不敢和從也方今布衣乃窺國家之隙見間而

起者蜀郡是也及山陽亡徒蘇令之羣蹈藉名都

大郡求黨與索隨和而亡逃匿之意此皆輕量大

臣亡所畏忌國家之權輕故匹夫欲與上爭衡也

士者國之重器得士則重失士則輕詩云濟濟多

士文王以寧廟堂之議非草茅所當言也臣誠恐

身塗野草尸并卒伍故數上書求見輒報罷臣聞

齊桓之時有以九九見者桓公不逆欲以致大也
今臣所言非特九九也陛下距臣者三矣此天下
士所以不至也昔秦武王好力任鄙叩關自鬻繆
公行伯繇余歸德今欲致天下之士民有上書求
見者輒使詣尚書問其所言言可采取者秩以升
斗之祿賜以一束之帛若此則天下之士發憤懣
吐忠言嘉謀日聞於上天下條貫國家表裏爛然
可睹矣夫以四海之廣士民之數能言之類至衆
多也然其儁傑指世陳政言成文章質之先聖而

黄貞甫曰識到之言

不繆施之當世合時務若此者亦亡幾人故爵祿束帛者天下之底石高祖所以厲世磨鈍也孔子曰工欲善其事必先利其器至秦則不然張誹謗之罔以爲漢敺除倒持泰阿授楚其柄故誠能勿失其柄天下雖有不順莫敢觸其鋒此孝武皇帝所以辟地建功爲漢世宗也今不循伯者之道廼欲以三代選舉之法取當世之士猶察伯樂之圖求騏驥於市而不可得亦已明矣故高祖棄陳平之過而獲其謀晉文召天王齊桓用其讐亡益於

時。不顧逆順。此所謂伯道者也。一色成體謂之醇。白黑雜合謂之駁。欲以承平之法。治暴秦之緒。猶以鄉飲酒之禮、理軍市也。今陛下既不納天下之言。又加戮焉。夫戴鵲遭害。則仁鳥增逝。愚者蒙戮。則智士深退。間者愚民上疏。多觸不急之法。或下廷尉而死者衆。自陽朔以來。天下以言爲諱。朝廷尤甚。羣臣皆承順上指。莫有執正。何以明其然也。取民所上書。陛下之所善。試下之廷尉。廷尉必曰非所宜言。大不敬。以此卜之。一矣。故京兆尹王章。

資質忠直。敢面引廷爭。孝元皇帝擢之。以厲具臣而矯曲朝。及至陛下。戮及妻子。且惡惡止其身。王章非有反畔之辜而殃及家。折直士之節。結諫臣之舌。羣臣皆知其非。然不敢爭。天下以言爲戒。最國家之大患也。願陛下循高祖之軌。杜亡秦之路。數御十月之歌。留意亡逸之戒。除不急之法。下亡諱之詔。博覽兼聽。謀及疏賤。令深者不隱。遠者不塞。所謂辟四門。明四目也。且不急之法。誹謗之微者也。往者不可及。來者猶可追。方今君命犯而主

馮君卿曰此書本論王氏

至此方見本意，先泛論而後漸入實事，自是論事之法，況當時王氏方盛，尤不可直言之者

威奪外戚之權，日以益隆。陛下不見其形，願察其景。建始以來，日食地震，以率言之，三倍春秋，水災亡與比數。陰盛陽微，金鐵爲飛，此何景也。漢興以來，社稷三危，呂、霍、上官，皆母后之家也。親親之道，全之爲右，當與之賢師良傅，教以忠孝之道。今迺尊寵其位，授以魁柄，使之驕逆，至於夷滅，此失親親之大者也。自霍光之賢，不能爲子孫慮，故權臣易世則危。書曰：「毋若火，始庸庸。」勢陵於君，權隆於主，然後防之，亦亡及已。

唐荆川曰此篇甚說甚不事絕前頗有奇氣

此文照應關鍵波瀾頓挫種種似古

楊雄諫不受單于朝書

臣聞六經之治貴於未亂兵家之勝貴於未戰二者皆微然而大事之本不可不察也今單于上書求朝國家不許而辭之臣愚以爲漢與匈奴從此隙矣本北地之狄五帝所不能臣三王所不能制其不可使隙甚明臣不敢遠稱請引秦以來明之以秦始皇之彊蒙恬之威帶甲四十餘萬然不敢窺西河迺築長城以界之會漢初興以高祖之威靈三十萬衆困於平城士或七日不食時奇譎之

士石畫之臣甚衆卒其所以肬者世莫得而言也。又高皇后嘗忿匈奴羣臣庭議樊噲請以十萬衆橫行匈奴中季布曰噲可斬也妄阿順指於是大臣權書遺之然後匈奴之結解中國之憂平及孝文時匈奴侵暴北邊疾騎至雍甘泉京師大駭發三將軍屯細柳棘門霸上以備之數月廼罷孝武即位設馬邑之權欲誘匈奴使韓安國將三十萬衆徼於便墜匈奴覺之而去徒費財勞師一虜不可得見况單于之面乎其後深惟社稷之計規恢

奇偉

萬載之策廼大興師數十萬使衛青霍去病操兵前後十餘年於是浮西河絕大幕破窴顏襲王庭窮極其地追奔逐北封狼居胥山禪於姑衍以臨翰海虜名王貴人以百數自是之後匈奴震怖益求和親然而未肯稱臣也且夫前世豈樂傾無量之費役無罪之人快心於狼望之北哉以為不一勞者不久佚不暫費者不永寧是以忍百萬之師以摧餓虎之喙運府庫之財填盧山之壑而不悔也至本始之初匈奴有桀心欲掠烏孫侵公主廼

發五將之師十五萬騎獵其南而長羅矦以烏孫五萬騎震其西皆至質而還時鮮有所獲徒奮揚威武明漢兵若風雷耳雖空行空反尚誅兩將軍故北狄不服中國未得高枕安寢也逮至元康神爵之間大化神明鴻恩溥洽而匈奴內亂五單于爭立日逐呼韓邪携國歸死扶伏稱臣然尚羈縻之計不顓制自此之後欲朝者不距不欲者不彊何者外國天性忿鷙形容魁健負力怙氣難化以善易隷以惡其彊難詘其和難得故未服之時勞

決新警

瑰瑋

奇句古調

師遠攻傾國殫貨伏尸流血破堅拔敵如彼之難也既服之後慰薦撫循交接賂遺威儀俯仰如此之備也往時嘗屠大宛之城蹈烏桓之壘探姑繒之壁藉蕩姐之場艾朝鮮之旃拔兩越之旗近不過旬月之役遠不離二時之勞固已犂其庭掃其閭郡縣而置之雲徹席卷後無餘菑惟北狄爲不然眞中國之堅敵也三垂比之懸矣前世重之兹甚未易可輕也今單于歸義懷款誠之心欲離其庭陳見於前此迺上世之遺策神靈之所想望國

家雖貴不得已者也奈何距以來厭之辭疏以無
日之期消往昔之恩開將來之隙夫欵而隙之使
有恨心負前言緣往辭歸怨於漢因以自絕終無
北面之心威之不可諭之不能焉得不爲大憂乎
夫明者視於無形聰者聽於無聲誠先於未然卽
蒙恬樊噲不復施棘門細柳不復備馬邑之策安
所設衛霍之功何得用五將之威安所震不然一
有隙之後雖智者勞心於內辯者轂擊於外猶不
若未然之時也且往者圖西域制車師置城郭都

護三十六國費歲以大萬計者豈爲康居烏孫能踰白龍堆而寇西邊哉廼以制匈奴也夫百年勞之一日失之費十而愛一臣竊爲國不安也惟陛下少留於未亂未戰以遏邊萌之禍

陳古迂曰甚哉處夷狄之難也宣帝雖獲柔遠之虛名深費國家之實力斷而處之既不知其制又從裁其賜楊郎似欠一言而漢庭公卿亦無以處此故曰區處之難

深峭滂沱通
篇具見

楊雄解嘲

客嘲楊子曰：吾聞上世之士，人綱人紀，不生則已，生則上尊人君，下榮父母，析人之珪，儋人之爵，懷人之符，分人之祿，紆青拖紫，朱丹其轂。今子幸得遭明盛之世，處不諱之朝，與羣賢同行，歷金門，上玉堂有日矣，曾不能畫一奇，出一策，上說人主，下談公卿，目如耀星，舌如電光，壹從壹橫，論者莫當，顧默而作太玄五千文，枝葉扶疏，獨說數十餘萬言。深者入黃泉，高者出蒼天，大者含元氣，纖者入

無倫。然而位不過侍郎擢纔給事黃門。意者玄得
無尚白乎何爲官之拓落也。楊子笑而應之曰客
徒欲朱丹吾轂。不知一跌將赤吾之族也。往者周
網解結。羣鹿爭逸。離爲十二。合爲六七。四分五剖。
並爲戰國。士無常君。國無定臣。得士者富。失士者
貧。矯翼厲翮。恣意所存。故士或自盛以橐。或雜坏
以遁。是故鄒衍以頡頏而取世資。孟軻雖連蹇猶
爲萬乘師。今大漢左東海。右渠搜。前番禺。後陶塗
東南一尉。西北一候。徽以糾墨。製以鑕鈇散以禮

妙句

樂。風以詩書。曠以歲月。結以倚廬。天下之士。雷動雲合。魚鱗雜襲。咸營于八區。家家自以爲稷契。人人自以爲臯陶。戴縰垂纓。而談者皆擬於阿衡。五尺童子。羞比晏嬰與夷吾。當塗者升青雲。失路者委溝渠。旦握權則爲卿相。夕失勢則爲匹夫。譬若江湖之崖。渤澥之島。乘鴈集不爲之多。雙鳧飛不爲之少。昔三仁去而殷墟。二老歸而周熾。子胥死而吳亡。種蠡存而越霸。五羖入而秦喜。樂毅出而燕懼。范雎以折摺而危穰侯。蔡澤以噤吟而笑唐

李九我曰數句收拾得好

茅鹿門曰道出世故人情無復餘蘊

舉。故當其有事也。非蕭曹子房平勃樊霍則不能安。當其無事也章句之徒相與坐而守之。亦無所患。故世亂則聖哲馳騖而不足。世治則庸夫高枕而有餘。夫上世之士。或解縛而相。或釋褐而傅。或倚夷門而笑。或橫江潭而漁。或七十說而不遇。或立談間而封侯。或枉千乘於陋巷。或擁帚彗而先驅。是以士頗得信其舌而奪其筆。窒隙蹈瑕而無所詘也。當今縣令不請士。郡守不迎師。羣卿不揖客。將相不俛首。言奇者見疑。行殊者得辟。是以談者卷舌而同聲，欲行者擬足而投迹。鄉使上世之士處乎今世，策非甲科，行非孝廉，舉非方正，獨可抗疏，時道是非，高得待詔，下觸聞罷，又安得青紫？且吾聞之，炎炎者滅，隆隆者絶；觀雷觀火，爲盈爲實，天收其聲，地藏其熱。高明之家，鬼瞰其室。攫挐者亡，默默者存；位極者宗危，自守者身全。是故知玄知默，守道之極；爰清爰靜，游神之庭；惟寂惟寞，守德之宅。世異事變，人道不殊，彼我易時，未知何如。今子乃以鴟梟而笑鳳皇，執蝘蜓而嘲龜龍，

馮君卿曰連用五箇也字相次如貫珠

不亦病乎子之笑我玄之尚白吾亦笑子之病甚不遇俞跗與扁鵲也悲夫客曰然則靡玄無所成名乎范蔡以下何必玄哉楊子曰范雎魏之亡命也折脅拉髂免於徽索翕肩蹈背扶服入橐激卬萬乘之主介涇陽抵穰侯而代之當也蔡澤山東之匹夫也顩頤折頞涕唾流沫西揖強秦之相搤其咽而亢其氣拊其背而奪其位時也天下已定金革已平都於洛陽婁敬委輅脫輓掉三寸之舌建不拔之策舉中國徙之長安適也五帝垂典三

王傳禮百世不易叔孫通起於枹鼓之間解甲投戈遂作君臣之儀得也呂刑靡敝秦法酷烈聖漢權制而蕭何造律宜也故有造蕭何律於唐虞之世則誖矣有作叔孫通儀於夏殷之時則惑矣有建婁敬之策於成周之世則繆矣有談范蔡之說於金張許史之間則狂矣夫蕭規曹隨留侯畫策陳平出奇功若泰山響若阺隤雖其人之瞻智哉亦會其時之可爲也故爲可爲於可爲之時則從爲不可爲於不可爲之時則凶若夫藺先生收功

李九我曰歸結只在太玄兩字

於章臺。四皓采榮於南山。公孫創業於金馬。驃騎發跡於祁連。司馬長卿竊貲於卓氏。東方朔割炙於細君。僕誠不能與此數公者並。故默然獨守吾太玄。

樓迂齋曰此又是一樣文字體格與賓陟為諷刺之意而陽亦嘆之世學術淺弱文體相此

楊雄解難

客難楊子曰凡著書者爲衆人之所好也美味期乎合口工聲調於比耳今吾子乃抗辭幽說閎意眇指獨馳騁於有亡之際而陶冶大鑪旁薄羣生歷覽者茲年矣而殊不寤亶費精神於此而煩學者於彼譬畫者畫於無形弦者放於無聲殆不可乎楊子曰俞若夫閎言崇議幽微之塗蓋難與覽者同也昔人有觀象於天視度於地察法於人者天麗且彌地普而深昔人之辭迺玉迺金彼豈好

爲艱難哉勢不得已也獨不見夫翠虬絳螭之將
登乎天必聳身於蒼梧之淵不階浮雲翼疾風虛
舉而上升則不能撤膠葛騰九閎日月之經不千
里則不能燭六合耀八紘泰山之高不嶕嶢則不
能浡滃雲而散歊烝是以宓羲氏之作易也綿絡
天地經以八卦文王附六爻孔子錯其象而象其
辭然後發天地之藏定萬物之基典謨之篇雅頌
之聲不温純深潤則不足以揚鴻烈而章緝熙蓋
胥靡爲宰寂寞爲尸大味必淡大音必希大語叫

林次崖曰一篇大意总是太玄两字故以知希结之

吽。大道低回。是以聲之眇者。不可同於衆人之耳。形之美者不可混於世俗之目。辭之衍者。不可齊於庸人之聽。今夫弦者高張急徽。追趨逐者。則坐者不期而附矣。試爲之施咸池。揄六莖。發簫韶。詠九成。則莫有和也。是故鍾期死。伯牙絕絃破琴而不肯與衆鼓。獿人亡。則匠石輟斤而不敢妄斲。師曠之調鍾。竢知音者之在後也。孔子作春秋。幾君子之前睹也。老聃有遺言。貴知我者希。此非其操歟。

楊雄劇秦美新

諸吏中散大夫臣雄稽首再拜。上封事皇帝陛下。臣雄經術淺薄。行能無異。數蒙渥恩。拔擢倫比。與羣賢並愧。無以稱職。臣伏惟陛下。以至聖之德。龍興登庸。欽明尚古。作民父母。爲天下主。執粹清之道。鏡照四海。聽聆風俗。博覽廣包。參天貳地。兼並神明。配五帝。冠三王。開闢已來。未之聞也。臣誠樂昭著新德。光之罔極。往時司馬相如作封禪一篇。以彰漢氏之休。臣常有顛眴病。恐一旦先犬馬填

溝壑所懷不章長恨黄泉敢竭肝膽寫腹心作劇
秦美新一篇雖未究萬分之一亦臣之極思也臣
雄稽首再拜以聞曰權輿天地未祛睢睢盱盱或
玄而萌或黄而牙玄黄剖判上下相嘔爰初生民
帝王始存在乎混混茫茫之時爨聞罕㬅而不昭
察世莫得而云也厥有云者上罔顯於羲皇中莫
盛於唐虞邇靡著於成周仲尼不遭用春秋因斯
發言神明所祚兆民所託罔不云道德仁義禮智
獨秦崛起西戎邠荒岐雍之疆因襄文宣靈之僣

句讀

跡。立基孝公。茂惠文。奮昭莊。至政破縱擅衡。并吞
六國。遂稱乎始皇。盛從鞅儀韋斯之邪政。馳騖起
翦恬賁之用兵。剗滅古文。刮語燒書。弛禮崩樂。塗
民耳目。遂欲流唐漂虞。滌殷蕩周。燹除仲尼之篇
籍。自勒功業。改制度軌量。咸稽之於秦紀。是以耆
儒碩老。抱其書而遠遜。禮官博士。卷其舌而不談。
來儀之鳥。肉角之獸。狙獷而不臻。甘露嘉醴景曜
浸潭之瑞潛。大茀經天。巨狄鬼信之妖發。神歇靈
繹。海水羣飛。二世而亡。何其劇與。帝王之道。兢兢

乎不可離已。夫能貞而明之者窮祥瑞。回而昧之
者極妖慝。上覽古在昔有憑應而尚缺。焉壞徹而
能全。故若古者稽堯舜。威侮者陷桀紂。況盡汎埽
前聖數千載功業。專用已之私。而能享祐者哉。會
漢祖龍騰豐沛。奮迅宛葉。自武關與項戮力咸陽。
創業蜀漢。發跡三秦。克項山東。而帝天下。適秦政
慘酷尤煩者。應時而蠲。始儒林刑辟。歷紀圖典之
用。稍增焉。秦餘制度。項氏爵號。雖違古而猶襲之。
是以帝典闕而不補。王綱弛而未張。道極數殫。闇

忽不還逮。至大新受命。上帝還資。后土顧懷。玄符靈契。黃瑞涌出。滭浡沕潏。川流海渟。雲動風偃。霧集雲散。誕彌八圻。上陳天庭。震聲日景。炎光飛響。盈塞天淵之間。必有不可辭讓云爾。於是乃奉若天命。窮寵極崇。與天剖神符。地合靈契。創億兆。規萬世。奇偉倜儻譎詭。天祭地事。其異物殊怪。存乎五威將帥。班乎天下者。四十有八章。登假皇穹。鋪衍下土。非新家其疇離之。卓哉煌煌。真天子之表也。若夫白鳩丹烏。素魚斷蛇。方斯蔑矣。受命甚易。

格來甚勤。昔帝纘皇。王纘帝。隨前踵古。或無爲而
治。或損益而亡。豈知新室委心積意。儲思垂務。帝
作穆穆。明旦亦不寐。勤勤懇懇者。非秦之爲與。夫
不勤勤則前人不當。不懇懇則覺德不愷。是以發
秘府。覽書林。遥集乎文雅之囿。翺翔乎禮樂之場。
胤殷周之失業。紹唐虞之絕風。懿律嘉量。金科玉
條。神卦靈兆。古文畢發。煥炳照耀。靡不宣臻。式輶
軒旂旗以示之。揚和鸞肆夏以節之。施黼黻袞冕
以昭之。正嫁娶送終以尊之。親九族淑賢以穆之。

句法

夫改定神祇。上儀也。欽脩百祀。咸秩也。明堂雍臺北觀也。九廟長壽。極孝也。制成六經。洪業也。北懷單于。廣德也。若復五爵。度三壤。經井田。免人役。方甫刑。匡馬法。恢崇祇庸爍德懿和之風。廣彼搢紳講習言諫箴誦之塗。振鷺之聲充庭。鴻鸞之黨漸階。俾前聖之緒布濩流衍而不韞韣。郁郁乎煥哉。天人之事盛矣。鬼神之望允塞。羣公先正。罔不夷儀。姦宄寇賊。罔不振威。紹少典之苗。著黃虞之裔。帝典闕者巳補。王綱弛者巳張。炳炳麟麟。豈不懿哉。厥被風濡化者。京師沇潛。甸內市洽。侯衞扃揭。
要荒濯沐。而衞前典。巡四民。迄四嶽。增封泰山。廣
禪梁甫。斯、受命者之典、業也。蓋受命日不暇給。或
不受命。然猶有事矣。況堂堂有新。正丁厥時。崇嶽
渟海通瀆之神。咸設壇場。望受命之臻焉。海外遐
方。信延頸企踵。回面內嚮。喁喁如也。帝者雖勤讓。
惡可以已乎。宜命賢哲作帝典一篇。舊三爲一。襲
以示來人。摛之罔極。令萬世常戴巍巍。履栗栗。昊
馨香。含甘實。鏡純粹之至精。聆清和之正聲。則百

句新叛

工伊凝。庶績咸熙。荷天衢。提地釐。斯天下之土則已。庶可試哉。

體方句峻

秦漢文鈔卷六

東漢

馮衍說鮑永說

衍聞明君不惡切慤之言以測幽冥之論忠臣不顧爭引之患以達萬機之變是故君臣兩興功名兼立銘勒金石令聞不忘今衍幸逢寬明之日將值危言之時豈敢拱默避罪而不竭其誠哉伏念天下罹王莽之害久矣始自隃郡之師繼以西海之役巴蜀沒於南夷緣邊破於北狄遠征萬里暴

兵累年。禍拏未解。兵連不息。刑法彌深。賦斂愈重。衆彊之黨橫擊於外。百僚之臣貪殘於內。元元無聊。饑寒並臻。父子流亡。夫婦離散。廬落丘墟。田疇蕪穢。疾疫大興。災異蜂起。於是江湖之上。海岱之濱。風騰波涌更相駘藉。四垂之人。肝腦塗地。死亡之數。不啻大半。殃咎之毒。痛入骨髓。匹夫僮婦咸懷怨怒。皇帝以聖德靈威。龍興鳳舉。率宛葉之衆。將散亂之兵。喢血昆陽。長驅武關。破百萬之陳。摧九虎之軍。靁震四海。席卷天下。攘除禍亂。誅滅無道一朞之間海內大定繼高祖之休烈脩文武之絕業社稷復存炎精更輝德冠往初功無與二天下自以去亡新就聖漢當蒙其福而賴其願樹恩布德易以周洽其猶順驚風而飛鴻毛也然而諸將虜掠逆倫絕理殺人父子妻人婦女燔其室屋略其財產饑者毛食寒者裸跣冤結失望無所歸命今大將軍以明淑之德秉大使之權統三軍之政存撫并州之人惠愛之誠加乎百姓高世之聲聞乎羣士故其延頸企踵而望者非特一人也且

大將軍之事。豈得珪璧其行束脩其心而已哉將定國家之大業成天地之元功也昔周室中興之主齊桓覇彊之君耳猶有申伯召虎夷吾吉甫攘其蝥賊安其疆宇況乎萬里之漢明帝復興而大將軍為之梁棟此誠不可以忽也且衍聞之兵久則力屈人愁則變生今邯鄲之賊未滅真定之際復擾而大將軍所部不過百里守城不休戰軍不息兵革雲翔百姓震駭奈何自怠不為深憂夫并州之地東帶名關北逼彊胡年穀獨熟人庶多資斯四戰之地，攻守之場也。如其不虞，何以待之。故曰：德不素積，人不爲用；備不豫具，難以應卒。今生人之命，縣於將軍；將軍所杖，必須良才。宜改易非任，更選賢能。夫十室之邑，必有忠信，審得其人，以承大將軍之明，則雖山澤之人，無不感德，思樂爲用矣。然後簡精銳之卒，發屯守之士，三軍既整，甲兵已具，相其土地之饒，觀其水泉之利，制屯田之術，習戰射之教，則威風遠暢，人安其業矣。若鎮太原，撫上黨，收百姓之懽心，樹名賢之良佐，天下無變。則足以顯聲譽。一朝有事。則可以建大功。惟大將軍開日月之明。發深淵之慮。監六經之論。觀孫吳之策。省羣議之是非。詳衆士之白黑。以超周南之迹。垂甘棠之風。令夫功烈施於千載。富貴傳於無窮。伊望之策。何以加兹。

班彪王命論

昔在帝堯之禪曰。咨爾舜。天之歷數在爾躬。舜亦以命禹。暨于稷契。咸佐唐虞。光濟四海。奕世載德。至于湯武而有天下。雖其遭遇異時。禪代不同。至于應天順人。其揆一焉。是故劉氏承堯之祚。氏族之世。著於春秋。唐據火德。而漢紹之。始起沛澤。則神母夜號。以彰赤帝之符。由是言之。帝王之祚。必有明聖顯懿之德。豐功厚利積累之業。然後精誠通於神明。流澤加於生民。故能爲鬼神所福饗。天

下所歸往。未見運世無本。功德不紀。而得倔起在
此位者也。世俗見高祖興於布衣。不達其故。以爲
適遭暴亂。得奮其劒。游說之士。至比天下於逐鹿。
幸捷而得之。不知神器有命。不可以智力求。悲夫。
此世之所以多亂臣賊子者也。若然者。豈徒闇於
天道哉。又不覩之於人事矣。夫餓饉流隸。饑寒道
路。思有短褐之襲。擔石之蓄。所願不過一金。終於
轉死溝壑。何則。貧窮亦有命也。況乎天子之貴。四
海之富。神明之祚。可得而妄處哉。故雖遭罹厄會。

李性學曰借喻收前段意詞意緊切

竊其權柄。勇如信布。強如梁籍。成如王莽。然卒潤鑊伏鑕。烹醢分裂。又況幺麽不及數子。而欲闇干天位者也。是故駑蹇之乘。不騁千里之塗。燕雀之疇。不奮六翮之用。楶梲之材。不荷棟梁之任。斗筲之子。不秉帝王之重。易曰。鼎折足。覆公餗。不勝其任也。當秦之末。豪傑共推陳嬰而王之。嬰母止之曰。自吾爲子家婦。而世貧賤。卒富貴。不祥。不如以兵屬人。事成。少受其利。不成。禍有所歸。嬰從其言。而陳氏以寧。王陵之母。亦見項氏之必亡。而劉氏

田氏曰此段說得痛快令人豁然

之將興也。是時陵爲漢將。而母獲於楚。有漢使來。陵母見之。謂曰。願告吾子。漢王長者。必得天下。子謹事之。無有二心。遂對漢使伏劍而死。以固勉陵。其後果定於漢。陵爲宰相封矦。夫以匹婦之明。猶能推事理之致。探禍福之機。全宗祀於無窮。垂策書於春秋。而況大丈夫之事乎。是故窮達有命。吉凶由人。嬰母知廢。陵母知興。審此二者。帝王之分決矣。蓋在高祖其興也有五。一曰帝堯之苗裔。二曰體貌多奇異。三曰神武有徵應。四曰寬明而仁恕五曰知人善任使。加之以信誠好謀。達於聽受。見善如不及用人如由巳。從諫如順流。趣時如響起當食吐哺。納子房之策。拔足揮洗。揖酈生之説。悟戍卒之言。斷懷土之情。高四皓之名。割肌膚之愛舉韓信於行陣。收陳平於亡命。英雄陳力。羣策畢舉。此高祖之大畧。所以成帝業也。若乃靈瑞符應。又可畧聞矣。初劉媪姙高祖。而夢與神遇。震電晦冥。有龍蛇之怪。及長而多靈。有異於衆。是以王武感物而折契。呂公覩形而進女。秦皇東遊以厭

田氏曰末段轉勝無字不精神而然語與起語相照尤頓勝有情

其氣呂后望雲而知所處始受命則白蛇分西入關則五星聚故淮陰留侯謂之天授非人力也歷古今之得失驗行事之成敗稽帝王之世運考五者之所謂取舍不厭斯位符瑞不同斯度而苟昧權利越次妄據外不量力內不知命則必喪保家之主失天年之壽遇折足之凶伏斧鉞之誅英雄（設指陵嬰）誠知覺寤畏若禍戒超然遠覽淵然深識收陵嬰之明分絕信布之覬覦距逐鹿之瞽說審神器之有授貪不可冀無爲二母所笑則福祚流於子孫

天祿其永終矣。

楊次崖曰此論中間大意不過三段首段說帝王有命更無人破得中段說二冊知命眞可以愧奸作之心末段叙高帝成帝業處更無餘說此等文字于世道不爲無補非苟作者

竇融責讓隗囂書

伏惟將軍國富政脩。士兵懷附。親遇厄會之際。國家不利之時。守節不回。承事本朝。後遣伯春委身於國。無疑之誠。於斯有效。融等所以欣服高義。願從役於將軍者。良爲此也。而忿悁之間。改節易圖。君臣分爭。上下接兵。委成功。造難就。去從義。爲横謀。百年累之。一朝毁之。豈不惜乎。殆執事者貪功建謀以至於此。融竊痛之。當今西州地勢局迫。人兵離散。易以輔人。難以自建。計若失路不反。聞道猶迷。不南合子陽。則北入文伯耳。夫負虛交而易彊禦。恃遠救而輕近敵。未見其利也。融聞智者不危衆以舉事。仁者不違義以要功。今以小敵大。於衆何如。棄子徼功。於義何如。且初事本朝。稽首北面。忠臣節也。及遣伯春。垂涕相送。慈父恩也。俄而背之。謂吏士何。恐而棄之。謂留子何。自起兵以來。轉相攻擊。城郭皆爲丘墟。生人轉於溝壑。今其存者。非鋒刃之餘。則流亡之孤。迄今傷痍之體未愈。哭泣之聲尚聞。幸賴天運少還。而大將軍復重於難。是使積痾不得遂瘳。幼孤將復流離。其爲悲痛尤足愍傷。言之可爲酸鼻。庸人且猶不忍。况仁者乎。融聞爲忠甚易。得宜實難。憂人太過。以德取怨。知且以言獲罪也。區區所獻。唯將軍省焉。

陳古迂曰光武得以收復隴蜀皆由先得河西使絕則勢孤矣夫隗囂竇融皆附光武者也竇融本心向漢而隗囂終叛蓋融知天命之所屬而囂不知者也竇氏數世榮貴而囂僇身宜哉

朱浮讓彭寵書

蓋聞知者順時而謀，愚者逆理而動，常竊悲京城太叔以不知足而無賢輔，卒自棄於鄭也。伯通以名字典郡，有佐命之功，臨人親職，愛惜倉庫，而浮秉征伐之任，欲權時救急，二者皆爲國耳。卽疑浮相譖，何不詣闕自陳，而爲族滅之計乎。朝廷之於伯通，恩亦厚矣，委以大郡，任以威武，事有柱石之寄，情同子孫之親。匹夫媵母，尚能致命一餐，豈有身帶三綬，職典大邦，而不顧恩義，生心外叛者乎。

馮君卿曰連下五句一樣句法

伯通與吏人語何以爲顏行步拜起何以爲容坐臥念之何以爲心引鏡窺影何施眉目舉措建功何以爲人惜乎棄休令之嘉名造梟鴟之逆謀損傳世之慶祚招破敗之重災高論堯舜之道不忍桀紂之性生爲世笑死爲愚鬼不亦哀乎伯通與耿俠遊俱起佐命同被國恩俠遊謙讓屢有降挹之言而伯通自伐以爲功高天下往時遼東有豕生子白頭異而獻之行至河東見羣豕皆白懷慙而還若以子之功論於朝廷則爲遼東豕也今乃

董潯陽曰末句人常稱誦

愚妄自比六國六國之時其勢各盛廓土數千里勝兵將百萬故能據國相持多歷年世今天下幾里列郡幾城柰何以區區漁陽而結怨天子此猶河濵之人捧土以塞孟津多見其不知量也方今天下適定海內願安士無賢不肖皆樂立名於世而伯通獨中風狂走自捐盛時內聽驕婦之失計外信讒邪之諛言長爲羣后惡法永爲功臣鑒戒豈不誤哉定海內者無私讐勿以前事自誤願留意顧老母幼弟凡舉事無爲親厚者所痛而爲見

紳

讐者所快。

李九我曰弱態被微與所親吏訐謙吏背㸔寵不應徵故假妝陡之事以譏其無賢輔不知此一句包盡朝廷厚恩與嬌婦誘邪意

實而切疏體宜如是

桓譚陳時政所宜疏

臣聞國之廢興。在於政事。政事得失。由乎輔佐。輔佐賢明。則俊士充朝。而理合世務。輔佐不明。則論失時宜。而舉多過事。夫有國之君。俱欲興化建善。然而政道未理者。其所謂賢者異也。昔楚莊王問孫叔敖曰。寡人未得所以爲國是也。叔敖曰。國之有是。衆所惡也。恐王不能定也。王曰。不定獨在君。亦在臣乎。對曰。君驕士曰。士非我無從富貴。士驕君曰。君非士無從安存。人君或至失國而不悟。士

馮君卿曰論此令人戚然

或至饑寒而不進君臣不合則國是無從定矣莊王曰善願相國與諸大夫共定國是也蓋善政者視俗而施教察失而立防威德更興文武迭用然後政調於時而躁人可定昔董仲舒言理國譬如琴瑟其不調者則解而更張之夫更張難行而拂衆者亡是故賈誼以才逐而鼂錯以智死世雖有殊能而終莫敢談者懼於前事也且設法禁者非能盡塞天下之奸皆合衆人之所欲也大抵取便國利事多者則可矣夫張官置吏以理萬人縣賞

設罰以別善惡。惡人誅傷。則善人蒙福矣。今人相殺傷。雖已伏法。而私結怨讐。子孫相報。後忿深前。至於滅戶殄業。而俗稱豪健。故雖有怯弱。猶勉而行之。此爲聽人自理。而無復法禁者也。今宜申明舊令。若已伏官誅。而私相殺傷者。雖一身逃亡。皆徙家屬於邊。其相傷者。加常二等。不得雇山贖罪。如是。則讐怨自解。盜賊息矣。夫理國之道。舉本業。而抑末利。是以先帝禁人二業。錮商賈不得宦爲吏。此所以抑并兼長廉恥也。今富商大賈。多放田貨。中家子弟。爲之保役。趨走與臣僕等勤收稅與封君比入。是以衆人慕效。不耕而食。至乃多通侈靡。以淫耳目。今可令諸商賈。自相糾告。若非身力所得。皆以臧畀告者。如此。則專役一已。不敢以貨與人。事寡力弱。必歸功田畝。田畝脩。則穀入多。而地力盡矣。又見法令決事。輕重不齊。或一事殊法。同罪異論。奸吏得因緣爲市。所欲活則坐生議。所欲陷則與死比。是爲刑開二門也。今可令通義理。明習法律者。校定科比。一其法度。班下郡國。蠲除故條。如此天下知方。而獄無怨濫矣。

學封禪書語峻詞古筆更瑋然

班固典引

臣固言永平十七年臣與賈逵傅毅杜矩展隆郗萌等召詣雲龍門小黃門趙宣持秦始皇帝本紀問臣等曰太史遷下贊語中寧有非耶臣對此贊賈誼過秦篇云向使子嬰有庸主之才僅得中佐秦之社稷未宜絕也此言非是即召臣入問本聞此論非耶將見問意開寤耶臣具對素聞知狀詔因曰司馬遷著書成一家言揚名後世至以身陷刑之故反微文刺譏貶損當世非誼士也司馬相

如。洿行無節。但有浮華之詞。不周於用。至於疾病
而遺忠。主上求取其書。竟得頌述功德。言封禪事。
忠臣效也。至是賢遷遠矣。臣固常伏刻誦聖論。昭
明好惡。不遺微細。緣事斷誼。動有規矩。雖仲尼之
因史見意。亦無以加。臣固被學最舊。受恩浸深。誠
思畢力竭情。昊天罔極。臣固頓首頓首。伏惟相如
封禪。靡而不典。揚雄美新。典而亡實。然皆游揚後
世。垂爲舊式。臣固才朽。不及前人。蓋詠雲門者難
爲音。觀隨和者難爲珍。不勝區區。竊作典引一篇。

雖不足雍容明盛萬分之一。猶啟發憤懣。覺悟童蒙。光揚大漢。軼聲前代。然後退入溝壑。死而不朽。臣固愚戇。頓首頓首。曰。太極之元。兩儀始分。烟烟熅熅。有沈而奥。有浮而清。沈浮交錯。庶類混成。命民主。五德初起。同於草昧。玄混之中。踰繩越契。寂寥而亡詔者。系不得而綴也。厥有氏號。紹天闡繹。莫不開元於太昊皇初之首。上哉夐乎。其書猶可得而脩也。亞斯之世。通變化神。函光而未曜。若夫上稽乾則。降承龍翼。而炳諸典謨。以冠德卓絕者。莫崇乎陶唐。陶唐舍胤而禪有虞。有虞亦命夏后。稷契熙載。越成湯武。股肱既周。天乃歸功元首。將授漢劉。俾其承三季之荒末。値亢龍之災孽。懸象闇而恒文乖。彝倫斁而舊章缺。故先命玄聖。使綴學立制。宏亮洪業。表相祖宗。贊揚迪喆。備哉燦爛。眞神明之式也。雖皐夔衡旦密勿之輔。比茲褊矣。是以高光二聖。辰居其域。時至氣動。乃龍見淵躍。拊翼而未舉。則威靈紛紜。海內雲蒸。雷動電熛。胡縊莽分。尚不涖其誅。然後欽若上下。恭揖羣后。

漢高不事詩書安得云孔子之弘陳此固持回護前言也

正位度宗。有於德不台淵穆之讓。靡號師矢敦奮撝之容。蓋以膺當天之正統。受克讓之歸運。蓄炎上之烈精。蘊孔佐之弘陳云爾。洋洋乎若德。帝者之上儀。誥誓所不及已。鋪觀二代洪纖之度。其賾可探也。並開迹於一簣。同受矦甸之服。奕世勤民。以方伯統牧。乘其命賜彤弧黃鉞之威。用討韋顧黎崇之不恪。至于參五華夏。京遷鎬亳。遂自北面虎螭其師。華滅天邑。是故誼士華而不敦。武稱未盡。護有慙德。不其然歟。亦猶於穆猗那。翕純皦繹。

以崇嚴祖考。殷薦宗配帝。發祥流慶。對越天地者。
焉奕乎千載。豈不克自神明哉。誕畧有常。審言行
於篇籍。光藻朗而不渝耳。矧夫赫赫聖漢。巍巍唐
基。泝測其源。迺先孕虞育夏。甄殷陶周。然後宣二
祖之重光。襲四宗之緝熙。神靈日燭。光被六幽。仁
風翔乎海表。威靈行乎鬼區。匿亡回而不泯。微胡
瑣而不頗。故夫顯定三才昭登之績。匪堯不興。鋪
聞遺策在下之訓。匪漢不弘。厥道至於經緯乾坤
出入三光。外運渾元。內霑毫芒。性類循理。品物咸

亭其已久矣。盛哉皇家帝世。德臣列辟。功君百王。榮鏡宇宙。尊亡與抗。乃始虔鞏勞謙。兢兢業業。貶成抑定。不敢論制作。至於遷正黜色賓監之事。渙揚寓內。而禮官儒林屯用篤誨之士。不傳祖宗之髣髴。雖云優慎。無乃葸與。於是三事岳牧之僚。僉爾而進曰。陛下仰監唐典。中述祖則。俯蹈宗軌。躬奉天經。惇睦辨章之化洽。巡靖黎蒸。懷保鰥寡之惠浹。燔瘞縣沈。肅祇羣臣之化備。是以來儀集羽族於觀魏。肉角馴毛宗於外囿。擾緇文皓質於郊。

升黃輝采鱗於沼。甘露宵零於豐草。三足軒翥於
茂樹。若乃嘉穀靈草。奇獸神禽。應圖合諜。窮祥極
瑞者。朝夕坰牧。日月邦畿。卓犖乎方州。溢洋乎要
荒。昔姬有素雉朱烏玄秬黃麰之事耳。君臣動色。
左右相趨。濟濟翼翼。峩峩如也。蓋用昭明寅畏。承
聿懷之福。亦以龍靈文武。貽燕後昆。覆以懿鑠。豈
其爲身而有顓辭也。若然受之亦宜。勤恁旅力以
充厥道。啓恭館之金縢。御東序之秘寶。以流其占。
夫圖書亮章。天哲也。孔繇先命。聖孚也。體行德本。

正性也逢吉丁辰景命也順命以創制定性以和神。答三靈之蕃祉。展放唐之明文。兹事體大而允寤寐次於聖心。瞻前顧後豈蔑清廟憚勑天命乎。伊考自遂古。乃降戾爰兹。作者七十有四人。有不俾而假素。罔光度而遺章。今其如台而獨闕也。是時聖上固以垂精遊神。包舉藝文。屢訪羣儒。俞咨故老。與之斟酌道德之淵源肴覈仁誼之林藪。以望元符之臻焉。既感羣后之讜辭。又悉經五繇之碩慮矣。將絣萬嗣揚洪輝奮景炎扇遺風。播芳烈。

久而愈新。用而不竭。汪汪乎丕天之大律。其疇能
亘之哉。唐哉皇哉。皇哉唐哉。

劉氏曰揚雄劇秦班固典引事非鐫石而體因紀禪觀劇秦為
文影寫長卿詭言遯辭故兼包神怪然骨掣靡密辭貫圓通自
稱極思無遺力矣典引所叙雅有懿乎歷鑒前作能執厥中其
致義會文斐然餘巧故稱封禪麗而不典劇秦典而不實豈非
追觀易為明循勢易為力歟

句句珠璣字字金玉

班固答賓戲

賓戲主人曰。蓋聞聖人有一定之論。烈士有不易之分。亦云名而已矣。故太上有立德。其次有立功。夫德不得後身而特盛。功不得背時而獨彰。是以聖哲之治。棲棲遑遑。孔席不暖。墨突不黔。由此言之。取舍者。昔人之上務。著作者。前烈之餘事耳。今吾子幸游帝王之世。躬帶紱冕之服。浮英華。湛道德。彎虎龍之文舊矣。卒不能攄首尾。奮翼鱗。振拔洿塗。跨騰風雲。使見之者影駭。聞之者響震。徒樂

董潯陽曰華實數句便見大旨

桄經籍書。紓體衡門。上無所帶。下無所根。獨攄意乎宇宙之外。鋭思於毫芒之內。潛神默記。緪以年歲。然而器不賈於當己。用不效於一世。雖馳辯如濤波。摛藻如春華。猶無益於殿最也。意者且運朝夕之策。定合會之計。使存有顯號。亡有美謚。不亦優乎。主人逌爾而笑曰。若賓之言。所謂見世利之華。闇道德之實。守窔奥之熒燭。未仰天庭而覩白日也。曩者王塗蕪穢。周失其馭。矦伯方軌。戰國横鶩。於是七雄虓闞。分裂諸夏。龍戰虎爭。遊説之徒。

風飑電激。並起而救之。其餘焱飛景附雲煜其間者。葢不可勝載。當此之時。搦朽摩鈍。鉛刀皆能一斷。是故魯連飛一矢而蹶千金。虞卿以顧眄而捐相印。夫啾發投曲感耳之聲。合之律度淫𧄼而不可聽者。非韶夏之樂也。因勢合變。偶時之會。風移俗易。乖迕而不可通者。非君子之法也。及至從人合之。衡人散之。亡命漂說。羇旅騁辭。商鞅挾三術以鑽孝公。李斯奮時務而要始皇。彼皆躡風塵之會。履顛沛之勢。據徼乘邪。以求一日之富貴。朝爲

唐伯虎曰叙大漢之盛處僅亦模寫句法亦奇既可玩

榮華。夕爲鵂鶹。福不盈眥。禍溢於世。凶人且以自悔。况吉士而是賴乎。且功不可以虛成。名不可以僞立。韓設辯以激君。呂行詐以賈國。說難旣遒。其身乃囚。秦貨旣貴。厥宗亦墜。是以仲尼抗浮雲之志。孟軻養浩然之氣。彼豈樂爲迂濶哉。道不可以貳也。方今大漢灑掃羣穢。夷險芟荒。廓帝紘。恢皇綱。基隆於羲農。規廣於黄唐。其君天下也。炎之如日。威之如神。函之如海。養之如春。是以六合之内。莫不同源共流。沐浴玄德。稟仰太龢。枝附葉著。譬猶草木之植山林鳥獸之毓川澤得氣者蕃滋失時者零落參天地而施化豈云人事之厚薄哉今吾子處皇代而論戰國曜所聞而疑所覿欲從堥敦而度高乎泰山懷氿濫而測深乎重淵亦未至也賓曰若夫鞅斯之倫衰周之凶人既聞命矣敢問上古之士處身行道輔世成名可述於後者默而已乎主人曰何爲其然也昔者咎繇謨虞箕子訪周言通帝王謀合神聖殷說夢發於傅巖周望兆動於渭濱齊甯激聲於康衢漢良受書於邳垠

> 河氏曰優游休息等字亦奇崛

皆俟命而神交匪詞言之所信故能建必然之策展無窮之勳也近者陸子優游新語以興董生下帷發藻儒林劉向司籍辯章舊聞楊雄譚思法言太玄皆及時君之門闈究先聖之壼奧婆娑乎術藝之場休息乎篇籍之圃以全其質而發其文用納乎聖德烈炳乎後人斯非其亞歟若乃伯夷抗行於首陽柳惠降志而辱仕顏躭樂於簞瓢孔終篇於西狩聲盈塞於天淵眞吾徒之師表也且吾聞之一陰一陽天地之方乃文乃質王道之綱有

董潯陽曰兩喻最占地步詞亦壯偉讀之洒洒動人

歸震川曰收上兩喻而以君子之貞配之甚有關鍵

同有異。聖哲之常。故曰。慎脩所志。守爾天符。委命供己。味道之腴。神之聽之。名其舍諸。賓又不聞和氏之璧。韞於荆石。隋侯之珠。藏於蚌蛤乎。歷世莫眡。不知其將含景曜。吐英精。曠千載而流光也。應龍潛於潢汙。魚黿媟之。不覩其能奮靈德。合風雲。超忽荒而躆昊蒼也。故夫泥蟠而天飛者。應龍之神也。先賤而後貴者。和隋之珍也。時闇而久章者。君子之貞也。若乃牙曠清耳於管絃。離婁眇目於毫分。逢蒙絕技於弧矢。般輸榷巧於斧斤。良樂軼能於相馭。烏獲抗力於千鈞。和鵲發精於鍼石。研桑心計於無垠。走亦不任廁技於彼列。故密爾自娛於斯文。

林次崖曰規模全做解嘲中間多是醜邪崇正意正所謂折之以正道明君子之所守也末後一結不能忘情于利達却露出本相此處便輸子雲一着然文字自佳

崔駰達旨

或說已曰。易稱備物致用。可觀而有所合。故能扶陽以出順陰而入。春發其華。秋收其實。有始有極。爰登其質。今子韞櫝六經。服膺道術。歷世而游。高談有日。俯鉤深於重淵。仰探遠乎九乾。窮至賾於幽微。測潛隱之無源。然下不步卿相之廷。上不登王公之門。進不黨以讚己。退不黷於庸人。獨師友道德。合符曩真。抱景特立。與士不羣。蓋高樹靡陰。獨木不林。隨時之宜。道貴從凡。于時太上運天德

以君世憲王僚而布官臨雍泮以恢儒疏軒冕以
崇賢率惇德以厲忠孝揚茂化以砥仁義選利器
於良材求鏌鎁於明智不以此時攀台階闚紫闥
據高軒望朱闕夫欲千里而咫尺未發蒙竊惑焉
故英人乘斯時也猶逸禽之赴深林蝱蚋之趣大
沛胡爲嘿嘿而久沉滯也答曰有是言乎子苟欲
勉我以世路不知其跌而失吾之度也古者隂陽
始分天地初制皇綱云緒帝紀乃設傳序歷數三
代興滅昔大庭尚矣赫胥罔識淳樸散離人物錯

乖高辛攸降。厥趨各違。道無常稽。與時張弛。失仁爲非。得義爲是。君子通變。各審所履。故士或掩目而淵潛。或盥耳而山棲。或草耕而僅飽。或木茹而長饑。或重聘而不來。或屢黜而不去。或冒詢以干進。或望色而斯舉。或以役夫發夢於王公。或以漁父見兆於元龜。若夫紛繷塞路。凶虐播流。人有昏墊之危。主有疇咨之憂。條垂藟蔓。上下相求。於是乎賢人授手援世之災。跋涉赴俗急。斯時也。昔堯含慼而皐陶謨。高祖嘆而子房慮。禍不散而曹絳

奮結不解而陳平權及其策合道從克亂弭衡乃

將鏤玄珪冊顯功銘昆吾之冶勒景襄之鍾與其

有事則褰裳濡足冠挂不顧人溺不拯則非仁也

當其無以則蹤纓整襟規矩其步德讓不脩則非

忠也是以儉則救俗平則守禮舉以公心不私其

體今聖上之育斯人也樸以皇質彫以唐文六合

怡怡比屋爲仁一天下之衆異齊品類之萬殊參

差同量坯冶一陶羣生得理庶績其凝家家有以

和樂人人有以自優威械藏而俎豆布六典陳而

九刑胥濟茲兆庶出於平易之路雖有力牧之畧尚父之厲伊皐不論奚事范蔡夫廣厦成而茂木暢遠求存而良馬縶陰事終而水宿藏塲功畢而大火入方斯之際處士山積學者川流衣裳被宇冠蓋雲浮譬猶衡陽之林岱陰之麓伐尋抱不爲之稀蓺拱把不爲之數悠悠罔極亦各有得彼採其華我收其實舍之則藏已所學也故進動以道則不辭執珪而秉柱國復靜以理則不厭糟糠而安藜藿夫君子非不欲仕也恥夸毗以求舉非不

欲室也。惡登牆而摟處。呼呼。衒鬻縣旌自表。非隋和之寶也。暴志燿世因以干祿。非仲尼之道也。游不倫黨。苟以狗巳。汗血競時。利合而友。子笑我之沉滯。吾亦病子屑屑而不巳也。先人有則而我弗虧。行有枉徑而我非隨。臧否在予。唯世所議。固將因天質之自然。誦上哲之高訓。詠太平之清風。行天下之至順。懼吾躬之穢德。勤百畝之不耘。縶余馬以安行。俟性命之所存。昔孔子起威於夾谷。晏嬰發勇於崔杼。曹劌舉節於柯盟。卞嚴克捷於艷禦。范蠡錯勢於會稽。伍負樹功於栢舉。魯連辯言以退燕。包胥單辭而存楚。唐且華顛以悟秦。甘羅童牙而報趙。原衰見廉於壺飧。宣孟收德於束脯。吳札結信於丘木。展季効貞於門女。顏回明仁於度轂。程嬰顯義於趙武。僕誠不能編德於數者。竊慕古人之所序。

與解嘲賓戲
作類詞少變
而筆自閎富

張衡應間

有間余者曰蓋聞前哲首務務於下學上達佐國理民有云爲也朝有所聞則夕行之立功立事式昭德音是故伊尹思使君爲堯舜而民處唐虞彼豈虛言而已哉必旌厥素爾咎單巫咸實守王家申伯樊仲實幹周邦服衮而朝介圭作瑞厥跡不朽垂烈後昆不亦丕歟且學非以要利而富貴萃之貴以行令富以施惠惠施令行故易稱以大業質以文美實由華興器賴彫飾爲好人以輿服爲

榮吾子性德體道篤信安仁約已博藝無堅不鑽以思世路斯何遠矣曩滯日官今又原之雖老氏曲全進道若退然行亦以需必也學非所用術有所仰故臨川將濟而舟楫不存焉徒經思天衢內昭獨智固合理民之式也故嘗見謗於鄙儒深厲淺揭隨時爲義曾何貪於支離而習其孤技邪叅輪可使自轉木雕猶能獨飛已垂翅而還故棲盍亦調其機而銛諸昔有文王自求多福人生在勤不索何獲曷若卑體屈已美言以相尅鳴於喬木

乃金聲而玉振之。用後動。雪前吝。倖很不柔以意
誰斬也。應之曰。是何覩同而見異也。君子不患位
之不尊。而患德之不崇。不恥祿之不夥。而恥智之
不博。是故藝可學而行可力也。天爵高懸。得之在
命。或不速而自懷。或羨旃而不臻。求之無益。故智
者面而不思。阽身以徼幸。固貪夫之所爲。未得而
豫喪也。枉尺直尋。議者譏之。盈欲虧志。孰云非羞。
於心有猜。則簋飧饌餔。猶不屑餐。旌瞀以之。意之
無疑。則兼金盈百而不嫌辭。孟軻以之。士或解裋

禍而襲黼黻。或委帀箓而據文軒者。度德拜爵。量績受祿也。輸力致庸。受必有階。渾元初基。靈軌未紀。吉凶紛錯。人用朣朦。黄帝爲斯深慘。有風后者是焉。亮之察三辰於上。跡禍福乎下。經緯歷數。然後天步有常。則風后之爲也。當少昊淸陽之末。實或亂德。人神襍擾。不可方物。重黎又相顓頊而申理之。日月卽次。則重黎之爲也。人各有能。因藝受任。鳥師別名。四叔三正。官無二業。事不並齊。晝長則宵短。日南則景北。天且不堪兼。況以人該之。夫玄龍迎夏則陵雲而奮鱗。樂時也。涉冬則淈泥而潛蟠。避害也。公旦道行。故制典禮以尹天下。懼教誨之不從。有人之不理。仲尼不遇。故論六經以俟來辟。恥一物之不知。有事之無範。所考不齊。如何可一。夫戰國交爭。戎車競驅。君若綴旒。人無所麗。燭武縋而秦伯退師。魯連係箭而聊城䃾析。從往則合。橫來則離。安危無常。要在說夫。咸以得人爲梟。失士爲尤。故樊噲披帷入見高祖。高祖踞洗以對酈生。當此之會。乃鼃鳴而鼈應也。故能同心戮力勤恤人隱奄受區夏遂定帝位皆謀臣之由也故一介之策各有攸建子長謀之爛然有第夫女魃北而應龍翔洪鼎聲而軍容息溽暑至而鶉火棲寒冰沍而黿鼉蟄今也皇澤宣洽海外混同萬方億醜井質共劑若脩成之不暇尚何功之可立立事有三言爲下列下列且不可庶矣奚冀其二哉于玆縉紳如雲儒士成林及津者風攄失塗者幽僻遭遇難要趨偶爲幸世易俗異事勢舛殊不能通其變而一度以揆之斯契船而求劍守株

而伺兎也。冒愧逞願。必無仁以繼之。有道者所不履也。越王勾踐事此。故厥緒不永。捷徑邪至。我不忍以投步。干進苟容。我不忍以歙肩。雖有犀舟勁檝。猶人涉卬否。有須者也。姑亦奉順敦篤。守以忠信。得之不休。不獲不吝。不見是而不惛。居下位而不憂。允上德之常服焉。方將師天老而友地典。與之乎高睨而大談。孔甲且不足慕。焉稱殷彭及周聃。與世殊技。固孤是求。子憂朱泙曼之無所用。吾恨輪扁之無所教也。子覩木雕獨飛。愍我垂翅故

棲。吾感蠹鼉附鵾。悲爾先笑而後號也。斐豹以斃

督燔書禮。至以掖國作銘。弦高以牛犒退敵。墨翟

以縈帶全城。貫高以端辭顯義。蘇武以禿節效貞。

蒲且以飛矰逞巧。詹何以沈鉤致精。奕秋以棊局

取譽。王豹以清謳流聲。僕進不能參名於二立。退

又不能羣彼數子。愍三墳之既頹。惜八索之不理。

庶前訓之可鑽。聊朝隱乎柱史。且韞櫝以待價。踵

顏氏以行止。曾不慊夫晉楚。敢告成於知己。

愷烈可誦

林次崖曰美詞決論快心爽口深謀遠慮裨益皇猷令人愈讀而不厭

劉陶陳時事疏

臣聞人非天地。無以爲生。天地非人。無以爲靈。是故帝非人不立。人非帝不寧。夫天之與帝。帝之與人。猶頭之與足。相須而行也。伏惟陛下年隆德茂。中天稱號。襲常存之慶。循不易之制。目不視鳴條之事。耳不聞檀車之聲。天災不有痛於肌膚。震食不即損於聖體。故蔑三光之謬。輕上天之怒。伏念高祖之起。始自布衣。拾暴秦之敝。追亡周之鹿。合散扶傷。克成帝業。功既顯矣。勤亦至矣。流福遺祚。

至於陛下。陛下既不能增明烈考之軌。而忽高祖
之勤。妄假利器。委授國柄。使羣醜刑隸。芟刈小民。
雕敝諸夏。虐流遠近。故天降衆異以戒陛下。陛下
不悟。而競令虎豹窟於麑場。豺狼乳於春囿。斯豈
唐咨禹稷。益典朕虞。議物賦土蒸民之意哉。又令
牧守長吏。上下交競。封豕長蛇。蠶食天下。貨殖者
爲窮寃之魂。貧餒者作饑寒之鬼。高門獲東觀之
辜。豐室羅妖叛之罪。死者悲於窀穸。生者戚於朝
野。是愚臣所爲咨嗟長懷歎息者也。且秦之將亡。

正諫者誅，諛進者賞，嘉言結於忠舌，國命出於讒口，擅閻樂於咸陽，授趙高以車府，權去已而不知，威離身而不顧。古今一揆，成敗同勢。願陛下遠覽強秦之傾，近察哀平之變，得失昭然，禍福可見。臣又聞危非仁不扶，亂非智不救，故武丁得傅說以消鼎雉之災，周宣用申甫以濟夷厲之荒。竊見故冀州刺史南陽朱穆，前烏桓校尉臣同郡李膺，皆履正清平，貞高絕俗。穆前在冀州，奉憲操平，摧破姦黨，掃清萬里。膺歷典牧守，正身率下，及掌戎馬威揚朔北斯實中興之良佐。國家之柱臣也宜還本朝。秩輔王室。上齊七燿。下鎮萬國。臣敢吐不時之義於諱言之朝。猶冰霜見日。必至消滅。臣始悲天下之可悲。今天下亦悲臣之愚惑也。

陳古迂曰其疏首言天地人物之故刑陶所見未易與俗人言也

東漢子雲

蔡邕諫伐鮮卑議

書戒猾夏。湯伐鬼方。周有獫狁蠻荆之師。漢有闐顏瀚海之事。征討殊類。所由尚矣。然而時有同異。勢有可否。故謀有得失。事有成敗。不可齊也。武帝情存遠略。志闢四方。南誅百越。北討強胡。西伐大宛。東并朝鮮。因文景之蓄。藉天下之饒。數十年間。官民俱匱。乃興鹽鐵酒榷之利。設告緡重稅之令。民不堪命。起爲盜賊。關東紛擾。道路不通。繡衣直指之使。奮鈇鉞而並出。既而覺悟。乃息兵罷役。封

丞相爲富人侯故主父偃曰夫務戰勝窮武事未
有不悔者也夫以世宗神武將帥良猛財富充實
所拓廣遠猶有悔焉況今人財並乏事劣昔時乎
自匈奴遁逃鮮卑彊盛據其故地稱兵十萬才力
勁健意智益生加以關塞不嚴禁網多漏精金良
鐵皆爲賊有漢人逋逃爲之謀主兵利馬疾過於
匈奴昔段熲良將習兵善戰有事西羌猶十餘年
今育晏才策未必過熲鮮卑種衆不弱于曩時而
虛計二載自許有成若禍結兵連豈得中休當復

徵發衆人。轉運無已。是爲耗竭諸夏。并力蠻夷。夫邊垂之患。手足之疥。搔中國之困。胸背之瘭疽。方今郡縣盜賊。尚不能禁。況此醜虜而可伏乎。昔高祖忍平城之恥。呂后棄慢書之詬。方之於今。何者爲甚。天設山河。秦築長城。漢起塞垣。所以別內外。異殊俗也。苟無蹙國內侮之患。則可矣。豈與蟲螘之虜。校寇計爭往來哉。雖或破之。豈可殄盡。而方今本朝爲之旰食乎。夫專勝者未必克。挾疑者未必敗。衆所謂危。聖人不任。朝議有嫌。明主不行也。昔淮

南王安諫伐越曰。天子之兵。有征無戰。言其莫敢
校也。如使越人蒙死以逆執事。厮輿之卒。有一不
備而歸者。雖得越王之首。而猶爲大漢羞之。而欲
以齊民易醜虜。皇威辱外夷。就如其言。猶已危矣。
况乎得失不可量邪。昔珠厓郡反。孝元皇帝納賈
捐之言而下詔曰。珠厓背畔。今議者或曰可討。或
曰棄之。朕日夜惟思。羞威不行。則欲誅之。通於時
變復憂萬民。夫萬民之饑。與遠蠻之不討。何者爲
大宗廟之祭。凶年猶有不備。况避不嫌之辱哉今

關東大困。無以相贍。又當動兵。非但勞民而已其罷珠厓郡。此元帝所以發德音也。夫卹民救急。雖成郡列縣。尚猶棄之。況障塞之外。未嘗爲民居者乎。守邊之術。李牧善其略。保塞之論。嚴尤申其要。遺業猶在。文章具存。循二子之策。守先帝之規。臣曰可矣。

陳古迂曰鮮卑擅石槐之生亦足以離俗而跋扈者矣夏育小勝不足以正請擊之奏朝廷不許當也至田晏之爲中郎將由是王甫蔡邕諫伐之論雖借太公之口發之其能禁乎育晏臧旻檻車下獄不足恤也甫如國何

非學富才高不能得此

蔡邕釋誨

有務世公子。誨於華顛胡老曰。蓋聞聖人之大寶曰位。故以人守位。以財聚人。然則有位斯貴。有財斯富。行義達道。士之司也。故伊摯有負鼎之衒。仲尼設執鞭之言。甯子有清商之歌。百里有豢牛之事。夫如是。則聖哲之通趣。古人之明志也。夫子生清穆之世。秉醇和之靈。覃思典籍。韞櫝六經。安貧樂賤。與世無營。沈精重淵。抗志高冥。包括無外。綜析無形。其已久矣。曾不能拔萃出羣。揚芳飛文。登天庭。叙彛倫。掃六合之穢慝。清宇宙之埃塵。連光芒於白日。厲炎氣於景雲。時逝歳暮。默而無聞。小子惑焉。是以有云。方今聖上寛明。輔弼賢知。崇英逸偉。不墜於地。德弘者。建宰相而裂土。才羨者。荷榮祿而蒙賜。盍亦回塗要至。俛仰取容。輯當世之利。定不拔之功。榮家宗於此時。遺不滅之令蹤。夫獨未之思耶。何爲守彼而不通此。胡老傲然而笑曰。若公子所謂覩瞹昧之利。而忘昭晳之害。專必成之功。而忽蹉跌之敗者已。公子謖爾斂袂而興曰。胡爲其然也。胡老曰。居。吾將釋爾。昔自太極。君臣始基。有羲皇之洪寧。唐虞之至時。三代之隆。亦有緝熙五伯。扶微勤而撫之。於斯以降。天綱縱。人紘弛。王塗壞。太極陁。君臣土崩。上下瓦解。於是智者騁詐。辯者馳説。武夫奮略。戰士講銳。電駭風馳。霧散雲披。變詐乖詭。以合時宜。或畫一策而綰萬金。或談崇朝而錫瑞珪。連衡者六印磊落。合從者駢組流離。隆貴翕習。積富無涯。據巧蹈機。以忘其危。夫華離蔕而萎。條去幹而枯。女冶容而淫。士背

道而辜人毀其滿神疾其邪利端始萌害漸亦牙
速速方穀天天是加欲豐其屋乃蔀其家是故天
地否閉聖哲潛形石門守晨沮溺耦耕顔歜抱璞
蘧瑗保生齊人歸樂孔子斯征雍渠驂乘逝而遺
輕夫豈傲主而背國乎道不可以傾也且我聞之
曰南風至則黄鍾應融風動而魚上氷蕤賓統則
微陰萌蒹葭蒼而白露凝寒暑相推陰陽代興運
極則化理亂相承今大漢紹陶唐之洪烈盪四海
之殘災隆隱天之高拆絙地之基皇道惟融帝猷

顯丕。泯瀸庶類。含甘吮滋。檢六合之羣品。濟之乎
雍熙。羣僚恭巳於職司。聖主垂拱乎兩楹。君臣穆
穆。守之以平。濟濟多士。端委縉綎。鴻漸盈階。振鷺
充庭。譬猶鍾山之玉。泗濱之石。累珪璧不爲之盈。
採浮磬不爲之索。曩者洪源辟而四隩宅。武功定
而干戈戢。玁狁攘而吉甫宴。城濮捷而晉凱入。故
當其有事也。則蓑笠並載。擐甲揚鋒。不給於務。當
其無事也。則舒紳緩佩。鳴玉以步。綽有餘裕。夫世
臣門子。暬御之族。天隆其祐。主豐其祿。抱膺從容。

爵位自從。攝須理鬚。餘官委貴。其進取也。順傾轉圓。不足以喻其便。逡巡放屣。不足以況其易。故百夫有逸羣之才。人人有優贍之智。童子不問。疑於老成。瞳矇不稽。謀於先生。心恬淡於守高。意無爲於持盈。粲乎煌煌。莫非華榮。明哲泊焉。不失所寧。狂攫振蕩。乃亂其情。貪夫徇財。夸者死權。瞻仰此事。體躁心煩。闇謙盈之效。迷損益之數。騁駑駘於脩路。慕騏驥而增驅。卑俯乎外戚之門。乞助乎近貴之譽。榮顯未副。從而顛踣。下獲熏胥之辜。高受滅家之誅。前車已覆。襲軌而鶩。曾不鑒禍。以知畏懼。予惟悼哉。害其若是、天高地厚。跼而蹐之。怨豈在明。患生不思。戰戰兢兢、必慎厥尤。且用之則行。聖訓也。舍之則藏。至順也、夫九河盈溢。非一開所防。帶甲百萬。非一勇所抗、今子責匹夫以清宇宙。庸可以水旱而累堯湯乎。懼煙炎之毀熸。何光芒之敢揚哉。且夫地將震而樞星直。井無景則日陰食。元首寬則望舒朓。侯王肅則月側匿。是以君子推微達著。尋端見緒。履霜知氷。踐露知暑。時行則行。時止則止。消息盈沖。取諸天紀。利用遭泰。可與處否。樂天知命。持神任巳。羣車方奔乎險路。安能與之齊軌。思危難而自豫。故在賤而不恥。方將騁馳乎典籍之崇塗、休息乎仁義之淵藪、盤旋乎孔周之庭宇、揖儒墨而與爲友、舒之足以光四表、收之則莫能知其所有。若乃丁千載之運。應神靈之符。闓閶闔。乘天衢。擁華蓋而奉皇樞。納玄策於聖德。宣太平於中區。計合謀從。巳之圖也。勳績不立。予之辜也。龜鳳山翳。雾露不除。踊躍草萊。祇見其

愚不知我者將謂之迂脩業思真棄此焉如靜以
俟命不斆不渝百歲之後歸乎其居幸其獲稱天
所誘也罕漫而已非已咎也昔伯翳綜聲於鳥語
葛盧辨音於鳴牛董父受氏於豢龍奚仲供德於
衡輈倕氏興政於巧工造父登御於驊騮非子享
土於善圉狼瞫取右於禽囚弓父畢精於筋角佽
非明勇於赴流壽王創基於格五東方要幸於談
優上官效力於執蓋弘羊據相於運籌僕不能參
跡於若人故抱璞而優游於是公子仰首降階忸

怩而避。胡老乃揚衡含笑。援琴而歌。歌曰。練余心兮浸太清。滌穢濁兮存正靈。和液暢兮神氣寧。情志泊兮心亭亭。嗜欲息兮無由生。踔宇宙而遺俗兮。耿翩翩而獨征。

余同麓曰此篇抑揚反覆曲盡人情足為臣子箴規足為貴臣氷鑑

王符潛夫論貴忠篇

夫帝王之所尊敬者天也。皇天之所愛育者人也。今人臣受君之重位。牧天之所愛。焉可以不安而利之。養而濟之哉。是以君子任職則思利人。達上則思進賢。故居上而下不怨。在前而後不恨也。書天工人其代之。王者法天而建官。故明主不敢以私授。忠臣不敢以虛受。竊人之財。猶謂之盜。況偷天官以私已乎。以罪犯人。必加誅罰。況乃犯天。得無咎乎。夫五世之臣。以道事君。澤及草木。仁被率上。是以福祚流衍。本支百世。季世之臣。以諂媚主。不思順天。專仗殺伐。白起蒙恬。秦以爲功。天以爲賊。息夫董賢。主以爲忠。天以爲盜。易曰。德薄而位尊。智小而謀大。鮮不及矣。是故德不稱其禍必酷。能不稱其殃必大。夫竊位之人。天奪其鑒。雖有明察之資。仁義之志。一旦富貴。則背親捐舊。喪其本心。疏骨肉而親便辟。薄知友而厚犬馬。寧見朽貫千萬而不忍貸人一錢。情知積粟腐倉而不忍貸人一斗。骨肉怨望於家。細人謗讟於道。前人以敗。

後爭襲之誠可傷也歷觀前政貴人之用心也與嬰兒子何其異哉嬰兒有常病貴人有常禍父母有常失人君有常過嬰兒常病傷於飽也貴臣常禍傷於寵也哺乳多則生癎富貴盛而致驕疾愛子而賊之驕臣而滅之者非一也極其罰者乃有仆死深牢銜刀都市豈非無功於天有害於人者乎夫鳥以山爲埤而增巢其上魚以泉爲淺而穿穴其中卒所以得者餌也貴戚願其宅吉而制爲令名欲其門堅而造作鐵樞卒其所以敗者非苦

李九我曰讀之凛凛可畏

禁忌少而門樞朽也常苦祟財貨而行驕僭耳不上順天心下育人物而欲任其私智竊弄君威反戾天地欺誣神明居累卵之危而圖太山之安爲朝露之行而思傳世之功豈不惑哉豈不惑哉

眞西山曰其論有補當世

陳仲醇曰精切時要言樹而確

崔寔政論

自堯舜之帝。湯武之王。皆賴明哲之佐。博物之臣。故皐陶陳謨。而唐虞以興。伊箕作訓。而殷周用隆。及繼體之君。欲立中興之功者。曷嘗不賴賢哲之謀乎。凡天下所不理者。常由人主承平日久。俗漸敝而不悟。政寖衰而不改。習亂安危。怢不自覩。或荒耽嗜欲。不恤萬機。或耳蔽箴誨。厭僞忽眞。或猶豫岐路。莫適所從。或見信之佐。括囊守祿。或疏遠之臣。言以賤廢。是以王綱縱弛於上。智士鬱伊於下。悲夫。自漢以來。三百五十餘歲矣。政令垢翫。上下懈怠風俗彫敝。人庶巧僞百姓囂然。咸復思中興之救矣。且濟時拯世之術。豈必體堯蹈舜。然後迺理哉。期於補綻決壞。枝柱邪傾。隨形裁割。要措斯世於安寧之域而已。故聖人執權。遭時定制。步驟之差。各有云設。不彊人以不能。背急切而慕所聞也。蓋孔子對葉公以來遠哀公以臨人。景公以節禮。非其不同所急異務也。是以受命之君。每輒創制。中興之主。亦匡時失。昔盤庚愍殷。遷都易民周穆有闕。甫侯正刑。俗人拘文牽古。不達權制。奇偉所聞。簡忽所見。烏可與論國家之大事哉。故言事者雖合聖德。輙見掎奪。何者。其頑士闇於時權。安習所見。不知樂成。況可慮始。苟云率由舊章而已。其達者或矜名妒能。恥策非已。舞筆奮辭以破其義。寡不勝衆。遂見擯棄。雖稷契復存。猶將困焉斯賈生之所以排於絳灌。屈子之所以攄其幽憤者也。夫以文帝之明。賈生之賢。而有此患。況其餘哉。故宜量力度德。春秋之義。今既不能純法八世。

故宜參以霸政。霸政。則宜重賞深罰以御之。明著
法術以檢之。自非上德。嚴之則理。寬之則亂。何以
明其然也。近孝宣皇帝。明於君人之道。審於爲政
之理。故嚴刑峻法。破姦軌之膽。海內清肅。天下密
如。薦勳祖廟。享號中宗。筭計見效。優於孝文。及元
帝卽位。多行寬政。卒以墮損。威權始奪。遂爲漢室
基禍之主。政道得失。於斯可鑒。昔孔子作春秋。褒
齊桓。懿晉文。歎管仲之功。夫豈不美文武之道哉。
誠達權救敝之理也。故聖人能與世推移。而俗士

苦不知變。以爲結繩之約。可復理亂秦之緒。干戚之舞。足以解平城之圍。夫熊經鳥伸。雖延歷之術。非傷寒之理。呼吸吐納。雖度紀之道。非續骨之膏。蓋爲國之法。有似理身。平則致養。疾則攻焉。夫刑罰者。治亂之藥石也。德教者。興平之粱肉也。夫以德教除殘。是以粱肉理疾也。以刑罰理平。是以藥石供養也。方今承百王之敝。値戹運之會。自數世以來。政多恩貸。馭委其轡。馬駘其銜。四牡橫奔。皇路險傾。方將拑勒鞬輈以救之。豈暇鳴和鑾清節奏哉。昔高祖令蕭何作九章之律。有夷三族之令。黥劓斬趾。斷舌梟首。故謂之具五刑。文帝雖除肉刑。當劓者笞二百。當斬左趾者笞五百。當斬右趾者棄市。右趾者既殞其命。笞撻者往往至死。雖有輕刑之名。其實殺也。當此之時。民皆思復肉刑。至景帝元年。廼下詔曰。加笞與重罪無異。幸而不死。不可爲民。廼定律減笞輕捶。自是之後。笞者得全。以此言之。文帝廼重刑、非輕之也。以嚴致平、非以寬致平也。必欲行若言。當大定其本。使人主師五

掉尾

帝而式三王盪亡秦之俗遵先聖之風棄苟全之政蹈稽古之蹤復五等之爵立井田之制然後選稷契爲佐伊呂爲輔樂作而鳳凰儀擊石而百獸舞若不然則多爲累而已

仲氏曰凡爲人主宜寫一通置之座右

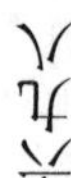

樓迂齋曰一篇首尾相貫脈絡條貫統紀森然不亂宜與後表熟看

諸葛亮前出師表

臣亮言。先帝創業未半。而中道崩殂。今天下三分。益州疲敝。此誠危急存亡之秋也。然侍衞之臣。不懈於內。忠志之士。忘身於外者。蓋追先帝之殊遇。欲報之於陛下也。誠宜開張聖聽。以光先帝遺德。恢弘志士之氣。不宜妄自菲薄。引喻失義。以塞忠諫之路也。宮中府中。俱爲一體。陟罰臧否。不宜異同。若有作姦犯科。及爲忠善者。宜付有司。論其刑賞。以昭陛下平明之治。不宜偏私。使內外異法也侍中侍郎郭攸之費褘董允等。此皆良實志慮忠純。是以先帝簡拔以遺陛下。愚以爲宮中之事。事無大小。悉以咨之。然後施行。必能裨補闕漏。有所廣益也。將軍向寵。性行淑均。曉暢軍事。試用於昔日。先帝稱之曰能。是以衆議舉寵以爲督。愚以爲營中之事。事無大小。悉以咨之。必能使行陣和穆。優劣得所也。親賢臣。遠小人。此先漢所以興隆也。親小人。遠賢臣。此後漢所以傾頹也。先帝在時。每與臣論此事。未嘗不歎息痛恨於桓靈也。侍中尚

書長史參軍。此悉貞亮死節之臣也。願陛下親之
信之。則漢室之隆、、、、可計日而待也。臣本布衣。躬耕
南陽。苟全性命於亂世。不求聞達於諸侯。先帝不
以臣卑鄙。猥自枉屈。三顧臣於草廬之中。諮臣以
當世之事。由是感激。遂許先帝以驅馳。後值傾覆。
受任於敗軍之際。奉命於危難之間。爾來二十有
一年矣。先帝知臣謹慎。故臨崩寄臣以大事也。受
命以來。夙夜憂勤。恐付託不效。以傷先帝之明。故
五月渡瀘。深入不毛。今南方已定。甲兵已足。當帥

將三軍。北定中原。庶竭駑鈍。攘除姦凶。興復漢室。還於舊都。此臣所以報先帝。而忠陛下之職分也。至於斟酌損益。進盡忠言。則攸之禕允之任也。願陛下託臣以討賊興復之效。不效。則治臣之罪。以告先帝之靈。若無興德之言。則戮允等以章其慢。陛下亦宜自謀以諮諏善道。察納雅言。深追先帝遺詔。臣不勝受恩感激。今當遠離。臨表涕泣。不知所云。

林次崖曰孔明三代以上人物其議論深遠治體忠誠出自肺腑而辭氣溫厚和平一唱可以三嘆與尋常所作自别

忠悃之辭萬古不磨

諸葛亮後出師表

先帝慮漢賊不兩立王業不偏安故託臣以討賊也以先帝之明量臣之才故知臣伐賊才弱敵彊也然不伐賊王業亦亡惟坐而待亡孰與伐之是故託臣而弗疑也臣受命之日寢不安席食不甘味思惟北征宜先入南故五月渡瀘深入不毛并日而食臣非不自惜也顧王業不可得偏全於蜀都故冒危難以奉先帝之遺意也而議者謂爲非計今賊適疲於西又務於東兵法乘勞此進趨之

時也謹陳其事如左高帝明並日月謀臣淵深然涉險被創危然後安今陛下未及高帝謀臣不如良平而欲以長計取勝坐定天下此臣之未解一也劉繇王朗各據州郡論安言計動引聖人羣疑滿腹衆難塞胸今歲不戰明年不征使孫策坐大遂并江東此臣之未解二也曹操智計殊絶於人其用兵也髣髴孫吳然困於南陽險於烏巢危於祁連偪於黎陽幾敗伯山殆死潼關然後偽定一時耳況臣才弱而欲以不危而定之此臣之未解

閱至塘曰中間未解凡六段情詞悲咽一字一淚

三也。曹操五攻昌霸不下。四越巢湖不成。任用李服而李服圖之。委夏侯而夏侯敗亡。先帝每稱操爲能。猶有此失。況臣駑下。何能必勝。此臣之未解四也。自臣到漢中。中間朞年矣。然喪趙雲陽羣馬玉闔芝丁立白壽劉郃鄧銅等。及曲長屯將七十餘人。突將無前賨叟青羌散騎武騎一千餘人。此皆數十年之內所糾合四方之精鋭。非一州之所有。若復數年。則損三分之二也。當何以圖敵。此臣之未解五也。今民窮兵疲。而事不可息。事不可息。

茅鹿門曰一篇意思全在此處收結忠肝義膽照耀簡編

則任與行。勞費正等。而不及虛圖之。欲以一州之地。與賊持久。此臣之未解六也。夫難平者事也。昔先帝敗軍於楚。當此時。曹操拊手。謂天下已定。然後先帝東連吳越。西取巴蜀。舉兵北征。夏侯授首。此操之失計。而漢事將成也。然後吳更違盟。關羽毀敗。秭歸蹉跌。曹丕稱帝。凡事如是。難可逆見。臣鞠躬盡力。死而後已。至於成敗利鈍。非臣之明。所能逆覩也。

安子順曰讀諸葛孔明出師表而不墮淚者其人必不忠

ISBN 978-7-5010-6432-8
9 787501 064328 >
定價：285.00圓（全二册）